KB056695

책 쓰기의 기술

일러두기

- 이 책에서 명시한 출판 환경과 관련 정보는 미국을 기준으로 한 것으로, 우리나라와는 다를 수 있습니다.
- 인용된 책제목은 직역하였으나 번역서가 출간된 경우에는 그 제목을 따랐습니다.
- 각주는 모두 옮긴이가 추가한 것임을 밝힙니다.

책 쓰기의 기술

출판을 위한 글쓰기 법은 따로 있다

터커 맥스, 재크 오브론트 지음 | 서나연 옮김

THE BEST WAY TO
WRITE AND PUBLISH
YOUR NON-FICTION

그린페이퍼

차례

7부 책 출판하기

부록 더 알아두기

들어가며

책을 왜 쓰려고 하는가

나는 당신이 왜 책을 쓰고 싶어 하는지 알고 있다. 물론 정말로 다 알지는 못한다. 하지만 당신이 책을 쓰고 싶어 하는 이유에 대해 근거 있는 추측을 해보겠다. 내 추측이 맞는다면 이 책이 당신에게 딱 맞는 책이라는 뜻이다. 추측이 틀리다면 내가 당신의 시간을 많이 절약해 준 셈이다. 이 책은 당신에게 적당한 책이 아니니 건너뛰는 게 낫다.

내 추측은 이렇다. 공감할 수 있는지 확인해 보자. 당신에게는 문제가 있었다. 아마도 어려운 문제였을 것이다. 그 문제 때문에 고생도 했다. 심지어 한동안은 그 문제가 당신을 통째로 규정했을지도 모른다. 그 문제를 해결하려고 시간과 에너지를 쏟고 노력하고 경력을 모두 바쳤을 것이다. 엄청난 고투와 노동 끝에 마침내 당신은 그 문제를 풀었다. 해결책을 발견했고, 당신의 삶은 더 나아졌다. 당신은 문제의 해결책을 발견했을 뿐 아니라, 그 문제에 관해서라면 통달한 수준에 다다랐다. 해결책을 수행하는 데도 선수가 됐다. 물론 누구나 그렇듯이 스스로 의심이 생길 때도 있다. 하지만 한편으로는 자신과 자신이 이룬 결과물이 어느 정도 자랑스럽기도 하다. 당신은 (적어도 그 문제에 대해서는) 뭔가를 알고 있다. 비록 책을 써본 적이 없다고 해도 한 권쯤 써볼까 하는 생각에 사로잡힌다. 크게 두 가지 이유에서다.

첫째, 어렵게 얻은 지식을 공유하여, 당신이 겪은 경험과 똑같은 문제를 가진 사람들이 문제를 해결하는 데 도움이 되고 싶다. 당신의 지혜를 다른 사람들에게 나누어주어 영향을 끼치고 싶다. 기본적으로 당신은 책을 통해 사람들을 돕고 싶어 한다.

둘째, 당신이 한 일에 대해 인정받기를 원한다. 인정욕구가 나쁘다는 뜻이 아니다. 오히려 그 반대다. 동료와 가족과 친구 들이 당신의 진면목을 알고 당신이 무엇을 이뤄냈는지 알아주기를 바라는 마음은 자연스럽고도 정당하다. 그리고 이렇게 인정을 받아서 당신에게 어떤 식으로건, 사회 경력과 일상생활에서 실질적인 도움이 되기를 바라는 마음도 정상이다.

당신은 분명 한동안 책 쓰기에 대해 생각해 봤으리라. 십중팔구는 오래전에 주변에서 이렇게 말한 사람들이 있었을 것이다. "책 한 권 써야겠네요." 하지만 당신은 그 의견을 받아들이지 않았다. 다음 단계, 즉 '책 쓰기'가 너무 두려웠기 때문이다. 사실 당신은 아무것도 모른다. 어디서부터 시작할지, 책은 어떻게 구성해야 할지, 아이디어가 괜찮은지, 책에 쓸 내용은 충분한지, 책을 쓴다고 해서 누가 봐주기는 할지 모르는 상태다. 그리고 무엇보다도 가장 두려운 것이 있다. 말하고 싶지 않지만 늘 마음 쓰이는 문제다.

'혹시 **나쁜** 책을 쓰면 어쩌지?'

당신은 **어쩌면** 언젠가 책을 쓰기 시작했다가 중단했을지도 모르겠다. 처음에는 분명히 좋은 계기가 있었다. 머릿속에서 아이디어를 끄집어 내는 과정이 정말 보람 있다고 느꼈다. 사람들이 당신의 책을 어떻게 받아들일지 생각해 보고, 미래에 마침내 받을 찬사를 상상하기도 했다. 하지만 곧 걸림돌에 걸려 넘어지고, 더는 앞으로 나아가지 못했다. 걸림돌은 당신이 가진 모든 불안과 스스로에 대한 회의감을 소환했다. 그리고 그 걸림돌(들)을 넘어갈 어떤 방안도 없이 당신은 추진력을 잃고 멈춰버렸다.

책을 쓰지 못하면서 절망에 빠졌을 수도 있다. 다른 사람들이 당신 눈에 띄기 시작한다. 책을 쓴 사람들, 심지어 당신의 분야에 대해 잘 모르는 사람들이 신뢰와 권위를 얻고, 점점 더 이목을 끌고, 고객이나 기회를 더 많이 얻는다. 모두 책 덕분이다. 무엇보다 그들이 쓴 책이 사람들에게 영향력을 발휘하는 상황이 보인다. 당신도 그와 같이 영향력을 발휘할 수 있다는 사실을 스스로 알고 있다. 책만 완성한다면 말이다. 당신의 책이 세상을 구할 수는 없다 해도, 몇몇 사람들의 삶을 더 나아지게 할 수는 있을 것이다. 그들에게 당신의 책을 보게 할 수만 있다면 말이다.

이런 이야기가 친숙하게 느껴지는가? 바로 당신 이야기 같은가? 만일 그렇다면, **이 책은 당신에게 딱 맞는 책이다.** 이 책은 바로 당신처럼 책을 쓰고 출간하는 여정을 시작한 사람들을 위해 썼다. 여기 소개한 단계를 따라가다 보면 목적지에 도착하게 될 것이다.

만일 앞선 내용이 당신의 이야기가 아니라면 아마도 이 책은 당신에게 적당한 책이 아니다. 그러니 책을 내려놓고 당신에게 더 적합한 책을 읽는 게 좋겠다(이 책의 내용이 당신과 전혀 관계가 없는데 벌써 돈을 주고 책을 샀다면 내게 직접 이메일(tucker@scribemethod.com)을 보내달라). 농담이 아니라 정말로 돈을 돌려주겠다.

당신이 이 책을 읽고 설명대로 따라 하고 노력해서 두려움을 극복하고 자랑스러운 책을 써서 출간했다고 가정해 보자. **실제로 책을 완성했을 때** 무슨 일이 일어날까? 나도 당신이 백만 부를 판매해서 베스트셀러 목록을 석권하고 순식간에 유명해질 거라고 말하고 싶지만, 환상에 불과하다는 사실을 당신도 나도 안다. 그렇다. 그런 일은 오직 소수에게만 일어난다. 복권 당첨과 마찬가지로 계획하거나 예상할 수 없는 일이다. 하지만 괜찮다. 정말로 일어날 일들도 꽤 멋지기 때문이다. 과장하지 않고 수천 명의 저자에게 일어난 일을 내가 직접 목격했다. 대개는 다음과 같은 일이 일어난다.

온라인서점에서 예약 판매 현황을 보면서 당신은 현실을

인식하기 시작한다. 당신의 이름이 적힌 당신의 책이 온라인서점에 내걸린다. 당신이 존경하고 우러러보는 그 모든 저자들, 책들과 함께 있는 것이다. 당신은 점점 조바심이 나고, 희망을 품게 된다. 그리고 마침내 우편함에 초판이 도착한다. 책을 처음 받아보는 일이 갓난아기를 안는 느낌과 똑같다고 할 수는 없다. 하지만 맙소사! 정말 기분이 좋다. 당신이 책을 창조한 것이다. 그 책은 당신의 일부이며 영원하다. 세상에 나온 그 책은 당신이 아는 지식과 다른 사람들에게 나눠준 가치, 당신이 세상에 남긴 것, 당신이 만들어낸 영향력에 대한 기록이다. 세상을 발전시키기 위해 당신이 한 일을 보여주는 증거다.

가장 먼저 당신의 친구와 가족이 책을 보게 된다. 그들은 흥분해서 찬사를 보내고 당신을 얼마나 자랑스럽게 여기는지 말한다. 인정하고 싶지 않을 수도 있지만, 부모님이나 가족의 칭찬은 생각보다 훨씬 더 의미가 있다. 어떤 경우에는 그들은 마침내 당신이 하는 일이 무엇인지, 왜 중요한지 이해한다.

다음으로는 동료와 그리고 같은 직종에서 일하는 사람들이 책을 보게 된다. 그들도 친구와 가족과 거의 비슷하게 흥분한다. 역시 근사한 찬사를 보내고, 당신의 기대보다 훨씬 더 즐거워한다. 그러다가 별안간 사람들이 당신에게 책에 대해, 당신의 생각에 관해 이야기하기 시작한다. 독자들이 당신과 토론하고 싶어 한다. 당신이 책의 저자이지 않은가. 그리하여 사람들은 당신을 '저자'로 소개하기 시작한다. 그렇다. 당신이 저자다. 하지만 여전히 어색한 기분이다.

이제 당신은 평가를 받기 시작한다. 온라인서점에서 당신이 알지도 못하는 사람들이 책에 대한 후기를 올린다. 그들은 책을 정말 마음에 들어 하면서 자신에게 얼마나 많은 영향을 끼쳤는지 이야기한다.

그런 후에는 고객이 당신에게 연락해 오기 시작한다. 당신의 책 때문이다. 그들은 당신이 누구인지, 어떻게 일하는지, 어떤 신념을 가졌는지 이미 알고 있다. 당신은 그들에게 따로 영업할 필요가 없다. 그들은 책에서 깊은 감명을 받았기 때문에 계약하고 싶어 하고, 이미 당신과 일하기로 마음먹었다.

그러고 나면 강연 요청을 받는다. 어떤 곳에서는 당신에게 강연료도 지급하려 한다. 그렇게 강연을 하러 가면 사람들은 당신을 이전과 다르게 본다. 그들은 당신이 말할 때 귀 기울이고, 끝나면 박수를 치며 당신과 더 이야기하고 싶어 한다. 그리고 언론에서 문의가 온다. 당신은 몇몇 팟캐스트에 출연한다. 진행자는 책에 담긴 당신의 아이디어에 관해 이야기한다. 사람들은 당신이 출연한 팟캐스트나 당신에 대해 쓴 블로그 글을 당신에게 말한다.

그러다 보면 당신이 이전에는 상상하지 못했던 갖가지 새로운 기회가 찾아온다. 책을 쓰기 전에는 관심사 밖이었던 분야의 사람들까지 당신에게 다가온다. 상담이나 제안서를 요청하거나 채용 제의가 들어오기도 하고, 생각지도 못했던 다양한 일들이 일어난다. 물론 고객도 늘어난다. 그렇게 해서 자리를 잡으면 당신은 새로운 차원에 도달하게 되고, 이런 상황은 당신에게 일상이 된다.

저자라고 불리는 데 익숙해진 당신은 스스로를 예전과 달리 보고 있음을 느낀다. 당신은 정말로 무언가 중요한 기여를 했고, 당신이 알지도 못하는 사람들의 삶을 변화시켰다. 당신의 지식과 이야기를 책에 담아낸 덕분이다. 당신은 당신의 일이 다른 사람들에게도 중요하다는 사실을 확실히 알게 된다. 그리고 절대로 사라지지 않을 유산을 남겼다는 사실도 깨닫는다.

나는 정확히 이런 시나리오가 현실이 되는 과정을 수없이 보았다. 스크라이브 미디어 웹사이트(scribemedia.com)에는 이와 같은 경험을 나누는 저자들의 글과 영상으로 넘쳐난다. 이것이 당신 이야기일 수 있다. 가능한 일이다. 이 책에 나오는 설명대로 따라가기만 하면 된다. 쉽지는 않다. 적지 않은 노력이 필요하겠지만, 원하면 얻을 수 있다. 그저 하기만 하면 된다.

이 책이 가르쳐주는 것

이 책에서 우리는 당신이 훌륭한 책을 쓰는 데 필요한 모든 요소를 가르쳐준다. 훌륭한 책은 당신의 이야기와 지식을 담아내고, 독자의 삶에 영향을 주고, 당신의 유산을 굳건히 다지게 해 준다.

- 당신의 지식을 보여주고 독자의 삶에 영향을 끼칠 완벽한 주제 고르는 방법
- 책을 쓰기 전에 당신의 책을 사려고 기다리는 사람이 있다는 사실 확인하기
- 당신의 브랜드를 만들어주는 책 쓰기
- 책이 보장하는 투자수익률 확인하기
- 집필하기 전부터 성공을 위한 준비 갖추기
- 당신의 사적인 이야기가 책에 어느 정도 들어가야 할지 알아보기
- 쓰기 쉬우면서도 제대로 해낼 수 있게 책을 구성하는 방법
- 글쓰기에서 가장 흔한 장애물과 극복 방법
- 독자의 마음에 드는 책을 쓰는 방법
- 책의 신뢰도를 높이는 편집 기술
- 매일 글을 쓸 수 있게 동기와 영감을 이끌어내는 방법
- 완벽한 제목 찾기
- 판매량과 영향력 모두를 최대로 끌어올리는 가격 책정하기
- 출판 과정에서 도움을 받을 만한 사람 찾기
- 매출에 도움이 되는 책 소개 쓰는 비결
- 아주 멋진 표지 만들기
- 책의 성공을 위해 가장 중요하게 해야 할 일, 하지만 대다

수 저자가 제대로 못 해내는 일

이 책이 가르쳐주지 않는 것

책을 쓰고 출간하는 방법에 관한 책은 대단히 많다. 솔직히 말하면 그중 대부분은 좋은 책이 아니다. 하지만 그것은 큰 문제가 아니다. 문제는 그런 책들이 갖가지 비현실적인 약속과 과장된 주장을 하기 때문에 팔린다는 점이다. 그런 책들과 혼동하지 않도록 우리는 이 책에서 얻을 수 없는 것에 대해 명확히 짚고 넘어가겠다.

- 일주일이나 한 달 만에 책을 쓰는 비법은 배우지 못한다. 어떤 책이건 그렇게 빨리 쓰면 엉망진창이 된다. 책 쓰기는 힘들고 시간이 걸리는 일이다. 그래서 책이 가치를 지닌다.
- 출간 첫 달에 백만장자가 되는 방법은 배우지 못한다. 책은 당신의 사업이나 브랜드를 구축하는 데 중요한 역할을 하지만, 그 자체로는 대단한 수익상품이 아니다.
- 유명해지는 법은 배우지 못한다. 이 책은 당신이 중요하게 생각하는 사람들에게 널리 알려지도록 도움을 주겠지만, 기자들이 사진을 찍으려고 집 밖에서 진을 치고 기다리는 일은, 물론 바라지도 않겠지만, 일어나지 않는다.

- 테드 강연 기회를 얻는 방법은 배우지 못한다. 하지만 테드엑스◆ 강연 기회를 얻는 데는 도움을 줄 수 있다.
- 언론의 사랑을 얻는 비결은 배우지 못한다. 오프라 윈프리가 당신의 문을 두드리게 하지도 못한다. 하지만 더 많은 언론에 노출되는 방법은 확실히 배울 것이다.
- 당신이 가진 모든 문제를 해결하는 방법은 배우지 못한다. 미안하지만 이 책은 만병통치약이 아니다.

어차피 당신도 이런 기대는 하지 않았으리라 생각한다. 다만 이 책에 대한 기대치를 적절하게 조정해 두려는 것이다.

왜 내 말을 들어야 하는가

나는 어떻게 책을 쓰고 출간하고 영업하는지 알고 있다. 내 이름은 터커 맥스다. 나는 출판과 마케팅 대행사 스크라이브 미디어(이하 스크라이브)를 이 책의 공저자인 재크 오브론트와 함께 창업했고, 이 책의 주 저자다. 내가 쓴 네 권의 책은 《뉴욕타임스 *New York Times*》 선정 베스트셀러 목록에 올랐고, 그중 세 권이 1위를 기록했다. 네 권의 책을 합치면 거의 10년간 베스트셀러 목록

◆ TEDx, 테드의 허가를 받은 개별 주최자가 지역 단위로 개최하는 행사 — 옮긴이

에 올라 있었고, 2019년까지 세계에서 4천5백만 부 넘게 팔렸다. 나는 《뉴욕타임스》 선정 논픽션 부문 베스트셀러 목록에 세 권의 책을 동시에 올려놓은 단 네 명의 저자 중 하나다. 《타임 *Time*》의 가장 영향력 있는 인물 명단에 선정되기도 했다. 또 내가 쓴 책 중에서 한 권은 영화로 만들어졌다.

현재 일하는 회사를 창업하기 전에는 수십 명의 저자와 함께 일했다. 그 결과 내가 집필과 편집, 출판, 마케팅에 관여한 책 중에서 스물두 권이 《뉴욕타임스》와 《월스트리트 저널 *The Wall Street Journal*》의 베스트셀러 목록에 올랐다. 이 책들의 판매량은 2천만 부가 넘는다. 그리고 그중에서 여러 책이 여기 소개하는 내용과 정확히 똑같은 방법으로 집필되고 출간되었다. 스크라이브는 단 5년 동안 무려 1천2백여 명의 저자와 작업했다. 앞으로 자세하게 설명할 글쓰기 과정은 그들과 일했던 경험치다. 지난 5년 동안 출판계에서 크게 성공한 책과 베스트셀러 중에는 우리가 이 방법을 적용해서 출간한 책들도 있다. 글쓰기와 출판에서 가장 수준 높은 사람들과 당신처럼 전업작가가 아닌 보통 사람들 모두에게 적용되는 방법이다. 떠벌리려는 게 아니다. 다만 단순한 사실, 즉 당신이 우리를 믿어도 좋다고 안심시켜 주려는 것이다. 방금 설명한 이야기에 공감이 간다면 이 책은 바로 당신을 위한 책이다.

이제 시작해 보자.

1부

책 쓸 준비하기

1장
책 쓰기에 대한 정확한 예측

훌륭한 의사결정 기술은 트레이드오프[◆]를 기대하고
공표하는 것이지, 없는 척 가장하는 것이 아니다.
—세스 고딘

책 쓰기를 시작하기 전에 당신이 책을 쓰는 여정에서 예상되는 상황을 이야기해 보자. 스크라이브는 1천2백 명이 넘는 저자들이 책을 집필하도록 도왔다. 대개 책을 끝까지 완성하는 사람과 그러지 못한 사람을 나누는 가장 두드러진 차이는 그들이 책 쓰기에 대해 제대로 예상하는지 그러지 않은지에 있다.

왜냐하면 책을 쓰는 일은 어렵기 때문이다. 만일 그 어려움에 대비하지 않으면 쉽사리 지지부진해지고 심지어는 중단해

◆ 하나를 얻으려면 필연적으로 다른 것을 잃어야 하는 상충적인 관계를 일컫는 경제 개념—옮긴이

버린다. 하지만 앞으로 닥칠 일이 얼마나 어려운지 알고 있다면, (반드시 나타날) 그 장애물이 닥쳤을 때도 극복할 마음의 준비를 할 수 있다. 다음은 당신이 책을 쓸 때 반드시 겪게 될 주요한 문제들이다.

어렵다

누군가 책 쓰기가 쉽다고 말한다면 당신에게 뭔가를 팔려고 하는 사람이거나, 한 번도 책을 써본 적이 없는 사람이다. 아니면 정말 형편없는 책만 쓰는 사람이리라. 책 쓰기는 어렵다. 좋은 책을 쓰기는 더 어렵다. 이 어려움을 극복하려면 열심히 노력해야 한다. 그렇다. 당연하다. 많은 사람은 쉽게 책을 쓰는 어떤 '요령'이 있다고 생각한다. 그런 것은 없다. 비법도 요령도 우회로도 없다. 좋은 책을 쓰고 싶다면, 힘든 작업이 필요하다는 사실을 미리 유념하자.

지친다

글쓰기는 지치는 일이다. (제대로 쓰려면 더욱 그렇다.) 책을 쓰다 보면 지치고 진이 다 빠져버린다. 글을 쓸 때는 피로를 풀고 활력을 얻는 방법을 마련해야 한다. 적절한 자기 관리를 위해서 무엇을 해야 하는지는 정해진 답이 없다. 그것은 당신에게 달려 있다. 반려견과 산책하는 게 좋을 수도 있고, 잠을 더 자야 할 수도 있다. 이 대목에서 세세한 방안은 중요하지 않다. 중요한 점은, 그런 상황이 반드시 온다는 사실을 인지하고, 미리 대비하고, 실제로 실천해야 한다는 것이다.

혼란스럽다

책 쓰기는 본질적으로 혼란스럽다. 책을 적절하게 포지셔닝하고 그에 따라 내용을 구성하기란 쉽지 않다. 실제로 쓰는 과정은 말할 나위 없다. 게다가 나는 당신이 지금껏 한 번도 들어보지 못한 일들을 하라고 말할 것이다. 또 언뜻 보기에는 납득할 수 없는 조언도 할 것이다. 우리가 권하는 몇 가지 방법이 이상하게 보일지도 모른다. 하지만 스크라이브 방법론을 따르다 보면 정말로 효과가 좋다고 느낄 것이다. 바로 이 점이 궁극적으로 가장 중요하다.

영화 〈베스트 키드〉(1984)의 다니엘처럼 스승의 지시를 따른다면, 당신은 훌륭한 결과를 얻을 것이다. 이 영화를 보지 않은 독자를 위해 짧게 설명해 보자. 영화에서 스승인 미야기는 다니엘에게 공수도(일본식 권법)와 전혀 상관없는 일을 시킨다. 이를테면 울타리에 페인트를 칠하거나 자동차에 왁스를 칠하는 일이다. 다니엘은 불만에 차서 짜증을 낸다. 하지만 공수도를 배우기 시작하면서 그는 전혀 연관이 없어 보이던 동작이 공수도의 기초가 된다는 사실을 깨닫는다.

이 책도 비슷하다. 당신이 거치게 될 훈련은 처음에는 종잡을 수 없겠지만, 결국 어떤 노력도 헛되지 않을 것이다. 이 훈련은 당신이 시작하는 순간부터 효과적으로 책을 만들어가도록 고안되었다. 이 과정을 끝까지 해나가고, 제대로 할 수 있는 자제력만 있다면 단번에 성공할 것이다.

어쩔 줄 몰라 당황한다

많은 일이 몰아닥칠 것이다. 마치 소방 호스로 물을 마시는 느낌이리라. 당신은 때때로 당황스러울 것이다. 하지만 이 점을 알아두자. 당황스러움은 다음에 무엇을 해야 할지 모를 때 생겨난다. 바로 이 문제를 해결하기 위해서 당신은 이 책을 읽고 있다. 이 문제는 우리가 해결해 줄 수 있다. 우리가 제안하는 대로 실행한다면, 당신은 언제나 다음에 해야 할 일이 무엇인지 알 수 있다. 예상하지 못한 놀라운 일이 발생하지 않게 하려는 것이 우리가 이 과정을 만든 이유다.

마음이 불편해지고 두려워진다

이 감정은 심각한 문제다. 책 쓰기는 틀림없이 당신을 감정적으로 몰아붙이고 두려움과 불안을 겪게 한다. 당신이 책을 쓰고자 한다면 불가피한 일이다. (걱정하지는 말자. 어떤 두려움이 찾아올지, 또 그것을 어떻게 해결할지 우리가 알려줄 테니까.) 이 문제를 무시하거나 과소평가해서는 안 된다. 두려움은 닥쳐오기 마련이고, 여기에 제대로 대처하지 않으면 책은 탄생하지 못한다. 두려움은 지극히 정상적인 현상이다. 두려워해도 괜찮다. 당신은 이런 상태를 예상하고 있어야 한다. 그리고 대응하는 방법을 배워야 한다. 두려움은 무척 중대한 문제이기 때문에 다음 장 전체에서 다뤄진다.

2장
책을 쓰면서 대면할 여섯 가지 두려움

당신의 내적 갈등은
외부의 재난 속에서 발현된다.
—크리슈나무르티

이제 당신은 책의 저자가 된다. 그러므로 글쓰기에 따르는 모든 두려움과 불안을 감당해야 한다. 당신은 혼자가 아니다. 저자라면 누구라도 지금 있는 그 자리에서, 불안하고 확신 없고 두려운 상태에서 시작한다. 우리는 두려움에 사로잡힌 채, 때로는 극심한 공포에 붙들린 채 시작한다. 불행히도 이런 두려움에 가로막혀 책을 쓰지 못하는 사람들도 있다. 나는 15년 동안 직업적으로 저술 활동을 해왔다. 앞으로 상세히 열거할 내용은 과거에 내가 감당해야 했던 (그리고 여전히 하루하루 감당해야 하는) 두려움이다.

이 장에서는 저자들이 공통으로 가지는 갖가지 유형의 두려움이 책에 어떤 파괴적인 영향력을 끼치는지 설명하겠다. 그리고 그러한 두려움을 통찰하고 재구성할 수 있도록 돕겠다. 당신이 아래의 여섯 가지 두려움과 모두 맞닥뜨리지 않을지도 모른다. 하지만 책을 쓰는 어느 순간에는 그중 적어도 네 가지 두려움에 빠질 가능성이 크다.

두려움 1 | 나는 책을 쓸 만한 내공이 없다

이 두려움에 대한 다른 표현들

- 아무래도 내 안에는 책이 없는 것 같아.
- 난 할 말이 아무것도 없는 것 같아.
- 내가 저자가 될 만한 자격이 없으면 어쩌지?
- 내가 뭔데 책을 쓴다는 거지?

이 두려움이 당신의 책에 미치는 영향

저자가 자신에게 책을 쓸 만한 지식이 없다고 두려워하는 경우는 아주 흔하다. 더 심하게는 스스로 저자가 될 자격이 없다고 생각하기도 한다. 이 경우는 대부분 가면증후군이 이런 모습으로 나타난다. 가면증후군은 누군가가, 심지어 경험이 많고 자격이 충분한 매우 성공한 사람이라도, 모두의 생각과 달리 자신이 실제로는 아는 게 없다고 믿는 증상이다. 그런 사람들은 자신의 아이디어가 틀렸거나 근거가 없다고 생각하거나, 자신이 아는 지식을 이미 모든 사람이 알고 있다고 믿는다. 가면증후군을 겪는 사람은 다른 사람들은 모두 잘 알고 하는 일이지만, 자신은 사기꾼이라고 생각한다. 극단적으로는 책 때문에 사기꾼이나 거짓말쟁이로서 자기 정체가 탄로 날 거라고 느끼기도 한다.

이 두려움을 가진 저자의 예

우리는 컨설턴트인 조너선 다이슨과 함께 《컨설팅 이코노미 *The Consulting Economy*》를 펴냈다. 그는 건실한 컨설팅 회사를 운영하는 기업 관리 컨설턴트다. 수년 동안 그와 일했던 수백 명이 그에게 책을 쓰라고 요청했다. 그의 고객들이 피고용자에서 독립 컨설턴트로 변신하도록 도와주었던 방법을 책으로 상세히 써 달라는 것이었다. 하지만 그는 자신이 책을 쓸 만큼 전문가가 아니라고 생각해서 계속 미루고만 있었다. 스스로 인생의 전환점이 되는 변화를 이루어냈고, 그의 조언으로 수백 명이 성공했지만, **그는 자신이 뭔가를 정말로 알고 있다는 사실을 믿지 않았다.**

조너선은 내게 이런 말을 얼마나 많이 했는지 모른다. "터커, 나는 내가 뭘 하고 있는 건지 전혀 모르겠어요." 그때 나는 그가 어떻게 사람들을 피고용자에서 독립 컨설턴트로 이행하도록 도와주었는지 차근차근 깨닫게 해주었다. 나는 그에게 그 과정을 설명하게 했고, 그가 도와주었던 사람들에 관해 이야기하게 했다. 그리고 그의 조언에 사람들이 어떻게 말했는지 (항상 칭찬을 쏟아내면서) 내게 이야기하게 했다. 그때서야 조너선은 자신이 뭔가 쓸거리가 있음을 깨달았다.

그가 처음 책을 쓰기 시작했을 때 위의 질문은 그에게 정말로 중요한 문제였다. 이 두려움이 대단한 이유가 여기에 있다. 현실에 기반을 두고 생각해 보면 이해하기 쉽다. 그냥 자신에게 물어보라. **사람들이 당신에게 와서 당신의 지식을 요청하거나, 거기에 대해 비용을 지급하는가?** 만일 그렇다면 당신은 책을 쓸 재료가 있다. 당신이 그 지식을 사람들과 공유하기 위한 책이라면 확실히 쓸 수 있다. 당신은 오직 그 사실에만 집중함으로써 가면 증후군을 극복할 수 있다.

두려움 2 | 내 책이 독창적이지 않을까 봐 두렵다

이 두려움의 다른 표현들

- 뭔가 새로운 게 없는 것 같아.
- 내가 말할 내용은 이미 다들 알고 있는 거야.
- 이건 이미 언급된 이야기 같아서 걱정이야.
- 내 책은 이 주제를 다룬 다른 책들과 차별점이 없어.

이런 두려움이 당신의 책에 미치는 영향

조너선 다이슨과 작업할 때 흥미롭게도 그는 스스로 뭔가를 안다고 인정한 다음에 늘 이렇게 말했다. “하지만 이건 빤하잖아요. 이런 이야기는 누구도 들을 필요가 없다고요!” 이 감정은 흔하다. 그리고 거의 언제나 틀렸다. 많은 저자들은 가치 있는 책이라면 누구도 고려하지 못했던 새로운 통찰력을 담고 있어야 한다고 생각한다. 그건 터무니없는 생각이다.

근본부터 독창적인 책은 거의 없다. 그리고 그런 몇 안 되는 책은 그다지 대중적인 가치가 크지 않은 경향이 있다. (왜냐하면 진정한 독창성은 일반인이 유용하게 쓰기에는 너무 난해한 사유를 요구하기 때문이다.) **책에 담긴 지식이 독자에게 접근 가능하고 유용하다면** 그 책의 가치는 충분하다. 당신이 설정한 주제를 깊이 있게 다룰 수 있다면, 주제를 새롭게 조망해 주고 **독자들이 놓치고 있는 무언가를 파악하도록** 독특한 관점을 제공한다면 말이다.

비록 당신이 그 주제에 대해 완전히 새로운 관점을 가지고 있지 않더라도, 기존 개념의 핵심을 독특한 목소리와 관점으로 새롭게 배치해서 독자에게 적절하게 맞추어 내보일 수 있으면 된다. 당신의 책이 독자에게 기존 개념을 쉽고 새롭게 재해석하도록 도와준다면 그 역시 큰 가치를 지닌 셈이다. 아이디어가 새로운지 아니면 기존 개념인지 신경 쓰는 독자는 아무도 없다. 독자는 오직 그 아이디어가 자신에게 유용한지에만 관심이 있다.

이런 두려움을 가진 저자의 예

내가 가장 좋아하는 사례는 캐머런 헤럴드의 《회의는 지긋지긋해 *Meetings Suck*》이다. 회의에 관한 경영서가 얼마나 많을까? 아마존을 검색하면 5만 권이 넘게 쏟아져 나온다. 그러니 쓰지 말아야 할 책을 단 하나 꼽으라면 당연히 회의에 관한 책일 것이다. 그렇지 않은가? 캐머런도 처음에는 그렇게 생각했다.

우리는 캐머런의 경험치를 차례차례 살펴본 뒤, 회의에 대한 그의 방법론에는 진정으로 독창적인 통찰력이 단 하나도 없다는 사실을 확인했다. 하지만 그가 자신의 통찰을 조합하고, 회의 진행 계획을 제시하는 방식은 그가 지도하고 가르친 모든 사람에게 매우 유용했다. 우리는 그가 그 사실을 깨닫도록 도와주었을 뿐이다. 그의 책은 4만 5천 부나 판매되고, 독자 후기도 105건이나 작성되었다. 그의 견해는 회의에 관한 다른 어떤 책에도 없는 방식으로 사람들을 사로잡은 게 분명하다. 바로 그 점이 《회의는 지긋지긋해》가 좋은 반응을 얻은 이유다. 즉 수많은 기존 아이디어를 누구도 하지 않았던 방식으로 설명했기 때문이다.

이것이 스크라이브 방법론의 핵심이다(여기에 대해서는 곧 상세하게 다루겠다). 우리는 저자들에게 그들의 지식으로 가치를 얻는 사람이 누구인지 깊이 생각해 보게 한다. 이는 저자가 책의 독자층을 설정하는 데 도움이 된다. 일단 자신의 독자를 알게 되면, 그들은 이렇게 생각이 바뀐다. '나는 그들이 찾던 가치 있는 무엇인가를 어떻게 제대로 가르칠까?' 스크라이브 방법론을 통해 당신의 독자층과 당신이 제공하는 가치를 확실히 정의할 수 있을 것이다.

두려움 3 | 내 책이 별로일까 봐 두렵다

이 두려움에 대한 다른 표현들

- 내 책이 완벽하지 않을까 봐 두렵다.
- 너무 많은 내용을 넣을까 봐 걱정이다.
- 내가 말하려던 걸 모두 잊어버릴까 봐 걱정이다.
- 빠뜨리는 게 있으면 어쩌지?

이런 두려움이 당신의 책에 미치는 영향

이런 두려움은 거의 언제나 완벽주의 때문에 생긴다. 완벽주의가 어떻게 두려움과 연결될까? 저자는 책에 몰두하는 동안 세부적인 사항에 집착하게 된다. 그들은 단어 하나, 구두점 하나, 표현 하나에도 조바심을 낸다. 책은 여기서 다양한 이유로 진전이 막힌다.

① 모든 지식을 책에 담으려는 욕심에 책이 비대해지고 감당할 수 없게 된다.

② 하나의 주제에 제대로 집중하지 못하고 이런저런 아이디어를 갑자기 바꾸어 넣는다.

③ 저자의 완벽주의가 실제로 책 쓰기 작업을 미루거나 피하는 핑계가 된다.

④ 내용을 끝없이 고치고 덧붙이면서 계속 제자리를 맴돌

아 결코 책이 완성되지 않는다.

이런 완벽주의는 책을 최대한 훌륭하게 만들기 위한 노력과는 전혀 다르다. 세부적인 사항에 대해 합리적인 수준을 넘어서 과도하게 집착하는 태도는 **책이 별로일지도 모른다**는 두려움을 감추는 반작용이다. 어떻게든 책 출간을 피하려고 완벽주의라는 빠져나올 수 없는 굴에 갇혀버린 것이다.

이런 두려움을 가진 저자의 예

뎁 가버의 경우는 이러한 두려움을 보여주는 좋은 예다. 명석한 브랜드 전략가인 뎁은 NBC, 델, 마이크로소프트 같은 기업들과 함께 일했다. 그녀는 기업들이 새롭고 혁신적으로 브랜딩을 활용하는 방법을 소개하는 《브랜딩은 섹스다 *Branding Is Sex*》를 펴냈다.

그녀는 자신의 지식과 가치에 대해 자신감을 가지고 책을 시작했다. 하지만 책을 써나갈수록 불안감에 사로잡혔다. 그녀는 독자들이 자신의 책을 가치 있게 봐줄지 미심쩍어했고, 그럴수록 점점 많은 정보를 욱여넣었다. 그 결과 책은 첫 의도와 다르게 너무 장황하고 방대해졌다. 독자들이 알고 싶어 하는 주제에 집중하는 대신, 자신이 가진 정보를 모두 책에 담으려고 하다가 결국 내용이 지나치게 길어지고 산만해졌다. 그녀는 불안감을 상쇄하려고 완벽주의에 빠진 나머지 책을 거의 망칠 지경에 이르렀다.

다행히도 뎁은 자각능력이 뛰어난 저자여서 우리가 차근차근 문제점을 알려주자 다시 중심을 잡아 특징이 명확한 책으로 고칠 수 있었다.

우리는 뎁에게, "예술은 결코 끝나지 않는다. 단지 버려질 뿐이다."라는 레오나르도 다빈치의 말을 들려주었다. 요컨대 완벽한 책은 불가능하다. 오직 지금 할 수 있는 만큼 최선을 다할 수밖에 없다. 그리고 독자들을 돕기 위해 책을 출판하면 된다.

이 두려움의 순기능이 여기에 있다. 당신은 두려움을 통해 독자의 요구를 매우 구체적으로 특정하고, 당신의 책이 그 요구를 어떻게 충족할지 분명히 규정하게 된다. 두려움을 생산적으로 이용함으로써 당신은 독자가 원하는 바에만 집중하고, 당신이 어떻게 보일지에 관한 생각을 멈출 수 있다. 그 덕분에 당신은 더 좋은 책을 쓸 수 있다. 독자들이 찾고 있는 지식과 가치를 보여주고, 당신에게도 당신이 원하는 바를 가져다주는 책 말이다.

두려움 4 | 아무도 내 책에 관심을 두지 않을까 봐 두렵다

이 두려움에 대한 다른 표현

- 독자가 없으면 어쩌지?
- 내 책이 아무에게도 영향을 주지 못하면 어쩌지?
- 괜히 내 시간만 버리면서 헛수고하는 게 아닐까?
- 사람들이 내 책을 비판하면 당혹스러울 거야.

이런 두려움이 당신의 책에 미치는 영향

이 두려움은 아주 단순하며, 대개 더 심각한 두려움(뒤에서 설명할 '멍청해 보일까 봐 걱정하는 두려움' 같은 것)을 피하려는 사람들에게 나타난다. 아무도 자신의 책에 관심을 주지 않을 거라고 확신하는 저자에게 흔히 일어나는 현상이다. 역설적이지만 영향력 있는 책을 쓰는 저자 가운데 이런 두려움으로 고통을 겪는 경우가 많다. (정작 이런 두려움을 가져야 할 저자들은 절대 걱정하지 않는다. 세상사가 다 그렇지 않은가?)

이런 두려움을 가진 저자의 예

더글러스 브랙먼 박사는 주의력결핍 과잉행동장애(ADHD)를 겪으며 자랐고, 평생 장애인이라는 말을 들어왔다. 그러나 그는 그렇게 규정되기를 거부했다. 그는 평생을 ADHD의 발병 원인을 (유전적인 소인이 있지만, 질병에 적응하기 위한 목적으로) 이해하고, 그 에너지를 활용하여 오히려 삶의 질을 향상하는 방법을 알아내는 데 집중했다.

그는 자신의 삶에서 이 문제를 해결했다. 그리고 기업가·최고경영자·운동선수·발명가·해군 특수부대원 같은 최상급 성취자들에게 ADHD를 보완하기 위해 체득했던 기술을 가르쳐서 그들이 더 좋은 성과를 내도록 도왔다. 하지만 책을 쓸 때가 되자, 누가 관심이나 가져줄지 확신이 서지 않았다.

여기에 대해 잠깐 생각해 보자. 이미 뛰어난 성취자들을 훈련시키고 있는데도 누군가 그의 책에 관심을 가질 거라고 확신하지 못했다니 이상하지 않은가? 저자가 주제에 대해 너무 잘 알아서 그 내용이 빤하거나 쉽다고 생각하고, 자기가 가진 지식의 가치를 무시하면서 발생하는 현상이다. 이런 저자는 독자들이 전문 지식을 가지고 있지 않으며, 간절히 원하고 있다는 사실을 간과한다. 브랙먼 박사가 바로 이 경우였다. 아마존에 올라온 독자 후기를 살펴보자.

> 브랙먼 박사가 내게 준 도구들은 (모두 책에서 찾을 수 있는 것인데) 내가 내적 평화와 행복을 발견하고 진정한 잠재력을 깨닫게 해주었다. (…) 나는 내 영혼을 다시 감지할 수 있었고, 스스로 일어나서 내가 늘 꿈꾸던 삶을 그려볼 수 있었다. 브랙먼 박사는 내 정신이 어떻게 작동하는지 이해할 수 있게 도와주었고, 충동에 이끌리는 기질을 이용할 수 있게 도와주었다. 그래서 나는 1년이 채 지나지도 않았는데 아무런 외적인 도움 없이도 수십 억대 매출을 내는 기업을 세우고 이상형 여성을 만나고 여러 다양한 분야에서 숙달된 삶을 추구하고 있다. 잠재력을 실현하는 한편으로 더 많은 평온을 찾고 싶은 욕구가 있는 사람이라면 누구에게라도 이 책을 추천한다.

이 두려움을 제대로 이용한다면 동기부여 역할을 할 수 있다. 아무도 관심을 두지 않을까 봐 두렵다면, 현실에서 당신이 하는 말에 관심을 기울이는 사람들을 찾아보라. 그들에게 당신이 아는 지식을 가르치고, 그들의 삶에서 일어나는 변화를 살펴보자. 당신의 지식이 가져오는 변화를 알 수 있고, 사람들에게 미치는 영향이 보인다면 책을 완성하기가 훨씬 쉬워진다.

두려움 5 | 내 책이 사람들을 불편하게 할까 봐 두렵다

이런 두려움에 대한 다른 표현

- 내 책이 누군가를 화나게 할까 봐 걱정이다.
- 난 평가받는 게 두려워.
- 내 책 때문에 현재 고객들을 화나게 하고 싶지 않아.
- 사람들에 대해서 이런 말은 할 수 없어.
- 친구들이 읽고 마음에 안 들어 하면 어쩌지?
- 내가 나쁘게 보이면 어쩌지?

이런 두려움이 당신의 책에 미치는 영향

이 두려움은 책 쓰기를 어렵게 만드는 치명적인 요소다. 평가에 대한 두려움은 많은 저자에게 타격을 준다. 책을 아예 못 쓰게 하거나, 진정으로 원하는 책을 못 쓰게 하거나, 책에서 하고 싶은 이야기를 못 하게 한다. 여기 책에 관한 자명한 사실 하나를 소개한다. **만일 당신의 말에 동의하지 않는 사람이 아무도 없다면, 당신의 말에는 책에 쓸 만큼 가치 있는 내용이 전혀 없다는 뜻이다.**

하늘이 파랗게 보이는 이유에 관해 설명하는 책을 쓴다면 누가 관심을 두겠는가? 거기에 대해서는 모두가 이미 알고 있다. 책은 모름지기 새로운 관점을 주장하거나, 기존 정보를 새롭게 재구성하거나, 관습에 반하는 견해를 보여주거나, 또는 새롭거나 다르거나 반대되는 무언가를 가르쳐주어야 한다. 그것이 책의 핵심이다. 사람들이 새롭게 생각하거나 행동하는 방식을 찾도록 돕는 것이다. 다시 한번 말하겠다. **어느 정도 위험을 무릅쓰지 않고서는 좋은 책을 쓸 수 없다. 그리고 당신의 아이디어에 동의하지 않는다고 말하는 사람이 없다면 당신의 책은 좋은 책이 아니다.**

이런 두려움을 가진 저자의 예

섀넌 마일스는 이 경우에 딱 맞는 훌륭한 예다. 섀넌은 여성이 일과 가족 사이에서 하나를 선택할 필요가 없고 양쪽 모두를 누리는 삶을 만들 수 있다고 설명하는 《제3의 선택 *The Third Option*》이라는 책을 출간했다.

일을 우선시해야 한다고 주장하는 여성도 있고, 가족이 먼저여야 한다고 주장하는 여성도 당연히 많다. 섀넌은 어느 쪽도 경중을 따질 수 없으며, 둘 다 동시에 해낼 수 있다는 견해를 취한다. 이는 양쪽 모두를 불편하게 하는 주장이다. 섀넌은 양쪽 모두로부터 거센 비판과 공격을 받을 것을 알았기에 책 쓰기를 주저했다. 일단 진행하기로 결정을 내린 뒤에도 그녀는 스스로 자신의 견해를 검열하고 머뭇거렸다. 그녀는 미래의 독자를 실망시키고 자신을 배신하고 있었다.

하지만 결국 섀넌은 이 두려움을 극복했다. 그녀는 자신이 아닌 독자에게 초점을 맞추었다. 자신의 관점이나 이야기를 억누르면 독자에게 어떤 도움도 되지 않는다는 사실을 깨달았다. 그 결과 그녀는 대단히 호평받는 책을 써냈다. 물론 일부에서는 부정적인 의견도 있었다. 하지만 그녀가 아무도 하지 않던 방식으로 자신을 이해하고 도와주었다고 느낀 여성들의 긍정적인 반응과 찬사가 부정적인 평가를 압도했다.

사람들이 당신에 대해 안 좋게 말하면 기분 나쁘게 마련이다. 솔직히 인정해도 괜찮다. 그들의 말이 옳지 않고 부당하다고 해도, 그들이 당신에 대해 거짓말한다고 해도, 그것은 상처가 된다. 상처를 받아들여도 괜찮다. 그와 함께 찾아오는 온갖 끔찍한 감정을 느껴도 괜찮다. 인간의 뇌는 무형의 사회적 폭력을 물리적 폭력과 거의 동일하게 받아들인다. 사람들에게 공격을 받으면 아프다. 나는 결코 그 공격을 막아내거나 신경 쓰지 않는 척하라고 말하지 않는다. 그런 방법은 통하지 않는다.

하지만 당신이 직면한 두려움을 선물로 받아들여 보는 건 어떨까? 당신의 견해를 비판하는 사람들 덕분에 모든 각도에서 당신의 입장을 검토하고 논거가 탄탄한지 확인할 수 있다. 그리고 반대하는 목소리는 섀넌의 경우처럼 독자를 찾아내고 자극하는 데 도움을 준다. 어떤 주제에 대해 논쟁할 때 한쪽에만 목소리가 크고 화난 사람들이 있다면, 아마도 다른 쪽에는 그저 대변인이 없다는 뜻일 수도 있다. 당신의 책은 당신이 그 대변인 역할을 맡게 해줄 것이다.

또한 이 두려움은 당신이 다른 견해를 공정하게 대할 수 있게 해준다. 당신이 쓰는 말 한마디 한마디가 사람들에게 어떤 영향을 미치는지 숙고하는 태도는 아주 바람직하다. 그렇게 한다고 해서 당신의 입장이 흐려지지는 않는다. 사실 주장은 다른 관점을 고려할 때 더욱 단단해진다. 마지막으로 스티븐 프레스필드*의 상징적인 언급을 기억해 두자.

일상 속 영웅은 판단하고, 입장을 세우고, 불의에 맞서 행동하거나 미덕을 옹호하기 위해 행동에 나선다. 당신이 장차 예술가가 되기를 꿈꾸면서 '판단하기'를 피한다면 당신은 아무런 할 말이 없는 것이나 마찬가지다.

두려움 6 | 내 책 때문에 내가 멍청해 보일까 봐 두렵다

이런 두려움에 대한 다른 표현

- 내가 바보처럼 보일까 봐 걱정이다.
- 별 하나짜리 평점만 잔뜩 받으면 어쩌지?
- 내 책을 읽은 사람들이 모두 마음에 안 들어 하면 어쩌지?

◆ 영화 〈300〉의 원작인 《불의 문*Gates of Fire*》을 쓴 작가 — 옮긴이

- 오자라도 하나 있으면 사람들이 어떻게 생각할까?
- 내 책에 뭔가 잘못된 게 있을까 봐 두려워. 그럼 지인들이 나를 멍청이로 볼 거야.

이런 두려움이 당신의 책에 미치는 영향

입 밖으로 내지는 못하지만, 모든 저자는 망신당하는 걸 가장 두려워한다. 이 항목을 마지막으로 남겨둔 이유는 위에 설명한 모든 두려움의 본질이 바로 여기로 귀결되기 때문이다. 이 두려움은 매우 이성적이다. 수많은 전문가는 시시한 책을 쓰느니 책을 아예 쓰지 않겠다고 결심한다. 어느 정도 지위에 오른 사람에게는 시시한 책이 오히려 경력에 오점으로 남기 때문이다.

더 심한 두려움을 느끼는 사람도 있다. 자신의 정체성과 책이 매우 밀접하게 연결된 경우이다. 그들은 책을 자신의 연장으로 간주하고 책이 좋지 않은 평가를 받을까 봐 걱정한다. 안 좋은 평가는 곧 그들이 노골적으로 체면을 구긴다는 의미다. 누구도 동료에게 흠 잡히고 싶어 하지 않고, 특히 책처럼 본인과 직결되는 경우는 더욱 조심스러워한다.

이 두려움이 극심해지는 경우, 책 쓰기에 도움을 받으려고 지출한 그 많은 비용을 포기하는 사람들도 있다. 마지막 '출간하기' 버튼을 누르기가 두렵기 때문이다. 과장이 아니다. 몇 달에 걸쳐 작업하고, 어려운 편집과 퇴고를 모두 마치고, 출판 과정 전체를 검토하고, 그런 다음 정말로 마지막 승인만 남았을 때, 우리와 완전히 연락을 차단한 저자들이 있다. 그들은 책이 훌륭하지 않을 거라는 두려움을 마주할 수 없어서 그에 관한 언급조차 회피한다.

이런 두려움을 가진 저자의 예

우리와 함께 일했던 모든 저자는 예외 없이 어떤 형태로건 이런 두려움을 가지고 있었다. (나 역시 마찬가지였다.) 조이 콜먼은 내가 가장 좋아하는 예다. 그는 자신의 책 《다시는 고객을 놓치지 않는다 *Never Lose a Customer Again*》에 그 두려움에 대해 적기도 했다.

하지만 오래 지나지 않아 나 자신에게 의구심이 생기기 시작했고 책을 쓰기로 한 결정에 의문을 가지기 시작했다. **내가 정말 책 전체를 이끌어갈 만한 훌륭한 메시지를 가지고 있을까? 지난 20년간 내 고객들이 그랬던 것처럼 독자들도 8단계 과정을 유용하게 여길까? 300쪽으로 그 체계의 모든 미묘한 의미를 제대로 설명할 수 있을까? 내가 사서 망신을 당하려고 하는 걸까?**

이런 두려움과 의구심, 미심쩍어하는 생각들이 몰려들수록 나는 점점 멀어져 갔다. 나는 팀과 약속했던 전화 연락 일정을 다시 짜기 시작했고, 진실이건 거짓이건 가리지 않고 모든 이유를 들어가며 그들을 밀어냈다. 나는 책 쓰기 과정에서 다음 단계를 미루기 위해서 모든 핑계를 둘러댔다. 이런 상황은 몇 달 동안이나 지속되었다. 그러던 어느 날 밤, 예기치 않게 내 휴대전화기가 울렸다. 발신자 번호는 터커의 것이었다. 머릿속으로 재빨리 일정을 훑어본 결과, 예정에 없던 전화였다. 어쨌거나 나는 전화를 받기로 했다.

터커는 내가 후회와 자책감에 빠져 있다는 사실을 솔직히 인정하게 했다. 그리고 내가 느끼는 그 감정이 어떤 저자에게라도 자연스럽게 찾아온다는 사실을 알려주었다. 그가 첫 번째로 중요한 책을 출간했을 때 똑같은 기분이었다는 이야기도 해주었다. 그 책은 역설적이게 《뉴욕타임스》 베스트셀러 목록에 올랐고, 출간 이래 세계 각국에서 백만 부 이상이 판매되었다.

터커는 내가 정말로 책을 쓸 만한 내용을 가지고 있다는 사실을 깨닫게 해주었고, 내 책이 많은 사람에게 가치 있게 다가갈 거라는 믿음을 보여주었다. 그는 내가 그 과정을 믿고 다시 팀으로 돌아가서 작업을 계속하도록 설득했다. 구매자의 후회◆는 그처럼 강력하다. 내가 이런 인지부조화의 위험성을 깊이 이해하고 있음에도, 내가 기업들에 이것을 가르치고 있음에도, 정작 내가 그 상황에 놓일 때는 이런 감정을 떼어내지 못했다. 이런, 나도 사람이다.

두려움은 그 자체로는 나쁜 감정이 아니다. 당신에게 밀려드는 두려움을 열심히 일하게 하는 동기로 삼는다면 두려움은 당신에게 도움이 된다. 두려움은 동력이 될 수 있다. 두려움은 당

◆ 주로 값비싼 물건을 구매한 뒤에 느끼는 다양한 후회의 감정 — 옮긴이

신이 최고의 책을 만드는 데 온 힘을 쏟게 만들 수 있다. 하지만 두려움에 사로잡혀 어쩔 줄 모를 때, 정도가 지나치게 두려울 때는 어떻게 해야 할까? 다음 장에서는 바로 이 질문을 다룬다. 두려움이 찾아와서 사라지지 않을 때는 어떻게 대처해야 할까?

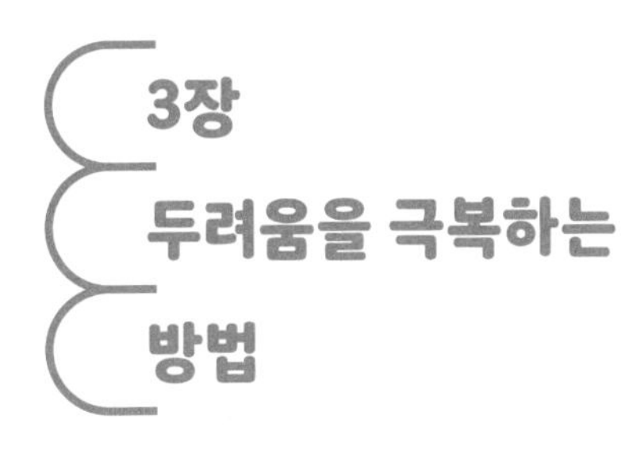

3장 두려움을 극복하는 방법

삶은 성장이다. 성장하지 않으면
죽은 것이나 마찬가지다.
—필 나이트

모든 저자는 두려움에 직면한다

정도의 차이는 있더라도 어느 시점에 이르면 책 쓰기가 두려울 때가 있다. 너무 상심할 필요 없다. (나를 포함한) 모든 저자가 똑같이 느낀다. 나는 (지금까지) 일곱 권의 책을 썼지만 실은 열 권은 (또는 그 이상을) 썼어야 했다. 나는 두려움 때문에 적어도 책 세 권은 내지 못했다. 이해한다. 나도 겪어봤다. 쓸 책이 있다는 사실을 스스로 알면서도 단지 쓰는 게 두려워서 시작도 못 하면 정말 끔찍한 기분에 빠진다.

두려움의 쓸모

가장 먼저, 두려움이 꼭 나쁘지만은 않다는 사실을 기억하자. 두려움도 쓸모가 있다. 근본적으로 보자면, 두려움은 위험을 방어하기 위해 우리를 자극함으로써 생존하도록 도와주는 적응 반응이다. 이는 자연스러운 현상이고, 도움이 될 때도 많다. 당신은 자신을 다치게 할 대상을 두려워하도록 진화했고, 두려움은 당신을 안전하게 지켜준다. 문제는 당신이 사소하거나 비이성적인 두려움 때문에 해야 할 무언가를 하지 못할 때 발생한다. 그럴 때 두려움은 방어적인 감정이 아니라 파괴적이다.

당신이 마주하는 여러 두려움 중에서 일부는 합리적이지만, 이성적으로 분석해 보면 대부분 터무니없다. 비이성적인 두려움이라고 해도 두려움의 감정은 엄연히 실재한다. 책 쓰기를 실행하려면 그 감정을 처리해야 한다. 두려움이 당신을 지연시킨다고 해서 자책하지 마라. 나를 비롯하여 거의 모든 저자가 어느 순간에는 겪었던 일이다.

두려움을 극복하는 방법

당신은 두려움과 맞서는 싸움에서 이길 수 있다. 어떻게 해야 할까? 그리고 미래에 다가올 두려움을 어떻게 대비할 수 있을까? **당신이 느끼는 두려움을 재구성하도록 정서적인 두뇌를 훈련하고, 두려움이 행동을 촉발하는 연료가 되도록 이용하라.** 이제 저자들이 두려움을 극복하도록 돕는 단계별 방법을 소개하겠다. 그에 앞서 두려움이 무엇인지 재구성해 보자.

불안의 증상들

① 심장박동수가 증가한다(아드레날린 증가).

② 투쟁-도피 반응◆이 시작되고 초조해지면서 식은땀을 흘린다(코르티솔 급증).

③ 터널 시야가 되고 두려움 너머 아무것도 보거나 생각하지 못한다(노르에피네프린 증가).

흥분의 증상들

① 심장박동수가 증가한다(아드레날린 증가).

② 투쟁-도피 반응이 시작되고 초조해지면서 식은땀을 흘린다(코르티솔 급증).

③ 터널 시야가 되고 흥분 너머 아무것도 보거나 생각하지 못한다(노르에피네프린 증가).

◆ 위협을 느끼는 상황에서 투쟁이나 도피를 선택하여 대응하도록 교감신경계가 작용하는 생리적 반응 — 옮긴이

위에서 보듯이 불안과 흥분은 신체적으로 정확히 똑같은 증상을 나타낸다. 불안은 부정적인 기분의 두려움이다. 흥분은 긍정적인 기분의 두려움이다. 롤러코스터를 상상해 보자. 어떤 사람들은 롤러코스터를 타려고 기꺼이 돈을 쓰고 몇 시간을 줄 서서 기다리기도 한다. 어떤 사람들은 롤러코스터를 탄다는 생각만으로도 공황에 빠진다. 같은 놀이기구지만 기분이 다를 뿐이다. 이제 당신의 두려움을 어떻게 극복해야 할지 보이기 시작하는가? 여기 두려움 극복에 활용할 만한 단계를 소개한다.

1단계 | 두려움 목록 만들기

스스로 물어보자. 당신이 책을 쓴다면 어떤 일이 일어날까 봐 두려운가? 당신이 느끼는 두려움을 적어보자. 모든 두려움이나 불안을 빠짐없이 써보자. 피하거나 부정하거나 축소하지 말자. 시간을 들여서 당신이 가진 모든 두려움에 대해 생각해 보라. 두려움을 알아보고 인정하고 확인해 보라. 당신의 두려움을 분명히 표현하는 데 어려움을 겪는다면 가장 흔한 '두려움 6'이 훌륭한 지침이 될 것이다. 목록이 길다고 해서 걱정할 것 없다. 적어도 서너 가지 두려움은 있을 테고, 그보다 많아도 그대로 적으면 된다. (진실이라면) 더 많이 쓸수록 더 좋다. 자신에게 솔직하다는 뜻이기 때문이다.

2단계 | 스스로 질문하기 : 발생 가능한 일인가

목록에 적은 각각의 두려움에 대해 스스로 물어보라. '이 두려움이 가능한 것인가? 이런 일이 일어날 가능성이 있을까?'

사람들은 모호하고 규정되지 않은 두려움에 불안을 느끼곤 한다. 그런 경우에는 그 두려움이 무엇인지 규정하고, 절대로 현실에서 일어나지 않는다는 사실을 깨달으면 두려움이 사라진다. 예를 들어 우리와 함께 일하는 저자 중에는 이렇게 말하는 사람들이 있다. "이 책을 쓰기는 쓰지만 출간하지 못하게 될까 봐 걱정이에요." 이런 일은 실제로 생겨나지 않는다. 그들은 우리에게 책을 출간해 달라고 돈을 지급했고, 우리는 그 요청을 저버린 적이 없었기 때문이다.

물론 당신이 떠올리는 몇몇 두려움은 가능성이 아주 희박하다고 해도 실제 일어날 수 있다. 위의 예에 이어서 당신은 이렇게 말할 수도 있다. "이 책을 쓰고 체면을 구기거나 직업적 평판에 손상을 입게 될까 봐 두려워요." 이런 상황은 현실에서 진짜 일어날 수 있다. 당신이 형편없는 책을 쓰면 당신은 형편없어 보일 것이다. 그렇다. 가능성은 매우 낮지만, 책이 형편없어 보일 수 있다.

현실화될 가능성이 없는 두려움은 무시하고 목록에서 지우자. 일어날 가능성이 있는 두려움에 대해서는 단계를 계속 밟아나가자.

3단계 | 스스로 질문하기
: 이 두려움이 현실이 된다면 어떤 결과가 생길까

여기서 최악의 경우를 생각해 보는 것도 괜찮다. 실은 그러는 편이 더 좋다. 발생 가능한 가장 안 좋은 결과를 분명히 표현할 수 있다면, 적어도 어떤 상황인지 인지하고 무엇을 잃을지 명확히 예상한 상태에서 앞으로 나아갈 수 있다. 문제될 게 전혀 없다. 냉정한 상황 인식은 두려움을 극복하는 데 큰 역할을 한다. 그러니 어떤 결과가 있을지 적어보라. 두려움이 현실이 된다 해도 결과가 크게 심각하지 않을 수도 있다. 예를 들어 '내 말이 재수없게 들릴까 봐 걱정'이라는 두려움이라면 그 결과는 아마도 별로 해롭지 않을 것이다.

결과가 더 심각한 두려움도 있다. 예컨대 '이 책을 쓰면 내가 형편없어 보이고, 그래서 내 직업적인 평판도 손상될까 봐 걱정'이라는 두려움이 현실이 된다면 그 결과는 상당히 타격이 크다. 이런 두려움을 어물쩍 넘기지 마라. '나는 형편없는 책을 쓰겠지. 사람들은 나를 멍청하다고 생각할 테고 내 회사는 실패할 거야. 나는 웃음거리가 되고 빈털터리가 되겠지. 집과 가족도 잃고 길거리에서 굶주린 채 혼자 추위에 떨며 죽어가겠지.' 이런 일이 일어날까 두려운가? 그렇다면 적어두어라. 두려운 결과가 무엇이든 상관없이 적어보자.

4단계 | 스스로 질문하기
: 책을 쓰면 나에게 어떤 이익이 돌아올까

당신은 두려움과 반대되는 결과도 기대하고 있을 것이다. '내가 책을 쓰면 내 분야에서 권위를 얻고 주목을 받을 거야. 강연 기회도 더 많이 얻고 사업도 성장할 거야.' (바로 다음 단계에서 이 이익에 관해 자세하게 정의하겠다. 나중에 다시 상세하게 다듬더라도 일단은 지금 적어두자.)

그런 다음, 이 이익들을 큰 소리로 말해보자. 이때 흥겹게 즐기는 마음이 중요하다. 실제로 이렇게 말해보자. "나는 기분이 좋아. 이 책으로 권위가 더 높아지고, 강연 기회도 늘고, 사업도 확장될 테니까." 이것을 세 번 반복해 보자. 반드시 큰 소리로 말해야 한다. 당신 자신에게 말하는 방식으로 표현해야 한다. 민망하겠지만, 큰 소리로 말하면 그저 생각으로만 할 때와는 전혀 다른 영향을 끼친다. 너무 심오한 심리학적 설명까지 하지는 않겠지만, 큰 소리로 말하면 당신의 두뇌는 그 이익을 더 진짜처럼 받아들인다. (만약 큰 소리로 말하기가 왜 그렇게 큰 차이를 만드는지 알고 싶다면, '행동 조절의 내적 언어' 또는 '폰 레스토르프 효과'를 검색해 보라. 경고! 검색하다 보면 옆길로 새서 빠져나오기 어려울 수도 있다.)

5단계 | 스스로 질문하기
: 당신의 책으로 누가 어떤 도움을 받을까

당신이 언급한 두려움들의 경향성을 알아챘는가? 그 두려움의 공통점은 무엇인가? 사실 아주 간단하다. 모든 두려움은 자기중심적이다. 당신이 두려워할 때, 당신은 오직 당신 자신과 자신의 욕구에만 집중하고 있다. 두려움은 당신을 생존 태세에 돌입하게 한다. 두려움은 당신의 바깥쪽을 보지 못하게 만들고 자신 안에 가두어버린다.

이기심이 나쁘다고 말하려는 게 아니다. 그렇지 않다. 두려움처럼 이기심 역시 당신의 삶에서 역할이 있다. 다만 당신이 책을 쓰려는 주된 이유에 다시 초점을 맞추도록 환기해 준 것뿐이다. 당신이 경험을 통해 배운 무언가를 돌려주고, 다른 사람들에게 영향을 주려는 게 그 이유 아니었던가? 당신이 돕게 될 사람을 상상해 보자. 그 사람에 대해 아주 구체적으로 생각해 보자. 그 사람이 지금 당하고 있는 고통을 상상해 보자. 그 사람이 당신의 책을 읽지 못해서 겪고 있는 어려움을 생각해 보자.

당신의 지식이 그 사람들의 삶을 얼마나 달라지게 해줄까? 당신의 책은 그들에게 중요하다. 그들의 삶에 의미가 있다. 그래서 당신이 책을 쓰고 있다. **그들은 당신의 책이 필요하다.** 당신이 가진 그 지식이 그들에게 얼마나 필요한지 생각해 보라. 당신의 독자가 책을 읽고 난 뒤의 모습을 상상해 보라. 그때 그들의 삶은 어떨까? 당신의 책 덕분에 그들의 삶은 얼마나 더 좋아질까? 멋진 결과물을 연상하면 어떤 감정이 드는가? 이제 쓸 수 있을까? 독자들을 위해서.

책을 쓰려는 이유는 당신이 경험했던 문제, 당신도 매우 곤란을 겪었던 문제를 다른 사람들이 해결하는 데 도움을 주기 위해서다. 도움이 필요한 사람들을 상상해 보고, 당신이 책을 쓰지 않으면 실의에 빠질 사람들을 생각해 보라. 아주 강력한 동기부여가 될 것이다. 두려움을 물리치는 최고의 무기가 될 것이다. **자신을 위해서는 용기를 내지 못하는 사람들 가운데 대다수는 다른 사람을 위해서는 기꺼이 용감해진다.** 당신이 두려움에 맞서 책의 대상 독자를 떠올릴 수 있다면 당신은 책 쓰기에 집중할 수 있다. 독자에게 초점을 맞추면 성공적인 결과를 낼 수 있다(여기에 관해서는 2부 '책 포지셔닝하기'에서 더욱 자세히 다루겠다).

6단계 | 스스로 질문하기
: 내가 책 쓰기를 그만둔다면 어떻게 될까

자신에게 물어보자. '책을 쓰지 않는다면 어떤 일이 일어날까? 누가 어떻게 고통을 받을까?' 그리고 당신이 책 쓰기를 그만두었을 때 일어날 일을 모두 적어보라. 불안에 맞서기 위해 불안 그 자체를 이용해 보자. 스스로 이런 질문을 한다면 당신의 뇌는 태도를 바꾸어 책 쓰기를 찬성할 것이다.

이 방법은 인간의 두뇌가 작동하는 특유의 방식 때문에 효과가 있다. 당신이 책 쓰기로부터 얻을 이익을 '보았기' 때문에, 스스로 책 쓰기를 그만두는 상상을 하면 강한 심리적 반응이 일어난다. 바로 손실회피성향이다. 사람들은 이익보다 손실에 훨씬 더 많이 자극받는다. 혜택과 이익을 이미 생각해 본 당신은 이제 손실로부터 그것을 지키고 싶어진다.

7단계 | 결정하기

이 단계는 매우 간단하다. 이제까지 쓴 모든 목록을 검토해 보고 결정을 내리자. 책 쓰기를 계속할 것인가? 그럴 만한 가치가 있나?

실수하지 말자. 이것은 결정이다. 당신의 책 쓰기는 당연하다거나 자연스러운 결과물이 아니다. 실제로 목록을 들여다보고 잠재적인 위험이 이익보다 더 크다는 사실을 깨닫고 책을 쓰지 않기로 결정한 사람들도 매우 많다. 그리고 그렇게 해도 괜찮다.

우리가 진행하는 저자 지도 워크숍에 모인 사람들은 각 단계의 주요 내용을 소리 내어 읽은 뒤, 참여할지 안 할지를 결정한다. 머릿속 생각을 끄집어 내어 현실성을 부여하는 방법으로 아주 효과가 좋다. 정말이다. 당신은 자신이 내린 결정을 사람들 앞에서 소리 내서 말해야 한다. 당신이 말로 하고, 소리를 들었을 때는 그러지 않았을 때와 차이가 생긴다.

8단계 | 스스로 질문하기
: 두려운 결과를 막을 계획은 무엇인가

이제 책 쓰기에 전념하기로 했으니, 두려운 결과를 피하거나 최소화하기 위한 계획이 무엇인지 정확히 그려야 한다. 두려움은 종종 부분적으로 부실한 계획이나 무계획에 대한 잠재의식의 반응에서 기인하기 때문이다. 예를 들어 당신의 두려움이, '이 책 때문에 형편없어 보이고 직업적 평판도 손상을 입을까 봐 걱정'이라고 가정해 보자. 이 두려움은 글쓰기 솜씨에 자신이 없고 책 편집을 누가 맡을지 정해지지 않았기 때문일 가능성이 크다. 전문 편집자를 찾고 출판을 결정하기 전에 여러 동료에게 검토를 받아보는 간단한 계획으로도 이 두려움이 현실에서 일어나지 않을 수 있다.

나중에 돌아와서 두려움 목록을 다시 작성할 수도 있다. 그래도 괜찮다. 예컨대 당신의 두려움이, '책을 쓸 시간이 없을까 봐 걱정'이라고 가정해 보자. 글쎄, 이 걱정은 당신에게 지금 당장은 책 쓰기를 위해 시간을 낼 계획이 없다는 뜻이다(여기에 대해서는 나중에 살펴보겠다). 하지만 걱정하지 마라. 이 책을 다 읽어갈 무렵에는 구체적이고 세세하고 실행 가능한 계획을 갖출 테고, 계획대로만 따라 한다면 책을 완성할 수 있다는 사실을 확실히 깨달을 것이다.

9단계 | 스스로 질문하기

: 이 두려움을 어떻게 활용할 수 있을까

만일 두려움을 제대로 마주한다면 두려움은 당신에게 도움이 될 수 있다. 롤러코스터의 예를 떠올려 보자. 롤러코스터에 대한 생리적 반응은 선택할 수 없지만, 어느 정도 연습을 거치면 그 생리적 반응을 어떻게 해석할지는 선택할 수 있다. 당신의 개인 경험으로는 롤러코스터가 '두려움'일 수도, '황홀함'일 수도 있지만, 몸은 육체적 반응을 동일하게 취급한다. 즉, 당신이 두려움을 흥분으로 재구성할 수 있다는 뜻이다. 그리고 당신의 뇌가 책 쓰기를 두려워하지 않도록 재교육시킬 수도 있다. 마찬가지로 두려움 에너지를 활용하여 당신의 책 쓰기에 도움을 줄 수도 있다.

이제 당신이 써놓은 두려움을 각각 살펴보자. 그리고 물어보자. '이 두려움을 어떻게 활용하면 내게 도움이 될까?' 예를 들어 당신의 두려움이, '이 책 때문에 형편없어 보이고 직업적 평판도 손상을 입을까 봐 걱정'이라고 가정해 보자. 당신은 그 두려움을 에너지로 활용해 동기부여 하고, 정말로 훌륭한 책을 만들기 위해 노력할 수 있다. 당신은 형편없어 보이지 않게 최선을 다할 것이다. 모든 두려움에 이 방법을 적용할 수 있다. 모든 두려움은 그 안에 해결의 씨앗도 가지고 있다. 당신이 찾아서 활용할 수만 있다면 말이다.

2부

책 포지셔닝하기

1장 포지셔닝이란 무엇인가

아무도 보지 않는 무언가를 보는 게 아니라,
모두가 보는 것에 대해 아무도 생각하지 못한
무언가를 생각하는 게 과제다.
— 슈뢰딩거

포지셔닝은 책 쓰기와 영업, 양 측면에서 모두 가장 핵심적이다. 지금 적절하게 포지셔닝한다면 당신의 책은 앞으로 수년 동안 이익을 가져다줄 것이다. 그렇다면 책 포지셔닝이란 무엇일까? 간단히 말하면 책 포지셔닝은 **당신의 책이 독자의 마음에서 차지하는 자리이며, 독자가 필요를 충족하기 위해 당신의 책을 인지하게 만드는 방법이다.** 이 정의는 포지셔닝에 관한 출판업계의 기술적인 답변이다. 좀 더 쉽게 이야기하자면 포지셔닝은 결국 모든 책에 대한 독자의 질문, '내가 왜 이 책을 읽어야 하지?'에 답하는 것이다.

포지셔닝 문제를 해결하지 못하면 책을 쓰거나 마케팅을

할 수 없다. 제대로만 한다면 포지셔닝은 책 쓰기와 마케팅을 모두 쉽게 만들어주고 책으로 얻고자 하는 모든 목표를 이루게 해준다. 포지셔닝을 진지하게 고려하지 않거나 부적절하게 하면 어떤 방법도 당신의 책을 구하거나 성공적으로 만들어줄 수 없다.

책 포지셔닝의 (아주) 짧은 역사

지난 백 년 동안 기존 출판계는 책을 계약하기 전에 반드시 에이전트와 편집자가 포지셔닝에 관해 논의해야 했다. 엄밀히 말해서 기존 출판계에서 포지셔닝 논의는 전통적인 서지분류에서 책이 어디에 속하는지를 중심으로 이루어졌다. 포지셔닝이라는 용어도 거기에서 유래했다. 말 그대로 책이 서점 서가의 어느 위치에 가야 하는지를 논의하는 것이었다. 20세기의 도서 시장은 본질적으로 서점의 요구와 거의 다르지 않았기 때문이다.

이런 포지셔닝 논의는 물론 요즘 현실과 맞지 않는다. 대부분 책은 이제 온라인에서 디지털 방식으로 판매되고, 서지분류는 예전만큼 중요하지 않다. 게다가 기존 책들은 오직 오프라인서점에서 팔리는 데만 관심을 두고 포지셔닝되었다. 그게 그들이 돈을 버는 방식이었기 때문이다.

현대의 책 포지셔닝

위에 설명한 내용은 요즘 상황과 전혀 맞지 않는다. 이제 대부분 책은 오랜 관습을 벗어나서 출간되고, 대부분의 논픽션 도서는 판매를 통해 이익을 실현하지 않는다. 오늘날의 현실은 이렇다. **많은 논픽션 저자는 책 자체의 판매가 아니라, 책이 가져다주는 파생효과로부터 대부분의 수익을 얻는다.**

물론 책을 판매해서 돈을 벌어들일 수도 있다. 그보다는 책을 마케팅 도구로 활용해 소득을 창출하는 방식으로 주된 흐름이 바뀌었다. 예컨대 책은 권위를 상승시키고 인지도를 높이며 고객을 늘려준다. 이 전략은 책이 인식되고 포지셔닝되는 방식을 근본적으로 바꾸어놓았다(여기에 대해서는 다음에 더 자세히 설명하겠다). 스크라이브는 기존 포지셔닝 방식을 답습하지 않고, 출판사의 필요에 맞추는 방식이 아니라 저자인 당신의 필요에 적합하도록 조정했다.

적절한 포지셔닝은 책의 효과를 보장한다

다음 세 장에서는 우리가 새롭게 재구성한 포지셔닝에 대해 차근차근 설명하겠다. 스크라이브에서도 여기 소개하는 내용과 똑같은 단계와 질문을 통해 저자가 아이디어를 다듬고 구체화하여 잘 포지셔닝된 책으로 만들도록 돕는다. 다음은 책 포지셔닝의 3단계이다.

① 목표 결정: 당신이 성공하려면 책은 어떤 결과를 내야 하는가?
② 독자층 겨냥: 당신의 목표를 이루기 위해 반드시 잡아야 할 독자는 누구인가?
③ 책의 구상 확정: 당신의 책은 무엇에 관한 것인가? 독자들은 왜 관심을 가질까?

이 세 단계는 사실 모두 연결되어 있다. 당신의 목표는 특정한 독자를 필요로 한다. 독자에게는 책으로 충족해야 하는 욕구가 있다. 독자를 끌어들이고 독자에게 가치를 제공하는 구상이 필요하다. 그래야 당신이 달성하고자 하는 목적을 이룰 수 있다. 이 모든 과정은 간단한 공식으로 연결되어 있다. 공식만 따른다면 당신과 독자 모두에게 가치를 제공하는 책의 주제를 선택할 수 있다.

책에 관해서 기억해야 할 가장 중요한 사실은 바로 이것이다. **아무도 당신이나 당신의 책에 관심을 두지 않는다. 그들은 오직 당신의 책이 그들을 위해 무엇을 할 수 있는지에만 관심을 가진다.** 이 사실은 너무나 중요하기 때문에, 이번 장을 시작할 때 했던 질문으로 이번 장을 마치겠다. 포지셔닝은 독자의 머릿속에 있는, **'내가 왜 이 책을 읽어야 하지?'**라는 질문에 답하는 것이다. 집필하기 전에 이 질문에 대한 답을 알고 있지 않다면, 당신은 독자나 당신 스스로에게 도움이 안 되는 책을 쓸 수도 있다.

2장 목표 찾기

목표에 집중하면 성공한다. 그리고 트로피를 얻는다.
트로피에 집중하면 목표를 놓친다.
그리고 아무것도 얻지 못한다.
—제레미 루비-스트라우스

스크라이브는 목표를 정하고 책 포지셔닝을 시작한다. 책으로 무엇을 성취하려 하는지 알고 나면 그 목표를 이루는 데 적합한 책 쓰기에 집중할 수 있기 때문이다. 다음 세 가지 질문은 저자가 적절한 목표를 파악하는 데 도움을 준다.

질문 1 | 당신의 책이 독자에게 어떻게 도움이 되기를 원하는가. 독자는 책에서 무엇을 얻는가

당신의 책이 당신에게 무궁무진한 혜택을 가져다준다고 해도, **책 내용은 당신이 아니라 독자를 위한 것이다.** 독자는 책의 수용자이고, 책으로부터 진짜 가치를 얻었을 때만 (당신에게 도움이 되도록) 당신의 책을 지지하고 공유한다. 독자가 받을 혜택을 정확히 짚어낸다면, 독자의 지지를 당신의 목표에 연결 짓는 방법도 알 수 있다. 저자는 일반적으로 자신의 책이 독자에게 아래와 같이 기여하기를 바란다.

① 문제 해결을 도와준다: 대개는 이 점이 결정적인 요소다. 독자가 얻는 혜택은 다양하게 달라지지만, 중요한 점은 모든 독자가 자신이 원하는 무언가를 얻으리라고 기대하기 때문에 당신의 책을 산다는 사실이다.
② 지식·지혜·정보를 전해준다: 저자는 자신의 책에서 독자가 무언가를 배우기를 바라기도 한다. 이 항목은 문제 해결을 돕는 것과 긴밀한 연관이 있지만, 두 범주가 정확히 일치하지는 않는다.
③ 영감을 얻게 해준다(의욕을 고취한다/힘을 북돋운다).
④ 새로운 관점을 제시한다: 위에서 언급한 사항만큼 보편적이지는 않지만, 그래도 상당히 빈도가 높다. 많은 저자가 무언가를 완전히 새롭게 해석하는 관점을 독자에게 내보이고 싶어 한다.

구체적인 사례를 들어보자. '더 빠르고 효과적인 학습 방법에 관한 책'을 쓴 저자는, "다른 무엇보다 그들에게 영감을 주고 싶다. 그들이 현재 상태에 갇히지 않고 잠재력을 온전히 발휘해서 무엇이라도 빠르게 배울 수 있다는 사실을 믿게 해 주고 싶다. 그들에게 실제로 더 빠르게 배울 수 있는 도구와 기술을 (그리고 자신감을) 주고 싶다. 마지막으로 건강을 비롯한 생활방식, 사회생활에서 대안적인 삶에 눈뜨게 해 주고 싶다. 궁극적으로 그들에게 영감을 불어넣어 주고 그들이 꿈꾸는 삶을 살도록 힘을 주고 싶다."라고 목표를 잡았다.

'여성들에게 공격적이면서도 윤리적인 영업 방식을 가르치는 책'을 쓴 저자는, "이 책을 읽는 여성들은 자신 있게 영업할 능력을 키웠다고 느낄 것이다. 내가 공유하는 판매 전략을 이용해 강요한다거나 지나치게 상술을 부린다는 느낌을 주지 않고 구매 전환율을 높일 수 있다. '그녀(저자)가 해냈으니까 나도 할 수 있어!'라고 느낄 것이다. 두려움에 맞서고, 영업 분야에서 꿈을 향해 나아갈 영감을 얻을 것이다."라고 위의 질문에 답했다.

질문 2 | 당신의 책이 출간된 지 몇 년 지났다고 가정해 보자. 어떤 성취를 이뤘으며, 어느 지점에서 책을 쓴 보람을 느꼈는가

책이 저자에게 가져다줄 혜택은 거의 무한대다. 이걸 일반화하면 대략 여섯 가지로 정리할 수 있다.

① 인지도/주목도 상승: 책은 다양한 방식으로 당신의 인

지도를 높여준다. 예를 들어 언론 노출 기회를 얻기가 쉬워진다거나 당신이 일하는 업계에서 인지도가 상승한다.

② 권위와 신뢰 상승: 책은 저자의 영역에서 권위를 확고히 다지고 신뢰성을 얻도록 도움을 준다.

③ 새로운 고객과 기회를 획득: 책은 새로운 사업과 다양한 기회를 마련하는 데 훌륭한 플랫폼이 되어준다.

④ 강연에 초빙: 책은 당신이 강연료를 받는 강사가 되거나, 대중강연을 요청받는 데 거의 필수적인 조건이다.

⑤ 유산 남기기: 책은 당신이 이룬 업적으로 남아 사람들에게 전해진다.

⑥ 다른 이들에게 영향 주기: 이 항목은 첫 번째 질문에서도 어느 정도 다루어졌지만, 여기에도 해당한다. 어떤 저자는 이 점을 가장 중요한 혜택으로 여긴다. 그들은 책이 자신에게 어떤 물질적인 혜택을 가져다줄지 전혀 관심을 두지 않거나 부차적인 이익으로만 생각한다. 어떤 저자이건 자신의 책이 당연히 다른 이들에게 영향을 끼치기를 기대한다. 다만 몇몇 저자는 이 부분에 훨씬 더 역점을 두기도 한다.

각 항목의 세부 내용은 저자의 전문 영역과 직업에 따라 달라지겠지만, 위의 항목 중에서 무엇이라도 매우 현실적인 목표가 될 수 있다. 당신의 목표가 더 구체적일수록 더 좋다. '질문 2'에 대한 답변 사례를 들어보자.

위의 '더 빠르고 효과적인 학습 방법에 관한 책' 저자는, "내가 어느 때보다 사업에 덜 관여했음에도 우리는 B2C◆ 사업을 연간 천만 달러 규모로 확장했다. 여기에는 무료 책자 배포와 책 노출이 고객을 끌어모으는 데 큰 역할을 했다. 우리는 세계 최대 규모의 학습 서밋을 운영하고 있으며, 해마다 평균 500여 명이 참가비를 내고 참석한다. 우리는 법인과 기업에 서비스를 제공하여 연간 백만 달러가 넘는 매출을 올리고 있다. 책과 행사를 통해 널리 알려지고 신뢰를 쌓은 덕분이다. 우리는 교육 개혁에 관한 연구, 대화, 토론을 촉발했으며 교육을 향상하기 위한 비영리 실험 계획을 진행하고 있다"고 말했다.

그리고 '여성들에게 공격적이면서도 윤리적인 영업 방식을 가르치는 책'의 저자는, "많은 여성 기업가들이 나를 팔로잉한다. 그리고 내 브랜드는 잘 알려져 있으며 높은 평가를 받는다. 나는 영업과 여성 권한 관련 주제에서 인기 있는 연사다. 나는 테드엑스 강연을 했고 사우스바이사우스웨스트(SXSW)◆◆와 트래픽&컨버전 서밋◆◆◆ 같은 대규모 행사에서 강연을 요청받았다. 나는 수

◆ 기업과 소비자 사이에 이루어지는 전자상거래 방식 — 옮긴이

◆◆ 미국 텍사스주 오스틴에서 해마다 열리는 세계 최대 규모의 음악, 영화 관련 행사 — 옮긴이

◆◆◆ 미국 샌디에이고에서 해마다 열리는 디지털 마케팅 관련 행사 — 옮긴이

천 명이 참석하는 장소에서 강연을 요청받을 것이고, 1회 강연으로 2만 달러를 받을 것이다. 사람들(여성과 남성 모두)은 나에게 이 책을 써주어서 고맙다고 말한다. 이 책이 그들에게 진정으로 도움이 되었기 때문이다"고 답했다.

비현실적인 목표에는 어떤 것이 있을까

물론 누구나 속으로는 자신의 책이 수백만 부 팔리고 기록적인 성공을 이루기를 바란다. 하지만 그런 바람을 당신의 목표로 삼는다면 실패를 준비하는 것이나 다름없다. 그건 현실적인 목표가 아니다. 현실적인 목표를 정하면 그만큼 당신의 책이 정말로 성공할 가능성이 높다. 이 질문에 대해 당신이 할 수 있는 가장 중요한 일은 환상을 버리고 달성 가능한 목표를 세우는 것이다. 다음은 비현실적인 목표들이다.

- 출간 첫해에 백만 부 판매
- 테드 강연 요청받기
- 저명한 저자가 되기
- 《뉴욕타임스》 베스트셀러 목록에 오르기
- 〈오프라 윈프리 쇼〉나 〈엘런 쇼〉에 출연하기
- 불분명한 공허감 채우기

이런 목표가 절대로 불가능하지는 않다. 모두 이룬 사람도 있다. 우리 저자 중에 몇 명도 이런 목표를 달성한 예가 있다. 하지만 그런 사람은 극히 드물다. 대부분 책은 이런 목표를 이룰 가능성이 전혀 없다. 더 현실적인 목표에 집중할수록 당신의 책은 성공에 필요한 독자들을 잘 겨냥해 적중할 수 있다. 브랜딩과 실질적인 투자수익률 측면에서 책을 통해 정확히 무엇을 얻을 수 있는지에 대해 더 깊이 알아보려면 이 책 말미의 '부록'에서 '책은 어떻게 브랜드 가치를 상승시킬까'와 '책으로 돈 버는 방법'을 참고하라.

질문 3 | "책 쓰기는 정말 보람 있는 일이었어."라는 말이 나올 만한 단 한 가지 사건은 무엇일까. 당신은 어떤 일로 '샴페인을 터뜨리면서' 축하했는가

우리는 목표에 이르는 조준선을 정렬하기 위해 이 질문을 한다. 당신이 '샴페인을 터뜨리는 순간'이 당신이 말한 목표와 일치하지 않는다면 이유가 무엇인지 자문해 보고, 조준선을 점검해 보아야 한다.

좋은 예

- 내 첫 번째 강연 약속을 잡았을 때
- 책 덕분에 찾아온 첫 번째 고객을 만났을 때

- 내 책이 드디어 출간되었을 때
- 내 책을 손에 들었을 때

나쁜 예(실제로 저자들이 한 이야기를 옮겼음)

- 내 책이 백만 부 팔리고, 오프라 윈프리가 쇼에 출연해 달라고 할 때
- 테드 강연을 하고, 내 회사를 10억 달러에 매각할 때
- 내 책이 업계에 충격을 줄 때
- 아버지가 내게 사랑한다고 말할 때

3장 독자층 파악하기

다른 사람들에게 영향을 끼칠 수 있는 유일한 방법은
그들이 원하는 것에 관해 이야기하고
그것을 어떻게 얻을 수 있는지 보여주는 것이다.
—데일 카네기

독자가 누구인지 고려하지 않고도 당연히 책을 쓸 수 있다. 하지만 잘되기를 기대하지는 마라. 사실 독자를 고려하지 않고 쓰인 책을 일컫는 이름이 있으니, **바로 일기다.** 당신의 책이 성공하기를 바란다면, 그리고 당신이 설정한 목표에 도달하기를 바란다면 독자가 필요하다. 책 쓰기에 앞서 독자에 대해서 미리 생각하고 분명히 규정해야 한다.

독자가 무엇인지에 대한 정의에서부터 시작하자. **독자란 당신의 책이 해결하는 특정한 문제를 공유하는 사람들의 집단이다.** 따라서 좋은 책을 쓰기 위해서는 당신의 책이 도울 수 있는 사람들만 남을 때까지 예상 독자를 최대한 좁혀서 잡아야 한다.

독자 설정에서의 실수

대다수 저자는 독자에 대해 생각할 때 세 가지 큰 실수를 한다.

실수 1 | 틈새를 공략하지 않고 광범위하게 설정한다

어떤 저자들은 자신의 책이 잠재적으로 모두에게 읽힐 수 있다고 생각한다. 그들은 수백만 명의 사람들이 자신의 책을 흥미롭게 여기는 것이 '가능하다고' 생각한다. 하지만 그런 생각은 금물이다. **모든 사람**을 독자로 삼고 쓰인 책은 단 한 권도 없다. 성경도, 코란도, 토라도 아니다. 《그레이의 50가지 그림자 *Fifty Shades of Grey*》나 《해리 포터 *Harry Potter*》도 마찬가지다. 당신의 책이 모두를 위한 책이라고 생각한다면 완전히 오산이다. 사실 당신의 책이 폭넓은 독자층의 흥미를 끌리라는 예상조차 틀린 생각이다. 매년 출간되는 논픽션 도서 중에서 10만 명 이상의 독자를 가진 책은 극소수에 불과하다. 대다수 책은 대부분 사람에게 전혀 매력이 없다. 그리고 그렇다고 해도 아무런 문제가 없다.

바람직한 태도: 풍요는 틈새에 있다

당신이 석유를 찾는다고 생각해 보자. 10킬로미터 폭으로 1미터 깊이의 구멍을 파보겠는가, 아니면 1미터 폭으로 10킬로미터 구멍을 파보겠는가? 어떤 접근 방법이 석유를 발견할 가능성이 있을까? 당연히 폭 1미터의 구멍을 10킬로미터 깊이로 파는 방법이다. 책은 당신에게 동일한 선택권을 준다. 그리고 거의 모든 저자는 '폭 1미터, 깊이 10킬로미터'의 범주에 자신의 책을 넣는 방법이 더 낫다. 왜 독자층을 넓게 잡지 않고 틈새를 겨냥해야 할까?

첫째, 폭넓은 매력을 가진 책을 쓰기란 무척 어렵다. 전업 작가도 지나치게 광범위한 독자를 대상으로 삼은 책을 쓰려고 하지 않는다. 그들은 독자를 명확하게 규정하고 그 독자에게 맞는 책을 추구한다. 둘째, 폭넓은 독자층을 끌어모은다고 해도 당신에게 도움이 되지 않는다. 당신이 대다수 논픽션 저자와 (그리고 스크라이브의 모든 고객과) 다르지 않다면 당신의 목표는 책을 이용해 당신의 유산을 확립하고, 타인에게 영향을 주고, 권위를 쌓고, 인지도를 높이고, 잠재 고객과 새로운 고객을 발굴하며, 강연이나 다른 기회를 얻는 것이리라. 당신의 책은 일종의 마케팅 도구이지, 판매를 중시하는 상품이나 서비스가 아니다. 물론 여러 독자층에 매력적으로 다가갈 수도 있겠지만, 일반적으로 말하자면 당신이 더 많은 독자층에 다가가려 할수록 당신의 책은 성취도가 더 떨어진다.

초점이 분명하고 소수의 독자를 끌어들이는 책은 많은 독자에게 미미한 매력을 주는 광범위한 주제의 책보다 훨씬 더 가치 있다. 인생에 대한 보편적인 조언처럼 광범위한 주제는 이미 충분히 다루어졌을 가능성이 클뿐더러 사람들이 실질적으로 활용할 수 없는 경향이 있기 때문이다. 논픽션을 읽는 사람들은 대부분 책이 자신의 삶에 구체적이고 긍정적인 영향이나 투자수익률을 제공해 주기를 기대한다. 그들은 그 책이 특별히 자신을 위한 것이고 생활에 곧바로 활용할 수 있기를 바란다.

'행복해지는 방법'처럼 광범위하고 일반적인 주제에 관한 책과 비교해 생각해 보자. 사실 행복해지는 방법에 대해서는 누구나 관심이 있다. 이 주제로 책을 쓰겠다는 생각은 어느 정도는 타당성이 있어 보인다. 하지만 이 주제에 대해 정말로 지식이 많고, 전문가로서 자격을 갖추었고, 이전과는 전혀 다른 새로운 관점을 가지고 있지 않은 이상, 기존에 나와 있는 수천 가지 책과 비교했을 때 행복에 관한 당신의 책을 사람들에게 꼭 읽어야 한다고 확신시키기는 매우 어렵다.

실수 2 | 독자가 왜 관심을 갖는지 알지 못한다

당신이 책에 대해 명심해야 할 사안이 또 하나 있다. **독자는 당신의 책에 관심이 없다. 독자는 오직 당신의 책에서 무엇을 얻어낼지에만 관심이 있다.** 당신의 책이 왜 독자에게 유용한 가치를 주는지 설득하지 못한다면 독자는 당신의 책에 신경 쓰지 않는다. 당신이 책을 살지 말지 결정할 때를 생각해 보라. 저자가 가진 목표를 당신이 책을 사는 이유로 고려해 본 적이 있는가?

물론 없을 것이다. **당신은 그 책이 당신에게 도움이 된다고 생각할 때만 책을 구매한다.** 당신의 독자도 서점의 서가나 온라인서점이나 친구의 페이스북에서 당신의 책을 보았을 때 정확히 똑같이 행동할 것이다. 그러므로 당신은 이 질문에 답할 수 있어야 한다. **독자에게 왜 당신의 책이 중요한가?**

바람직한 태도: 당신의 도움이 절실한 누군가를 가르친다고 상상하자

당신의 책이 왜 독자에게 중요한지 확신이 서지 않는다면 당신은 자기만족을 위해 책을 만들었을 가능성이 매우 크다. 그리고 누가 책을 읽을지도 전혀 생각하지 않았을 것이다. 많은 저자가 흔히 저지르는 실수다. 이 책이 왜 당신에게 중요한지 다시 근본적인 지점으로 돌아가 보자. 이 책의 도입부에서 다루었던 내용이다. 당신의 지식이 어떻게 다른 사람의 고충과 아픔을 덜어줄 수 있는가?

당신이 가장 많이 도울 수 있는 사람을 상상해 보라. 그 사람에게 뭐라고 말하겠는가? 어떻게 돕겠는가? 당신의 경험과 지식을 어떻게 가르치겠는가? 당신의 노하우를 배우고 습득한 뒤에 그 사람은 어떤 위치에 있을까? 이런 상황을 구체적으로 떠올릴 수 있다면, 당신의 책을 독자에게 맞추기는 무척 간단한 일이다.

실수 3 | 사이코그래픽스와 데모그래픽스를 혼동한다

저자들이 독자층을 설정할 때 흔히 저지르는 실수 중 하나는 데모그래픽스◆에 너무 치중하고 사이코그래픽스◆◆는 소홀히 하는 것이다. 데모그래픽스는 소비자가 '누구'인지를 설명한다. 사이코그래픽스는 그들이 '왜' 구매하는지 설명한다. 요약하면 다음과 같다.

데모그래픽스 = 어떤 부류의 사람인가

- 성별
- 나이
- 인종
- 결혼 여부
- 사회적 계층
- 소득

데모그래픽스 정보의 예

- 여성
- 45~65세

◆ 나이·성별·소득·교육 수준 등을 분석하는 인구통계학 — 옮긴이

◆◆ 소비자의 행동 및 생활양식과 소비 행태를 분석하는 소비자 심리학 — 옮긴이

• 기혼, 자녀 있음
• 체중 증가, 당뇨, 무기력, 호르몬 불균형 문제를 겪고 있음
• 가계소득 10만 달러 이상

사이코그래픽스 = 어떤 생각을 하는 사람인가

• 감정
• 가치/믿음
• 태도
• 관심사
• 의견
• 소속 단체/집단

사이코그래픽스 정보의 예

• 건강과 외모에 관심이 있음
• 건강한 생활방식을 원하지만 시간이 부족함
• 저녁 시간에는 온라인 활동을 즐기고, 핀터레스트◆◆◆를 매우 좋아함
• 절약보다는 양질을 선호하는 경향
• 사회생활과 가정에서 성취감을 느낌
• 소수의 친구와 보내는 시간을 소중하게 여김

◆◆◆ 이용자가 관심 분야의 이미지를 포스팅하고 다른 이용자와 공유하는 소셜네트워크 — 옮긴이

현대 마케팅에서는 둘 사이의 차이를 분명히 이해해야 한다. 이전에는 독자를 설정하고 파악할 때 데모그래픽 정보만을 필요로 했다. 시장의 많은 부분이 데모그래픽 정보에 기반을 둔 예상 가능한 패턴에 속했기 때문이다. 그러나 디지털 매체는 소비자의 선택권을 폭발적으로 증가시켰고, 데모그래픽 정보를 바탕으로 한 인간 행동의 예측 가능성을 감소시켰다. 이제는 사이코그래픽스가 더 효과적으로 작동한다. 따라서 어떤 사람인지보다는, 사람들마다 생각하는 방식의 차이가 무엇인지가 마케팅에서 더 중요해졌다.

바람직한 태도: 당신이 정확히 누구를 겨냥하고 그들이 왜 관심을 갖는지 파악하라

사이코그래픽스에 좀 더 집중하면 당신의 책이 겨냥하는 독자의 감정과 가치와 문제에 깊게 초점을 맞출 수 있다. 사이코그래픽스는 당신이 독자를 이해하도록, 그들의 입장이 되어보도록 해준다. 최고의 저자는 자신의 독자가 누구인지, 독자가 무엇을 왜 원하는지 이해하기 위해 데모그래픽스와 사이코그래픽스 모두를 이용한다. 그리고 일단 그것을 파악한 뒤에는 소수의 독자층을 위한 책을 쓴다.

많은 사람을 끌어들이는 대작을 쓰고자 할 때도 마찬가지다. 일단은 특정한 소수 독자를 대상으로 놓고 시작해야 한다. 많은 판매 부수를 올리는 책도 모두 처음에는 소수의 독자로 시작한다. 이들은 책의 아이디어를 믿고, 다른 사람들에게 그 아이디어의 대변자로 활약하는 극소수의 집단, 즉 마이크로트라이브◆이다. 모든 유명한 책에는 도약대 역할을 해준 소수의 독자가 있었다. 저자들이 마이크로트라이브에 가장 먼저 집중해야 하는 이유가 바로 이 때문이다.

이노베이션 분야에서는 '캐즘◆◆ 건너기'라는 유명한 개념이 있다. 주류 시장으로 가기 위해서는 반드시 캐즘을 넘어서야 한다. 이노베이터와 얼리 어답터로 구성된 소수의 마이크로트라이브에서 시작하지 않으면 캐즘을 건널 수 없다. 당신이 책 쓰기를 시작할 때 고려해야 할 독자는 당신의 아이디어를 믿고 다른 이들에게 전파해 주는 사람들이다. 그들은 당신의 아이디어를 주류로 끌어올려 줄 주동력이다. 정말로 세상을 바꾸고 수많은 사람에게 다가가고자 한다면, 이렇게 시작해야 한다.

두 가지 예를 들어보겠다. 첫 번째는 《뉴욕타임스》 선정 베스트셀러 1위에 오른 내 책 《지옥에서도 맥주를 주면 좋겠어 *I Hope They Serve Beer in Hell*》이다. 이 책은 로스쿨 친구 아홉 명에게 보내는 이메일로 시작된다. 책의 전반부는 정말로 내가 친구들에게 보냈던 이메일이다. 나는 친구들을 웃기는 데만 신경을 썼다.

◆ 마케팅 대상 집단을 특성에 따라 세분화해서 걸러낸 소수 표적 집단 — 옮긴이

◆◆ 처음 등장한 상품이 초기 시장에서 성공을 거둔 이후, 주류 시장으로 넘어가기 이전에 겪는 정체 상태 — 옮긴이

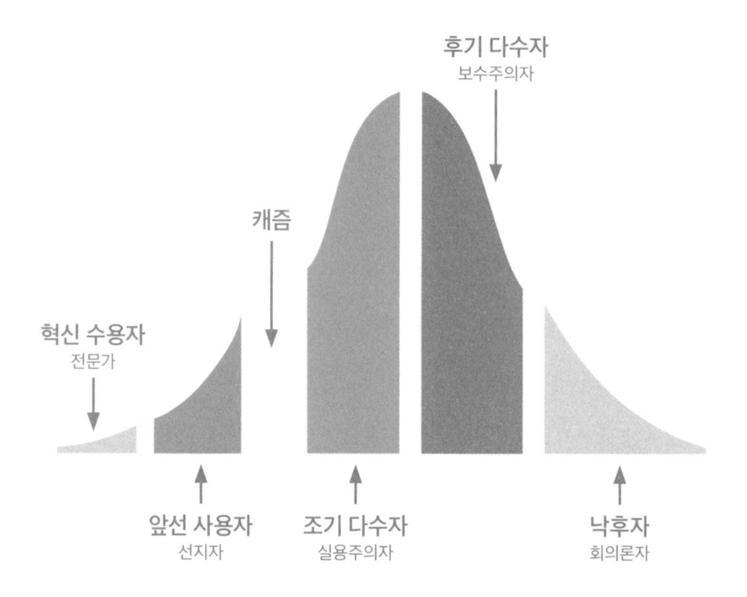

알고 보니 내 친구들은 아주 많은 사람을 대변하는 표본이었다. 나는 친구들을 웃게 함으로써 수백만 명의 사람들을 웃길 수 있었다.

팀 페리스가 사우스바이사우스웨스트에서 '주 4시간 근무'◆를 출시한 이야기는 또 어떤가? 그는 집에 앉아서 뉴스를 보는 모든 사무직 종사자에게 접근하는 대신, 자신의 아이디어에 열광하고 실제로 실행에 옮길 기술직 집단에서 시작했다. 하루에

◆ 일주일에 4시간만 일한다는 개념 — 옮긴이

도 수백 통의 이메일을 보내야 하는 그들은 팀이 책에서 설명한 이메일 서명 시스템을 활용하기 시작했다. 책은 순식간에 엄청난 인기를 얻었지만, 시발점은 **마이크로트라이브**에 있었다. 팀은 위에서 추천한 것과 똑같은 방법으로 독자를 규정했다. 즉 초기 독자를 가능한 한 엄밀하게 설정한 것이다.

처음에는 팀 역시 '주 4시간 근무'를 시작하면서 두 번이나 잘못된 선택을 했다. 글의 적절한 논조를 찾지 못했기 때문이다(그리고 많은 초고를 버렸다). 그는 마침내 스물아홉 살 친구 둘에게 보내는 이메일처럼 쓰기로 결정했다. 그가 자신의 아이디어에서 이익을 얻으리라 생각했던 바로 그 대상이었다. 그는 이 책이 아주 분명한 독자를 직접 겨냥했다는 점을 확실히 하기 위해서 정말로 이메일을 열고 책을 쓰기 시작했다. 팀은 매우 구체적인 아바타를 창조한다는 원칙이 자신의 책을 영향력 있게 만들어주었다고 생각한다. 그 덕분에 신뢰할 만하고 타당성 있는 책이 완성되었다.

위에서 언급했듯이 많은 저자는, "하지만 난 폭넓은 독자를 위한 책을 쓰고 싶어."라고 반발한다. 이에 대해 팀은, "목표는 시장이 아니다!"라고 단언한다. 핵심 집단에서 먼저 성공해야 더 폭넓은 독자를 만날 기회도 생긴다는 뜻을 담은 간결하고 함축적인 설명이다. 독자를 도우려면 먼저 그들이 누구를 위해 무엇을 하는 사람들인지를 명확히 해야 한다. 따라서 독자의 관심을 끄는 것뿐만 아니라, 독자를 매우 구체적이고 엄밀하게 규정하는 것이 중요하다.

독자 결정하기

독자 결정에 관한 질문 1 | 당신의 초기 독자는 누구인가

우리는 책의 성공을 위해서 당신이 반드시 다가가야 할 최소한의 독자에서 시작하기를 권한다. 대다수 저자에게는 독자 규모가 작을수록 더 좋다. 독자의 총합을 일련의 동심원으로 생각한다면 초기 독자는 그 중심에 있다. 정말로 이렇게 자문해 보라. '내 책이 특별히 다가가서 영향을 끼쳐야 할 최소한의 사람들은 누구인가?'

작게 시작하면 당신의 책이 누군가에게는 확실히 주목받을 수 있다. 이런 틈새 집중은 당신의 독자가 당신의 아이디어를 좋아하고, 시행해 보고, 동료들과 공유할 수 있게 해준다. 그런 기준에 들지 않는 사람은 누구건 당신의 마이크로트라이브가 아니다. 당신이 잡아야 할 독자는 당신이 원하는 결과에 직접적으로 연결되어 있다. 성공적인 결과를 얻으려면 누가 당신의 책을 알아야 하는지 파악하고, 당신의 독자가 누구인지 정확히 역설계할 수 있어야 한다. 스스로에게 아주 기본적인 질문을 던져보는 것만으로도 충분한 과정이다. '내가 책을 통해 원하는 결과를

얻으려면 누가 내 책에 대해 반드시 알아야 할까?'

이 질문에 대한 해답은 독자와 당신을 도와줄 것이다. 예를 들어 당신의 목표가 석유와 가스 회사 임원이 시추 지역에 대해 더 나은 결정을 내리도록 돕는 것이라면, 당신은 석유와 가스 관련 주요 컨퍼런스에서 강연을 하고 그곳에서 전문가가 되고자 할 것이다. 그렇다면 당신의 독자는 바로 그 특정한 컨퍼런스에서 강연자를 초빙하는 사람들이다(그리고 컨퍼런스에 참석하는 기업 임원도 포함된다). 당신의 목표가 기술담당최고책임자(CTO)가 엔지니어를 더 잘 선발하도록 돕는 것이라면, 그리고 CTO 영역에서 당신의 고객을 얻기 위해 권위를 쌓는 것이라면, 중소기업의 CTO가 당신의 초기 독자다. 만일 당신이 요통에 시달리는 사람들을 돕고, 지역사회에서 척추 지압 치료 고객을 끌어들이고 싶다면, 당신의 독자는 요통을 겪고 있는 지역사회 사람들이 된다. 아주 간단하다.

좋은 예

- 개업한 척추 지압 치료사, 사업을 홍보할 수 있는 더 나은 방법을 찾고 있음.
- 공인된 투자자, 투자 상품으로 와인에 입문할 방법을 찾고 있음.
- 여성 임원, 30~45세, 아이를 갖고 싶지만 직장생활을 희생시키고 싶지 않음.

나쁜 예

- 20~70세 여성, 고통을 겪고 있으며 나아지고 싶음.
- 더 좋은 지도자가 되고자 하는 경영자라면 누구나.
- 젊은 남성과 여성, 인생에서 좀 더 많은 것을 찾고자 함.

하나의 책으로 관심사와 요구가 서로 다른 독자들에게 다가갈 수 있을까? 할 수는 있지만, 복잡하다. 기본적으로 여러 독자층을 당신의 책으로 끌어들이려면 전제가 있어야 한다. 만약 독자층이 밀접하게 겹친다면 할 수 있다. 예컨대 사업가가 되고 싶어 하는 간호사와 임상간호사로서 개업하고 싶어 하는 독자가 있다면, 그들은 서로 다르지만 공통점이 매우 많다. 이해관계가 서로 다른 독자가 당신이 해결하는 문제와 공통분모를 가지는 경우에도 가능하다. 예를 들어 수면장애가 있는 사람과 기력 저하에 시달리는 사람은 관심사가 다르다. 하지만 두 증상이 갑상샘 질환이라는 동일한 원인 때문에 유발되었다면, 그들은 같은 독자 대상으로 둘 수 있다. 당신에게는 몇몇 상이한 독자층이 있을 수 있다. 다만 그런 경우에는 그들이 서로 분명하게 연관되어 있어야 한다.

독자 결정에 관한 질문 2 | 독자 아바타를 묘사해 보자. 그는 어떤 사람인가

당신이 설정한 독자를 대표할 만한 전형적인 가상의 인물, 아바타를 떠올려 보자. 그리고 그 아바타를 위한 책을 써보자. 말 그대로 아바타는 당신의 책을 절대적으로 필요로 하는 독자다. 아바타는 초기 독자의 특징을 구체적이고 완벽하게 갖추어야 한다. 당신의 독자를 대표하는 실제 인물일 수도 있고, 서로 다른 여러 명을 복합적으로 구성해서 만들어낸 사람일 수도 있다. 특정한 사람을 묘사하는 게 특히 중요하다. 그렇게 해야 책 포지셔닝을 더욱 사실적으로 할 수 있다. 어떤 집단이나 유형 또는 특성을 뭉뚱그려서 기술하면 안 된다. 이름과 이야기가 있는 한 개인을 창조하라.

이런 방법을 쓰는 이유는 다음에 이어질 두 질문에 대해 준비하기 위해서이다. 다음 질문들은 독자가 겪는 고통과 그들이 당신의 책을 읽고 얻을 혜택을 꼼꼼히 살피는 항목이다. 두 가지 모두를 명확히 파악하면 집필을 시작했을 때 글의 가치를 측정할 척도로 사용할 수 있다.

가능하면 당신에게 기운을 북돋아 주는 누군가를 선택하라. 실존 인물이건 여러 실존 인물을 합성한 가상의 인물이건 상관없다. 당신이 정말로 돕고 싶은 사람, 당신이 노하우를 쌓기 이전의 당신을 생각나게 하는 사람을 선택하라(지금보다 어린 과거의 당신은 대단히 이상적인 독자가 될 수 있다). 당신이 도울 수 있는 실존 인물(아바타)을 더 많이 상상해 볼수록 책 쓰는 일이 더 신날 것이다.

독자 결정에 관한 질문 3 | 아바타가 당신의 책을 읽지 않았기 때문에 겪는 고통은 무엇인가

이 단계는 당신의 독자가 겪는 고통을 표현하는 과정이다. 그들은 왜 고통받고 있는가? 그들은 무엇을 놓치고 있는가? 그들은 무엇을 원하지만 가지고 있지 않은가? 그들은 우울하고 고통받고 있다. 구체적으로 어떻게, 그리고 왜 그러한가?

해결책을 제시하지 말고, 오직 그들이 현재 직면한 문제에 집중해 보라. 당신의 책이 치료법이 될 수 있겠지만, 우리는 먼저 무엇이 그들을 괴롭히는지 알아야 한다. 당신은 특정한 독자를 묘사할 때 그 사람이 겪는 괴로움에 대해서 이미 썼을지도 모른다. 만약 그렇다면 그 내용을 복사해서 붙이면 된다.

독자 결정에 관한 질문 4 | 아바타가 당신의 책을 읽고 실행하면 어떤 이익을 얻을까

아바타가 당신의 책을 읽은 뒤에 당신의 아이디어를 실행하면 어떤 일이 일어날까? 위에 기술한 괴로움을 더는 겪지 않는

데서 그칠까? 그보다 더 많은 이익을 얻을까? 당신의 책을 읽고 아이디어를 적용하면 어떤 좋은 일이 일어날까? 그들의 인생에서 어떤 변화나 전환이 일어날까? 그들의 새로운 삶은 어떠할까?

아래는 위의 질문에 대해 저자들이 답변한 사례이다. 모두 실제 저자들이 쓴 내용이니 당신에게 제법 유용할 것이다.

사례 1 | 전문 간호사의 개업을 돕는 책

당신의 초기 독자는 누구인가

개업에 관심 있는 전문 간호사

독자 아바타를 묘사해 보자. 그는 어떤 사람인가

제니퍼는 현재 병·의원, 대규모 의료조합에서 일한다. 그녀는 소득(급여)에 만족하지 못하고, 장시간 근무로 가족과 함께 시간을 보내기가 어렵다. 제니퍼는 업무 할당량을 채우고 근무일정에 맞추느라 환자와 많은 시간을 보내지 못한다. 이로 인해 조급해지고 압박감을 느낀다. 그녀는 시간적 여유가 있다면 가능했을 양질의 간호를 제공하지 못해서 아쉽고, 실수를 할까 봐 걱정스럽다. 그녀는 환자에게 발생할 수 있는 사고를 예방하거나 환자와의 상호신뢰를 바탕으로 간호해서 성취감과 만족감을 느끼고 싶지만 현실은 그렇지 못하다.

그녀는 현재의 안정된 자리를 벗어나는 게 두렵다. 하지만 무언가 변화를 주지 않는다면 간호업무를 계속하고 싶을지 확신이 서지 않는다. 그녀는 개업을 하고 싶지만 어디서부터 시작하고 무엇을 해야 할지 모른다. 그녀는 지침을 찾아 개업하고 싶지만, 도움을 받을 어떤 책이나 자료, 조언자를 찾지 못했다.

아바타가 당신의 책을 읽지 않았기 때문에 겪는 고통은 무엇인가

제니퍼는 현재 일자리에서 조급해지고 압박감을 느낀다. 그녀는 행복하지 않고 성취감을 느끼지 못하며, 간호사 일을 완전히 그만둘까 고민하고 있다. 그녀는 어디서부터 시작할지 무엇을 해야 할지 모르기에 개업하기가 두렵다. 그녀는 실패할까 봐 두렵다. 그녀는 돈을 벌지 못할까 봐 두렵다. 그녀는 간호사이지 기업가가 아니다. 그녀는 자신이 제대로 하고 있는지 확신이 서지 않는다. 그녀는 개업에 필요한 법규를 잘 알지 못한다. 이 모든 불확실성은 제니퍼가 불행한 업무를 벗어나 개업하는 데 필요 이상으로 많은 시간이 걸리게 한다.

아바타가 당신의 책을 읽고 실행하면 어떤 이익을 얻을까

제니퍼는 개업하는 데 필요한 단계별 지침을 얻는다. 그 과정은 더는 알 수 없는 수수께끼가 아니다. 이제는 목표를 이룰 수 있다는 자신감이 생겼다. 그녀는 이제 개업과 관련된 법과 규제를 알고 있으며, 어떤 규정도 어기지 않는다. 개업에 성공한 다른 전문 간호사의 사례와 지침을 통해 갖가지 변수에 대응하는 법을 배웠다. 그리고 개업 허가도 받았다. 제니퍼는 예전만큼 실패가 두렵지 않다. 사업의 위험을 줄일 전략이 있기 때문이다.

제니퍼는 이제 그녀가 정말로 원하는 바를 얻을 지름길에 들어섰다. 즉 그녀만을 위한 여가시간을 확보하고, 가족이나 친구와 시간을 보내기 위해 노동시간을 탄력적으로 조율할 수 있다. 또 그녀가 원하는 유형의 간호를 할 수 있는 자유와 자율권을 얻고, 노동의 결실을 누리고, 지역사회에서 간호업계의 지도자로 인정받았다.

사례 2 | 효과적인 디지털 마케팅을 위한 안내서

당신의 초기 독자는 누구인가

일반 디지털 마케팅 대행사의 형편없는 성과에 과도한 비용을 지출하는 데 지친 중소기업(수입 총액 2백만~1억 달러) 경영자, 또는 대기업의 마케팅 책임자(임원·최고마케팅책임자 등)

독자 아바타를 묘사해 보자. 그는 어떤 사람인가

헤럴드는 50세로 보험회사의 최고마케팅책임자(CMO)다. 그는 언제나 디지털 마케팅과 광고를 외주에 의존해 왔다. 왜냐하면 '우리는 늘 그렇게 해왔으니까.'

아바타가 당신의 책을 읽지 않았기 때문에 겪는 고통은 무엇인가

그가 과거에 고용한 마케팅·광고 대행사들은 지속적으로 과다한 비용을 청구했고 기대에 못 미치는 성과를 내왔다. 비록 10년 전에는 이런 방식이 통했다고 해도 경쟁이 치열해지면서 더는 충분하지 않다. 그는 가능한 모든 대행사와 접촉해 보았지만 다들 비슷비슷했다. 대안을 찾고 싶지만 어디서 찾아야 할지 막막하다. 대행사 업계의 환경이 빠르게 변화하고 있다고 어렴풋이 들어보았지만 구체적으로 체감하지 못했다. 수익 감소는 그의 삶에 심각한 압박감을 주고 있다.

아바타가 당신의 책을 읽고 실행하면 어떤 이익을 얻을까

책을 읽고 나면 그는 다양한 디지털 마케팅 대행사들을 정확히 평가하고 가늠해서 선택하는 방법을 알게 된다. 그리고 그들이 제공하는 서비스를 더 잘 이해하고 협상할 수 있다. 그는 디지털 마케팅에 투자하는 적절한 방법을 습득해서, 마케팅 전략을 변경하고 조정하고 혁신할 수 있다. 이를 통해 사업의 다른 영역을 성장시키는 데도 도움을 얻는다.

사례 3 | 기업의 디지털 전환을 위한 안내서

당신의 초기 독자는 누구인가

빅토리아는 《포춘*Fortune*》 선정 500대 기업에 속하는 회사의 고위직 임원으로, 디지털 전환과 기술 전략에 대한 책임을 맡아 지침과 조언과 영감을 찾고 있다.

독자 아바타를 묘사해 보자. 그는 어떤 사람인가

빅토리아는 세계적인 금융서비스 기관에서 크게 성공한 고위직 임원이다. 그녀는 수백만 달러가 소요되는 회사의 디지털 전환 전략을 이끄는 일을 맡았다. 그녀는 실패해서는 안 된다. 그녀는 25년 넘게 성공을 이루기 위해 열심히 일했으며, 회사의 역사와 내부 사정을 잘 알고 있다. 그녀는 새로운 책임을 맡아서 흥분되지만 걱정스럽기도 하다. 그녀는 직장생활 내내 촉망받는 직원이었고, 언제나 맡은 소임과 프로젝트를 성공적으로 해냈다. 그리고 6개월 전에 이 새로운 기회에 달려들었다. 하지만 이제는 이 일이 독이 든 성배처럼 느껴지기도 한다. 그녀는 날마다 시장에 진입하고 시장을 혼란에 빠뜨리는 새로운 기업들에 대해 읽는다. 그녀는 계획을 진전시켜야 한다는 엄청난 압박감을 느끼지만 어디서 시작해야 할지, 무엇을 해야 할지 알지 못한다.

아바타가 당신의 책을 읽지 않았기 때문에 겪는 고통은 무엇인가

빅토리아는 위험에 노출되어 있고 외롭다. 그녀의 조직에는 믿고 의지할 사람이 아무도 없기 때문이다. 그녀는 어떻게든 변화를 만들어내야 한다. 그녀는 시장에 쏟아지는 어마어마한 정보에 압도되는 기분이다. 그 정보는 회사가 디지털 변환에 참여하지 않으면 파산을 감수해야 한다고 위험신호를 보내고 있다. 하지만 위험을 이겨내기 위한 가시적인 도움은 거의 제공해 주지 않는다.

그녀는 회사가 금융서비스 업계의 넷플릭스 같은 회사 때문에 파산하는 악몽을 꾼다. 만약 그런 일이 일어난다면 그녀는 실패자로 낙인찍힐 것이다. 그녀의 몇몇 회사 동료들은 그녀가 제안하는 변화의 필요성과 방향에 강하게 반발하면서, 그녀를 밀어내기 위해 정치적 암

투를 벌이고 있다. 그녀가 새로운 상품과 소비자를 위해 개발한 아이디어는 마케팅 책임자와 은행업무 책임자로부터 반려되었다. 그들은 적극적으로 그녀를 음해하고 체면을 구기게 만들려고 한다.

업계 사람들은 지식을 공유하지 않는다. 그들도 압박감을 느끼고 있기 때문이다. 때문에 그녀는 더욱 고립감과 불신감에 사로잡힌다. 그녀와 함께 일하던 능력 있는 몇몇은 스타트업으로 떠났다. 그녀도 유혹을 느끼지만, 그런 스타트업은 그녀처럼 나이 많은 사람을 원하지 않는다. 지난번 프레젠테이션에서는 임원들이 그녀가 제안한 접근법을 이해하거나 지지하지 않는 것 같았다. 거부감이 확고해진 느낌이다. 그녀는 디지털 전환을 이끌어가는 데 필요한 자원이나 지원을 받지 못하고 있다.

그녀는 패배하는 싸움을 하는 기분이 들기 시작했다. 회사에서 그녀의 미래와 경력이 위협받고 있다. 그녀는 공룡들과 일하는 기분이다. 그녀의 팀도 그녀를 신뢰하지 않는 듯하다. 그녀에게서 강하고 명확한 전략이 나오지 않기 때문이다. 그녀는 이번 일이 엄청난 기회라는 사실을 알지만, 성공에 이르는 방도가 도무지 떠오르지 않는다. 그녀는 이 문제에 대해 지나치게 떠벌리고 싶지 않아서 조직의 다른 사람들과 거리를 두기 시작했고, 그래서 상황이 더욱 악화되었다.

아바타가 당신의 책을 읽고 실행하면 어떤 이익을 얻을까

내 책을 읽고 나면 그녀는 즉각 자신의 상황을 인지하고, 지금 겪는 상황이 유독 자신에게만 일어나는 게 아니라 많은 임원이 겪는 과정이라는 사실에 안도한다. 유사한 여정을 거친 다른 조직의 임원들의 성공과 실패 사례, 그리고 이에 대한 세밀한 분석은 그녀에게 유익한 교훈을 준다. 그녀는 직면한 현안을 다루는 기술과 수단을 제공받는다. 여기에는 성공적인 전략과 계획을 수립하기 위한 '여섯 가지 주요 지침'도 포함된다. 나아가 그녀는 기업과 사회에 큰 영향을 끼칠 '미래의 여덟 가지 기술력(예를 들어 양자컴퓨터, 블록체인)'을 비롯한 디지털과 기술 동향에 관한 풍부한 정보를 받는다. 또 그녀의 전략을 발전시키는 데 도움을 줄 참고자료도 전달받는다.

그녀의 불안은 책의 논조를 통해 누그러지고, 회사의 미래와 그녀의 유산을 위해서 잘 싸워나간다. 책을 읽으면서 그녀는 단련되고, 자신의 프로젝트를 다시 시작하는 데 필요한 영감을 얻고, 명확한 목적과 방향을 가지고 당당하게 회의에 참석한다. 그녀는 마침내 회사 내부 전투에서 승리하고, 맡은 바 소임을 성공으로 이끌고, 자신의 경력을 진전시켜서 다음 단계로 승진하거나 다른 회사로 이직한다.

사례 4 | 일과 가정 모두에서 행복해지기 위한 유전학적 진단서

독자 아바타를 묘사해 보자. 그는 어떤 사람인가

컨설턴트인 제니는 개인사업을 운영하며 매일 일한다. 아이들을 돌보는 틈틈이 그녀는 고객을 관리한다. 그녀는 일을 마무리하기 위해 밤늦게까지 깨어 있고 아침마다 녹초가 되어 일어난다. 그리고 아무리 일해도 수입은 증가하지 않는다. 집안에 무슨 일이라도 생기면 하나에서 열까지 그녀가 챙겨야 한다. 제니는 자기 일을 사랑하고 아이들과 남편을 사랑하지만, 그녀가 어느 한쪽에서 시간을 보내면 다른 쪽이 그만큼 고통받는 듯해서 죄책감을 느낀다. 그녀는 앞서나가기는커녕 자기 앞에 놓인 일에 치여 균형조차 잡지 못한다.

아바타가 당신의 책을 읽지 않았기 때문에 겪는 고통은 무엇인가

되는 일이 없다. 제니는 좌절했고 육체적으로 지쳤다. 그녀는 인생에서 최악의 상태이며, 현실을 직시하지 못하고 거울을 보기 싫어하고 헐렁한 옷만 입는다. 그녀의 결혼생활은 흔들리고 있다. 몇 달 동안 남편과 잠자리도 하지 않았다. 누구도 그녀의 현실을 알아주지 않고, 지지받지도 사랑받지도 못한다.

제니의 아이들은 집과 학교에서 말썽을 부리고, 그녀의 육체적 희생과 절망과 두려움은 늘어만 간다. 그녀는 지쳤다. 낙담한다. 억울해한다. 화가 난다. 그리고 죄책감을 느낀다. 아이들과 가족과 함께하지 못하기 때문이다. 애초에 그녀가 개인사업을 시작하기로 결심한 이유가 바로 그 때문인데도 말이다.

그녀는 주변 사람 모두를 실망시키고, 그들 역시 그녀를 실망시킨다. 이제 제니는 다른 무언가를 시도하지 못한다. 사람들이 그녀를 이해해 주지 않고, 함부로 재단하고 포기하고 지금보다 더 외롭게 버려둘까 봐 두렵기 때문이다.

아바타가 당신의 책을 읽고 실행하면 어떤 이익을 얻을까

제니는 두려움·절망·죄책감·수치심·분노를 극복할 수단을 얻는다. 그녀는 유전적 차원에서 자신이 누구인지 이해한다. 이를 통해 자기인식과 자기수용, 그리고 자신을 사랑하는 법을 알게 된다. 그녀는 자신의 행복이 주변 사람들의 행복에 얼마나 큰 영향을 끼치는지 깨닫는다. 반대로 그녀의 고통 역시 주변 사람들에게 고통의 원인이 된다는 사실도 깨닫는다.

제니는 자신을 중심에 두는 법, 자신을 최우선으로 삼는 법, 육체적으로 자신을 돌보는 법을 알게 된다. 또한 좋은 성관계를 갖고, 그녀 자신이 누군가의 도움을 받아들이면 가족관계가 얼마나 좋아지는지 이해하게 된다. 그녀는 주위를 돌아보며 지난날이 어떻게 그녀를 지금 여기로 데려왔는지 직시한다. 그리고 자신이 현재 상황을 감당할 수 있으며, 결코 혼자가 아니라는 사실을 인정한다. 무엇보다도 그녀는 고통이 사랑과 동일하지 않다는 점을 깨닫는다.

제니는 아이들과 남편을 유전적 차원에서 이해하고, 그들이 같은 방식으로 그녀를 이해하도록 돕는다. 제니는 더 이상 그들에게 자기 생각을 강요하지 않고, 그들을 있는 그대로 받아들이며 사랑하고, 이를 통해 기대의 억압에서 풀려난다. 그리하여 그녀는 아이들과 남편과 동반자적 관계를 구축하고, 육아의 압박에서 해방된다. 비로소 어머니로서 누릴 수 있는 진정한 자유를 만끽한다.

4장 책에 관한 아이디어 파악하기

중요한 것만 설명하기. 간단하게. 그리고 그보다 더 간결하게.
단지 일어난 일만 말하라. 현실에서 어떤 사람이
알아야 할 부분은 그 사람을 자연스럽게 끌어들인다.
—앤 허버트

이제 재미있는 일을 할 때다. 책에 관한 당신의 구상을 확실히 결정해 보자. 목표와 독자가 분명해지고 나면 책에 대한 구상은 종종 변하기도 한다. 따라서 우리는 이 단계를 포지셔닝 과정의 맨 마지막으로 남겨두었다. 지금이 구상을 제대로 잡기가 가장 쉬운 때다. 당신이 무엇을 성취하고 싶은지 정확히 알았고, 당신의 목표를 이루기 위해서 잡아야 할 독자가 누구인지도 파악했기 때문이다.

당신의 구상을 적어 내려가기 전에, 저자들이 자주 저지르는 큰 실수를 범하지 않도록 주의하라. **당신의 독자가 '읽어야 한다'고 생각하는 책을 쓰지 마라. 대신 당신의 독자가 읽고 싶어**

하는 책을 쓰자. 이것은 미묘하지만 아주 중요한 구분이다. 만약 당신이 다음 두 질문에 잘 답할 수 있다면, 포지셔닝을 제대로 한 것이다.

아이디어 끌어내기 1 | 당신의 책에 대해 200단어 이내로 써보자

당신의 책이 정확히 무엇에 관한 내용인지 한 단락으로 표현해 보자. 완벽하게 서술해야 한다는 강박을 갖지 마라. 단지 아래 질문에 답하는 내용을 200단어가 넘지 않게 쓰면 된다.

- 무엇에 관한 책인가?
- 책의 이상적인 독자는 누구인가?
- 이상적인 독자는 무엇을 얻게 되는가?

처음부터 완벽할 필요는 없다. 당신을 올바른 방향으로 이끄는 내용을 적으면 된다. 나중에 수정할 시간은 충분하다. 지금은 아이디어를 200단어로 정리해 보자. 그보다 적으면 더 좋다. 만일 200단어로 할 수 없다면, 당신은 당신의 책이 무엇에 관한 내용인지, 누구를 위한 것인지, 그들이 왜 관심을 두게 될지에 대해 잘 모른다는 뜻이다. 이 과정이 어렵다면, 당신이 가장 좋아하는 책을 떠올려 보라. 그 책이 무엇에 관한 책인지 몇 문장으로 말해보라. 좋다. 그렇다면 당신의 책은 어떨까? 이해를 돕기 위해 먼저 잘 작성된 아이디어 사례를 살펴보자.

이 책은 건설과 제조 작업 현장의 손 안전에 대해 유익한 정보를 주고, 쉽게 이해하도록 도와주는 안내서이다. 저자는 손 안전과 관련해서 작업자를 교육하기 위해 회사가 할 수 있는 일과 장갑을 구매하는 일, 그리고 작업자의 손 부상을 줄일 방법을 공유한다. 나아가 저자는 부상이 발생하기 전에 예방할 수 있는 방법론과 안전 지침, 부상이 발생했을 때 재발을 방지하기 위한 일에 관해 설명한다. 그는 사례 분석과 유용한 정보, 안전 관리자가 회사에서 큰 위험 요소인 손 부상을 예방하기 위해 이용할 수 있는 실용적인 애플리케이션을 소개한다.

이 책은 어떤 조직이 저조한 성과를 불러오는 가장 일반적이고 근본적이고 치명적인 결함을 탐색한다. 이 결함은 조직이 최고의 성과를 달성하지 못하는 주요 원인이기도 하다. 이 문제의 난점은 결함이 저조한 성과의 표면 아래에 도사리고 있어서 많은 조직이 인식하지 못하고 있다는 점이다. 어느 정도 자각한다고 해도 조직원들은 얼마나 깊이 들어가야 하는지 깨닫지 못한다. 심지어 조직원들은 결함을 해결하기를 원하지 않거나 처리할 수 없을지도 모른다. 특히 혼자서는 더욱 그렇다. 이 책은 필요한 만큼 또는 할 수 있는 만큼 성과를 내지 못하는 조직을 이끄는 책임자급 임원들을 도와준다. 그들이 조직의 결함을 진단하고 해결함으로써 최적화된 사업 결과를 낼 수 있게끔 도와준다. 책임자급 임원들은 확장 가능하고 지속 가능한 성장, 효율적이고 효과적인 작업, 행복하고 적극적인 피고용자, 만족스러운 고객 등을 성취할 수 있다. 또 직장과 사생활에서 효율적으로 일하고 스트레스를 덜 느끼며 더 행복해질 것이다.

위의 예시를 읽고 나면 당신은 다른 사람에게 그 책이 어떤 내용이고, 누구를 위한 것이며, 무엇을 얻을 수 있는지 설명할 수 있을 것이다. 아래는 잘못 작성된 아이디어 사례이다.

짐 스미스는 '사업 협상의 해결사'로 알려져 있다. 그는 열여덟 살에 일을 시작한 이래 멈춘 적이 없다. 일곱 권의 베스트셀러와 디지털 유목민으로서 명성을 떨친 짐은 이제 기업가들과 큰 거래를 고려하고 있다.

그의 책에서 짐은 고등학생 시절 공부하며 겪었던 어려움을 들려준다. 이를 통해 독자에게 그들을 가로막는 유일한 걸림돌은 사고방식이라는 점을 깨닫게 해준다. 비록 그는 부동산으로 성공했다고 알려졌지만 시장 독점에 대해서도 광범위하게 글을 써왔다. 이 책은 짐의 성공이 단지 부동산만으로 이루어진 게 아니라는 사실을 보여준다. 이 책은 단지 사업뿐만 아니라 삶의 모든 영역에서 제대로 일하는 데 필요한 자기의식에 관한 내용을 담고 있다.

짐은 독자에게 한심한 사람으로 군림하는 자리는 버리라고 제안한다. 자신에게 도전하는 사람들을 가까이 두라고 말한다. 자신이 잘하지 못하는 게 무엇인지 알아내어 자기 것으로 만들라고 말한다. 백만 달러짜리 사업체를 운영하면서 시간당 10달러를 받는 피고용자처럼 일하는 짓은 그만두라고 도발한다. 무엇보다 짐은 자신처럼 멋진 삶을 누리기를 원하지만 어떻게 해야 할지 모르는 기업가들에게 그의 경험과 유머를 통해 신선한 통찰력을 가져다준다.

이 책은 무엇에 관한 것일까? 누구를 위한 책일까? 독자는 무엇을 얻을 수 있을까? 나는 자신 있게 말할 수 없다. 당신 역시 마찬가지일 것이다.

아이디어 끌어내기 2 | 책을 위한 '가벼운 술자리 홍보'는 무엇일까

이 질문은 책의 구상을 점검하고, 구상이 적절한지 확인하기 위한 것이다. 머릿속에 이상적인 독자를 그려보자. 당신이 염두에 두고 책을 쓴 바로 그 사람을 떠올리자. 이제 그 사람이 가벼운 술자리에서 친구들과 술을 마신다고 상상해 보자. 친구들이 당신의 책에서 다루는 주제에 대해 언급하자 그 사람은 활기를 띤다. 그는 당신의 책을 읽었기 때문이다. 그는 친구들에게 당신의 책을 읽으라고 권하려는 참이다. 지금 이야기하고 있는 바로 그 주제에 관한 책이기 때문이다.

그는 뭐라고 말하며 추천할까? 이것은 **실존 인물이 당신의 책을 친구들에게 묘사하기 위해 말하는** 한 문장의 설명이다. 그것이 바로 가벼운 술자리 홍보다. 이것은 당신의 책에 관한 기술이 아니다. 광고 문안도 아니다. 현실에서 실제 사람들이 말할 법한 방식으로 당신의 책에 대해 표현하는 것이다. 가벼운 술자리 홍보의 예를 들어보겠다.

《그레인 브레인 *Grain Brain*》

• 좋은 예

"그 책은 빵이 왜 인간에게 독이 되고 우리를 살찌게 만드는지 설명해 줘. 그리고 대신 뭘 먹어야 할지도 알려주고."

• 나쁜 예

"이 책은 과학적이고 체계적이며 상세해. 그리고 곡물과 곡물을 재료로 한 음식 섭취로 유발되는 건강 문제를 꼼꼼하게 검토하지. 또한 곡물 재료 음식을 대체하는 최고의 음식에 관한 철저하고 구체적인 방안을 제시해."

《어떻게 옵션 거래를 할까 *How to Trade Options*》

• 좋은 예

"옵션 거래를 쉽게 할 수 있는 방법을 정확하게 알려줘. 더는 덧붙일 게 없는 것 같아. 난 충분히 이해했고, 덕분에 돈을 많이 벌었어."

• 나쁜 예

"그 책은 왜 단순 옵션 거래 시스템이 최고의 거래 체계인지 설명해. 저자가 천재라는 걸 보여주는 증거야."

5장 북극성 확인

책 포지셔닝 과정은 바로 이 지점을 향해 진행되고 있었다. 당신은 가장 간명한 문장으로 책의 모든 내용과 책이 정확히 어떻게 작용할지를 함축할 수 있어야 한다. 자신만의 선명한 북극성이 있어야 한다. 다음은 견본 문장이다.

나는 내 책을 이용해 [초기 독자]**를 대상으로 그들에게** [책의 구상]**을 가르침으로써 내 궁극적인 목적인 더 많은** [목표]**로 이어지게 할 것이다.**

좋은 북극성 정하기 사례

내 책은 **영업부서를 이끄는 사람들**에게 매력을 줄 것이다. 그들에게 **영업부서를 효과적으로 훈련하고 운영하는 신경과학**을 가르침으로써 내 궁극적인 목적인 더 많은 **기업 영업 컨설팅과 훈련**으로 이어지게 할 것이다.

내 책은 **중견기업의 인사 책임자**들을 끌어당길 것이다. 그들에게 **자동화 도입이 반복적이고 성가신 인사업무 경험을 어떻게 혁신할지** 가르침으로써 내 최종 목적인 **인사 자동화 영역의 전문가로서 유료 강연과 컨설팅 초빙**으로 이어지도록 할 것이다.

내 책은 **소규모 시장 광고 종사자**들을 끌어들일 것이다. 그들이 **동종업계의 거물들과 경쟁하고자 할 때 (그리고 승리하기를 원할 때)** 그들의 브랜드가 구현할 수 있는 다섯 가지 특성을 가르쳐주고, 궁극적으로 **내가 운영하는 광고회사의 새로운 고객을 얻을** 것이다.

내 책은 **성장을 이룬 스타트업 창업자**들이 **벤처캐피털을 쫓아다니는 데에서 수익에 집중하는 기업을 구축하는 데로 이동**하도록 이끌고, 이를 통해 나는 궁극적으로 **캐나다와 미국에 걸친 기업 코칭 프로그램 확장**을 이룰 것이다.

만일 북극성 문장이 당신이 쓰고자 하는 책을 제대로 표현했다면, 당신의 포지셔닝은 잘된 것이다. 다음 순서로 이동하면 된다. 만일 북극성 문장이 당신의 책을 잘 표현하지 못했다면, 적절하게 될 때까지 다시 포지셔닝 과정으로 돌아가서 노력해 보자.

3부

책의 개요

BOOK

1장 개요 만들기

글쓰기는 다른 사람들이 생각할 수 있는
맥락을 만드는 기술이다.
—에드윈 슐로스버그

개요는 책의 구조다. 따라서 매우 중요하다. 만일 구조 없이 쓰기 시작한다면 제자리걸음만 계속할 것이다. 끝맺었다고 해도 그 결과물은 제멋대로고 불완전할 것이다. 개요가 없으면 **아예 책을 완성하지 못하는 경우**도 빈번하다. 또한 개요는 두려움과 불안, 미루기와 슬럼프에 맞서는 최고의 방어막이다. 훌륭한 포지셔닝과 훌륭한 개요가 있으면 책 쓰기는 한결 수월해진다.

지금 제안하는 내용은 당신이 학교에서 배운 개요와 다르다. 이전과는 다른 다소 색다른 접근법이다. 하지만 스크라이브가 개발한 이 과정은 우리 저자들이 책을 완성할 가능성을 극대화한다. 우리가 개발한 개요 잡는 방법은 이렇다. 당신은 오직 **각**

장에 적합한 아이디어와 개념을 정립하면 된다. 그렇게 하면 당신은 자리를 잡고 앉아 글을 쓸 때 무엇에 초점을 맞추어야 할지 깨닫는다.

1단계 | 책의 각 장 구상하기

개요를 만드는 첫 단계는 당신의 책에 맞는 장들을 구상하는 것이다. '장'이란 무엇일까? 장은 기본적으로 철저히 검토된 하나의 응집력 있는 아이디어다. 당신이 책을 어떻게 구성하는지에 따라서 과정 속의 한 단계일 수도 있고, 여러 가지 원칙 중의 하나일 수도 있고, 그와 유사한 어떤 것일 수도 있다.

장의 목록을 계속 작성하자. 더하고 빼고 옮기면서 당신이 설명하려는 주된 요점이 당신이 설명하고 싶은 기본적인 차례대로 맞춰질 때까지 계속해 보자. 이 시점에서는 책의 순서에 대해서 너무 고민하지 않아도 된다. 아마도 다음 단계에 가면 책의 순서는 다시 바뀔 것이다. 여기에서는 정확히 어떤 장이 들어가야 하는지 파악하는 데 집중하자. 이 단계에서 장 제목을 정하는 데 시간을 너무 오래 쓰지 마라. 그냥 뭔가를 적어두고 나중에 바꾸면 된다. 장을 구상하는 방법은 여러 가지가 있지만, 우리가 가장 효과적이라고 생각하는 방법은 다음과 같다.

워크숍 프레젠테이션 방법

이 방법은 공적인 자리에서 발표하는 데 익숙한 사람들에게 매우 효과적이다. 당신이 자료를 점검하기 위해 강연이나 프레젠테이션 또는 워크숍을 한다고 상상해 보자. 1부는 무엇이 될까? 2부는? 일정은 어떻게 나누겠는가? 당신이 준비한 워크숍 프레젠테이션 구조는 책의 기본적인 장 구성으로 삼아도 된다.

책 수업 방법

이 방법은 포지셔닝 과정에서 묘사한 초기 독자에 속하는 이상적인 독자와 함께 시작한다. 이제 그 독자에게 당신의 책에 있는 모든 것을 가르친다고 상상해 보자. 주된 가르침은 무엇인가? 1단계는 무엇인가? 2단계는? 그것을 모두 적어둔다.

만일 이 방법이 진전되지 않는다면 당신의 아바타를 동기 유발자로 소환해 보자. 이상적인 고객, 친구 또는 학생을 그려보자. 당신의 책을 그들에게 어떻게 설명하겠는가? 그들은 어떤 점을 혼란스러워하는가? 어떤 점을 어려워하는가? 어떤 가르침이 그들에게 전달되었는가? 그들은 어떤 점을 특히 유익하다고 여기는가? 어떤 질문을 하는가? '책 수업'은 당신이 가진 지식(당신은 당연하다고 여겼을지도 모르는 그 지식)을 분명히 설명하는 데 탁월한 방법이다.

요점 정리 방법

당신이 책에서 이루고자 하는 주요 아이디어·개념·논쟁·원칙들을 적는다. 너무 세세하게 적지는 말자. 모든 세부적인 내용을 구체화하지 말고 주된 요점을 적어보자. 우리는 이 방법을 채택한 저자들이 요점을 여러 페이지에 나열하다가 좌절하는 경우를 보아왔다. 그런 나락으로 빠져들지 말자. 핵심과 논점을 다룬 목록은 두 쪽을 넘기지 말아야 한다. 너무 세부적으로 늘어놓으면 당신은 곧 너무 깊이 빠져들 것이다. 큰 그림을 보자. 설명은 짧은 문구나 한 문장으로 제한해서 주요 논점에서 멀어지지 않도록 하자. 머릿속에 떠오르는 온갖 세부 사항을 놓칠까 봐 걱정하지 않아도 된다. 당신이 글을 쓸 때 잊지 않고 생각날 테니까. 요점 정리 방법은 독자에게 설명하고자 하는 기본 내용을 명확히 하는 작업이다.

당신이 어떤 방법을 선택하건 이 단계는 시간이 오래 소요될 수도 있다. 하지만 너무 깊은 수렁에 빠지지 않도록 하자. 여기서는 주요 아이디어와 주제, 각 장을 구성하는 데 집중하자. 물론 필요하다면 언제든 돌아와서 바꿀 수도 있다.

아이디어 모아두기

장을 구상할 때, 페이지 한쪽에 '주차장'을 만들어놓자. 지금 당장 사용하기에는 적절하지 않지만 멋진 아이디어는 모두 주차장에 넣어두자. 주차장은 좋은 아이디어를 버리지 않고 보관하는 장소다. 이렇게 하면 우연히 생각난 아이디어에서 벗어나 책의 주요 아이디어에 집중하는 데 도움이 된다. 또한 미래에 쓸 책의 씨앗을 심어두는 장소가 되어 나중에 와서 수확할 수 있다.

2단계 | 목차 만들기

장이 구성되었으면 목차를 만들고 각 장의 요점을 적는다. 이것을 주제문이라고 한다. 주제문은 그 장의 중심 내용을 짧게 요약한 문장이다. 절대로 길게 쓰지 말자. 한두 문장으로 끝내야 한다.

몇 개의 장이 있어야 할까

최소 5장에서 15장을 넘기지 않는 게 보통이다. 5장이 되지 않거나 15장이 넘는다면, 꼭 틀린 것은 아니지만 매우 드문 일이다. 만약 그렇게 구성한다면 독자가 충분히 이해할 만한 적절한 이유가 있어야 한다.

목차 만들기 사례

서론	**인사부의 미신**
1장	**미신 1: 기술이 가장 중요하다.** 기술 때문에 고용하고 행실 때문에 해고한다? 그것은 완전히 잘못된 판단이다.
2장	**미신 2: 링크드인◆은 채용의 궁극적인 원천이다.** 링크드인은 단지 하나의 공급 수단일 뿐이다. 링크드인를 맹신하면 정작 채용 담당자는 포로가 된 듯 무기력해진다.
3장	**미신 3: 채용 담당자는 마케팅 담당자가 될 필요가 없다.** 틀렸다. 오늘날 영업 분야에서 일하는 사람은 모두 마케팅 담당자다.
4장	**미신 4: 지원자들은 오직 직함과 돈에만 관심이 있다.** 진실은 우리 모두 감정적으로 구매하고 이성적으로 정당화한다는 것이다. 지원자들도 마찬가지다.
5장	**미신 5: 채용 담당자는 고용의 질에 책임이 없다.** 그들은 그렇게 생각한다. 하지만 바로 그 때문에 그들이 실패하는 것이다.
6장	**미신 6: 채용 담당자는 기술에 의해 대체될 것이다.** 기술은 도구이지 묘책이 아니다. 망가진 체계를 자동화한다면 실패를 앞당길 뿐이다.
7장	**미신 7: 다양성은 '옳은 일'이기 때문에 좋다.** 다양성은 좋다. 하지만 단지 옳기 때문이 아니라 사업적으로 옳은 일이기 때문이다.
결론	

◆ 구인·구직 중심의 네트워크 서비스 — 옮긴이

3단계 | 개요 구조 채우기

앞서 만든 목차를 이용하여 각 장의 빈 칸을 채워 넣자. 명심하라. 개요는 책을 쓰는 단계가 아니다. **개요는 무엇을 쓸지 뼈대를 만드는 과정**이다. 아래는 우리가 추천하는 개요 구조다. 각 장에 필요한 다양한 요소가 제시되어 있다. 여기에 책을 쓸 때 지침으로 사용할 정보를 적어 넣기만 하면 된다. 그 아래에 두 장의 예시를 들어보겠다.

○장

가제를 넣는다

장을 시작하는 유인 문구

여기는 개인적인 이야기나 역사적 일화, 독자에게 던지는 질문, 놀라운 진술, 또는 무엇이라도 독자의 관심을 끌고 이 장에서 나올 내용을 준비하는 부분이다. 위축될 필요 없다. 짧은 이야기나 일화를 말하거나 관심을 끌 만한 사실을 소개하자. 최고의 유인 문구는 감정적으로 강렬한 이야기거나 일종의 실수를 다루는 이야기(이 역시 대개 감정적으로 강렬한 이야기다)인 경우가 많다. 장을 시작하는 가장 좋은 방법은 저자가 늦게 등장하는 것이다. 어떤 장면이나 인용문, 또는 당신이 강조하는 핵심을 담고 있는 무언가를 처음에 삽입하면서 시작하라. 나는 개인적으로 서론에서 유인 문구에 가장 많이 신경 쓴다.

장의 주제문

유인 문구를 썼으면, 이 장에서 무엇을 가르치거나 논의할지 꾸밈없이 진술하라. 본질적으로 당신이 독자에게 무엇을 이야기할지를 서술하라. 물론 목차에 있는 요점과 동일해야 한다.

뒷받침하는 내용

논쟁/사실적 내용에 관한 모든 핵심 주장/근거를 적는다. 이 내용이 장의 대부분을 차지한다. 빠르고 간결하게 끝낼 수도 있지만, 장의 개요는 충분히 제시되어야 한다. 모든 세부 사항을 적느라 너무 깊이 들어갈 필요는 없다. 다만 구체적이고 꼼꼼하게 하라. 어쨌거나 개요를 작성하고 있으니 말이다. 여러 문단을 쓰고 있다면 제법 잘 진행되는 중이다. 논점이나 주장이 피라미드처럼 논리적으로 쌓아가도록 써보자. 기초가 되는 근본적인 정보를 가장 먼저 제시하고, 거기서부터 쌓아 올려보자. 당신의 관점이 아니라, 독자가 보기에 좋은 시점에서 살펴보자. 전문가는 당신이지 독자가 아니다. 따라서 이 부분은 그들에게 맞춰야 한다.

이야기

이 장에서 말하고 싶은 이야기를 열거해 보자. 효과적인 이야기는 책의 성공에 매우 중요하다. 이야기는 책과 책의 특정한 요점을 기억에 남게 만드는 훌륭한 방법이다. 독자들은 책을 읽고 난 뒤에 사실에 대해서는 잊어버리지만, 일화나 이야기는 기억한다. 이야기는 독자에게 유난히 착 달라붙곤 한다. 이야기는 구체적이고 주제와 밀접하게 연결되어야 한다. 일반적인 이야기가 아니라, 정확히 개요에 들어맞으면서 당신이 전하고자 하는 메시지를 뒷받침해 주어야 한다. 당신의 주장을 뒷받침하는 근거를 쓰고 그 뒤에 이야기를 쓰라는 말이 아니다. 당연히 이야기와 메시지를 융합해야 한다. 다만 개요에서는 둘을 분리하는 게 좋다. 어떤 이야기를 어디에 써야 하는지를 정확하게 판단할 수 없기 때문이다. 이 내용을 분리해서 열거해 두면 진행하면서 적절한 위치를 파악할 수 있다.

독자의 요점

장의 마지막 부분에서는 앞의 내용을 요약해 보라. 이 장에서 독자가 알아야 할 내용을 분명하게 제시해야 한다. 본질적으로, 당신이 방금 독자에게 말한 내용이 무엇인지 정리하라는 것이다.

유인 문구 소환 + 다음 장으로 연결

이것은 선택 사항이지만, 대다수의 책은 장의 마지막을 첫머리와 연결하여 도움을 받는다. 그리고 다음 장으로 이어지는 일종의 연결부를 둔다.

개요 사례 1

3장	공공보건을 어떻게 향상시킬 수 있을까
장을 시작하는 유인 문구	공공보건에 대한 미국공공보건협회 인용문. 언급되지 않지만, 미국이 직면한 가장 큰 주제라는 점.
장의 주제문	공공보건 부문은 인류학과 디자인싱킹◆을 적용해서 다른 보건의료 영역보다 많은 혜택을 볼 수 있다.
뒷받침 내용	• 보건의료 영역의 현안들 • 왜 디자인싱킹 단독으로는 해결책이 될 수 없는가? (모든 환자는 고유한 개별적 접근이 필요하다.) • 공공보건에서 교육적 지원은 어떠한가? • 공공보건 전문가에게 배울 점(그들의 절차는 무엇이고 그들이 사용하는 도구는 무엇인가?) • 인류학과 디자인싱킹이 공공보건에 유익하게 작용하는 방법
독자의 요점	공공보건 담당 공무원이 환자를 이해하려는 노력에서 시작하지 않는 한 영원히 문제를 해결하지 못한다. 그런 이유에서 디자인싱킹과 인류학은 공공보건 영역에 매우 중요하다.
유인 문구 소환	공공보건 문제에 대한 미국공공보건협회 인용문
다음 장으로 연결	공공보건 영역은 어렵게 뒤얽혀 있으며, 문화적 장벽 때문에 더욱 이해하기 어렵다. 이 점을 이해하면 문제의 해결책을 찾기 위해 더 열심히 일하게 된다.

◆ 인간 중심 디자인 또는 기술과 예술의 통합적 사고방식 — 옮긴이

개요 사례 2

6장	**채용 담당자는 기술에 의해 대체될 것이다**
장을 시작하는 유인 문구	구글 검색을 통해 기술이 어떻게 채용 담당자를 대체하게 될지에 관한 문서를 백만 건 이상 찾을 수 있다.
장의 주제문	AI는 수백만 개의 일자리를 대체할 것이다. 하지만 수백만 개의 일자리를 더 창출할 것이다. 기술은 채용 담당자를 대체하지 않을 것이다. 오히려 기술은 적절한 능력을 갖춘 채용 담당자에 대한 요구를 증가시킬 것이다. 바로 이 점이 이 장에서 다룰 내용이다.
뒷받침 내용	• 내재한 문제가 고쳐질 때까지 망가진 체계를 자동화하는 단계로 넘어가지 않게 막는 방법 • 신기술을 시행하기 전에 절차적 측면에서 고려해야 할 점 • 기술이 결코 대체할 수 없을 능력을 개발하는 방법
독자의 요점	기술은 도구일 뿐이다. 그 자체로는 망가진 체계를 고칠 수 없다.
유인 문구 소환	모든 담론과 공포에도 불구하고, 스스로를 매우 유용하고 대체 불가능한 존재로 만드는 독자들에게는 멋지고 새로운 기회가 열릴 것이다.
다음 장으로 연결	기술이 어떻게 채용 담당자에게 도움이 될지 알아보았으니, 기술을 적절하게 활용하는 방법에 대해 살펴보자.

개요를 작성해 본 경험이 있다면, 우리가 전통적인 방법과는 다르게 개요를 구성한다는 사실을 알아챘을 것이다. 전통적인 방법은 다음과 같다.

Ⅰ. 주요 논점 1
  1. 세부 논점 1
    가. 이야기 Y
    나. 예시 Y
  2. 세부 논점 2
    가. 이야기 X
    나. 예시 X

Ⅱ. 주요 논점 2
  1. 세부 논점 1
    가. 이야기 A
    나. 논점 B
  2. 세부 논점 2
    가. 이야기 A
    나. 논점 B

이런 방식의 개요를 추천하지 않는 데는 이유가 있다. 무엇보다 효과적이지 않다. 우리는 수천 명의 저자가 책을 포지셔닝하고, 구성하고, 집필하는 과정을 도왔다. 그리고 전통적인 방식도 시험해 보았다. 전통적인 개요 양식은 대다수 저자에게 효과적이지 않았다. 거기에는 여러 가지 이유가 있지만, 원인은 그다지 중요하지 않다.

사실 전통적인 개요 양식은 전혀 효과가 없다. 대다수 저자는 책을 쓰기 전에 체계적으로 책을 구성할 수준에 이르지 못한 상태다. 저자들은 자신의 책을 정확히 어떻게 배치할지 미리 파악하지 못한다. 이런 상황은 당연하다. 한 번도 해본 적 없는 사람들에게 책을 쓰고 구성하는 일은 아주 어렵고 매우 생소하다. 전통적인 개요 구성 방법은 사람들이 개요 안에서 길을 잃게 만든다.

우리는 수십 가지 다른 방식을 시험해 본 끝에 가장 짧은 시간에 가장 좋은 책을 만들어내는 개요 작성 방식을 개발했다. 사람들이 정말로 책을 쓰게 하려면 먼저 장들을 덩어리로 나누어 구획하고, 저자가 말하려는 내용과 써야 하는 내용을 충분히 적게 한 다음, 책을 구체적으로 쓰게 하는 게 최선의 수순이다.

이 방식을 통해 저자는 꽉 막혀서 꼼짝 못 하는 대신, 앞으로 나아갈 수 있다. 기존의 개요 방식은 어떤 아이디어를 제대로 풀어내지도 못한 단계에서 저자가 자신의 지식을 매우 깊게 파고들도록 만든다. 저자들은 대부분 길고 상세한 개요를 능숙하게 구성하지 못하지만, 우리 방식을 따르다 보면 자기가 무엇을 써야 하는지 잘 이해하게 된다. 개요 구성 단계에서는 어떤 방법도 허용된다. 정말 원한다면 상세한 개요를 작성해도 좋다. 아니면 생각나는 장들만 먼저 적어두고, 나머지는 써나가면서 알아낼 수도 있다.

2장 서론 개요

독창적인 사람이 되려고 애쓰지 마라.
그저 훌륭해지려고 노력하라.
조금 순진하게 들릴지도 모르지만, 그것이 맞다.
—폴 랜드

어쩌면 당신도 포함될지 모르는 수많은 독자가 왜 서론을 건너뛰는지 아는가? 대다수 저자가 책에서 말할 모든 내용을 서론에서 설명하려고 하기 때문이다. **지루하고 잘못된 생각이다.** 훌륭한 서론은 단지 독자를 사로잡고 책을 읽도록 만들 뿐이다. 누군가 서론을 읽는다고 해서 그들이 책을 끝까지 읽으라는 법은 없다. 사람들을 겁먹게 하는 것은 책 가격이 아니라 읽는 데 써야 하는 시간이다. 사람들은 10달러 정도에는 신경 쓰지 않는다. 그들은 흥미롭고 매력적인 무언가에 기꺼이 시간을 투자한다.

그것이 서론의 역할이다. 독자에게 이 책이 읽을 만한 가치가 있다는 걸 증명하면 된다. 잘 쓰인 서론은 독자를 붙잡고 계속 읽게 만든다. 독자를 끌어당겨 들뜬 마음으로 본론을 읽기 시작하게 만든다. 서론은 독자가 품은 가장 중요한 질문, 즉 **'내가 왜 이 책을 읽어야 하지?'**에 답해주어야 한다.

서론의 역할

- 독자가 바로 책에 흥미를 느끼게 만들기
- 독자가 직면한 괴로움을 분명하게 제시하기
- 더 나은 미래 또는 독자가 얻을 수 있는 혜택을 그려보이기
- 독자가 책에서 배울 내용을 간략하게 보여주기
- 저자가 이 주제의 전문가이며 권위자인 이유 설명하기
- 독자가 책 읽기에 전념하게 만들기

서론에서 하지 말아야 할 것

- 책 내용 요약하기
- 책 본문 내용 모두 말하기
- 저자의 인생 이야기를 처음부터 끝까지 설명하기
- 책에서 나올 내용을 지루하게 설명하기
- 독자가 관심 없는 이야기를 두서없이 늘어놓기

- 너무 많은 배경 정보 설명하기
- 너무 길게 늘어지기
- 저자의 인생 이야기를 시작부터 늘어놓기
- 자전적인 이야기로 가득 채우기
- 전적으로 저자가 하고 싶은 이야기만 하기

최고의 서론은 공식을 따른다

서론에 대해 알아두어야 할 사실은 효과적인 서론에는 공식이 있고, 그것을 따라야 한다는 점이다. 공식은 분명히 존재한다. 그리고 그 공식을 따르지 않으면 독자들이 불편해한다. 이유를 잘 몰라도 그렇게 느낀다. (그렇다. 이 책의 서론도 공식을 따르고 있다. 다시 돌아가서 살펴보면 정확히 확인할 수 있다.) 공식을 따르면 서론을 잘 완성할 수 있다. 공식의 범위 안에서는 얼마든지 창의적으로 써도 좋다.

서론을 위한 공식

좋은 서론이란 흥미로운 영업 홍보와 비슷하다. 건조하거나 지루한 정보 전달이 아니다. 서론은 다음 요소들로 이루어진다.

요소 1 | 독자 끌어당기기

서론은 독자를 단숨에 사로잡아야 한다. 독자의 옷깃을 거머쥐고 관심을 기울이게 만들어야 한다. 다음은 독자를 끌어당기는 예문들이다.

한 가지 질문으로 시작해 보자. 왜 어떤 집단은 다른 집단보다 성과가 더 좋을까?

당신은 속아왔다. 설탕에 대해 당신이 아는 모든 지식은 거짓이다.

나는 죽을 거라고 생각했다.

우리는 개들을 쏘았다. 사고가 아니었다. 일부러 쏘았고, 그 일을 스쿠비작전이라 불렀다. 나는 애견인이고, 그렇기에 그 일에 대해 많이 생각해 보았다.

이 문장들은 모두 당신의 관심을 사로잡는다. 똑바로 앉아서 주의를 집중하고 다음 줄을 읽게 만든다. 유인 문구를 만드는 특별한 공식은 없다. 다음은 유인 문구를 결정하는 데 도움을 주기 위해 우리가 활용하는 세 가지 질문이다.

① 책에서 가장 흥미로운 이야기나 주장이 무엇인가?
② 사람들이 벌떡 일어나 주목하게 되는 문장이나 사실은 무엇인가?
③ 대상 독자는 무엇에 가장 관심을 가지거나 가장 흥미로워하거나 또는 충격을 받는가?

다음은 유인 문구를 찾을 때 고려해 볼 다른 사항들이다.

① 훌륭한 유인 문구는 직관에 반하며, 기대에 어긋나거나 반전을 준다.
② 사람들이 당신에게 언제나 물어보는 이야기다.
③ 당신을 최고로 돋보이게 만드는 이야기는 결코 아니다.

이따금 어떤 사건을 소개하는 일화를 유인 문구로 쓰기도 한다. 이런 유인 문구를 쓸 때 영화적 기법을 이용하면 강력한 효과를 발휘한다. 영화의 한 장면을 묘사하듯이 이야기하라. 유인 문구의 핵심은 독자가 자세를 바로잡고 주목하게 만드는 것이다.

무엇보다 첫 문장이 효과적이어야 하지만, 나머지 부분과 첫 이야기 또한 효과적이어야 한다. 주의를 끄는 문장은 그 긴장감을 유지하는 무언가로 이어져야 한다. 짧은 이야기, 예시, 통계 또는 역사적 사건처럼 주제를 흥미진진하게 소개하면서 독자를 계속해서 잡아끌어야 한다. 그래야 독자는 다음 책장을 넘길 것이다.

요소 2 | 독자가 현재 겪는 문제와 공감하기

유인 문구로 독자의 관심을 끌었다면, 이제 독자가 암암리에 가지고 있는 질문에 답한다. '내가 무슨 상관이지?'

기본적으로 독자가 서점에 간 이유는 무엇인가? 그들이 해결하고자 했던 문제는 무엇인가? 독자에게 단순히 정보를 전달하는 것만으로는 어림없다. 지루한 사실과 숫자를 나열하는 것만으로는 부족하다. 그런 것에는 아무도 관심을 갖지 않는다.

사람들은 같은 값이면 이야기에 더욱 눈길을 준다. 특히 자신의 문제, 고충, 갈등과 공감하는 이야기에 주목한다. 그 통증을 건드렸을 때, 독자는 안도와 기쁨을 주는 해결책, 그리고 어쩌면 인생의 새로운 자리로 데려다줄 해결책에 대해 듣고자 한다. 이 대목은 포지셔닝 단계에서 작성했던 독자에 관한 부분으로 곧장 연결된다. 당신은 독자의 고충을 정확히 알아야 한다. 개괄적으로나마 이미 그 이야기를 한번 해보았으니 말이다. 여기에서는 당신의 책에 있는 조언이나 가르침을 듣지 않았기 때문에 독자가 겪고 있는 어마어마한 고충을 깊이 파고들어 묘사해야 한다. 고통은 행동을 유발한다.

요소 3 | 독자의 잠재적 변화 가능성 이야기하기

독자의 고통과 공감한 뒤에는 독자가 행동함으로써 찾아

올 기쁨을 자세히 묘사해 주어야 한다. 책에 나오는 아이디어를 실행하면 어떤 사람이 될 수 있는지 과감하게 보여주자. 독자에게 그렇게 놀라운 결과를 얻을 수 있는 이유와 견딜 만한 가치가 있는 목표라는 점을 확인시켜 주자. 다시 한번 이것은 독자 설정으로 연결된다. 독자에 관한 부분에서 했던 이야기다. 당신에게는 이미 이 이야기가 있다. 이야기에 깊이 천착해서 더 구체적인 내용을 제시하자.

요소 4 | 독자가 무엇을 배울지 알려주기

이제 독자가 이 책을 읽음으로써, 무엇에 성패가 달려 있는지 이해하게 된다는 점을 알려주어야 한다. 또한 독자의 고충을 해결하고 이익을 가져다주기 위해 당신이 정확히 어떻게 도울지 설명해야 한다. 이 내용은 중학생도 이해할 정도로 아주 분명하고 단순해야 한다. '이것을 정확히 어떻게 하는지 알려주겠다. 당신이 성과를 내는 데 필요한 모든 것에 숙달될 때까지 단계별로 차례차례 알려주겠다.'

독자가 책에서 배울 내용을 항목별로 열거한 목록을 만들어도 좋다. 다만 지루하지 않고 호소력 있게 설명하라. 당신은 현재 독자에게 책을 읽도록 설득하고 있다는 사실을 잊어서는 안 된다.

요소 5 | 저자의 배경/책을 쓰게 된 이유 설명하기

독자를 사로잡고, 그들의 고통에 공감하고, 그것을 극복하면 얻을 수 있는 혜택을 보여주었다면 이제는 당신이 누구인지, 왜 책을 쓰게 되었는지, 독자가 왜 당신이 하는 말을 신뢰해야 하는지 설명할 차례다. 본질적으로 당신은 독자의 안내자로서 권위를 입증하고, 독자를 위해 책을 쓰게 된 맥락을 알려주어야 한다.

가장 좋은 방법은 역시 당신의 이야기를 하는 것이다. 왜 이 책을 쓰게 되었는가? 왜 이 주제가 당신에게 중요한가? 어떻게 당신이 사람들에게 가르치는 위치에 이를 만큼 알게 되었는가? 왜 당신이 이 책을 쓸 자격이 있는가? 왜 독자는 당신이 하는 말을 믿어야 하는가? 여기에서 당신은 영웅의 여정을 이야기할 수 있다. 이 자리에 오기까지 필요했던 조건과 기술에 관해 이야기할 수 있다. 독자가 왜 당신을 신뢰해야 하는지 궁금해하기 때문이다. 당신이 가진 경험과 지식으로 독자를 도우려 한다면, 독자는 왜 당신의 말에 귀 기울여야 하는지 알 필요가 있지 않겠는가?

여기에서 아주 중요한 사실을 짚고 넘어가자. **독자는 당신에게 관심이 없다는 사실을 명심하라.** 독자는 오직 책과 당신의 전문 분야에 관련해서만 당신과 당신의 이야기에 관심을 둔다. 독자에게 자서전을 내밀지 마라. 독자가 당신의 말을 들어야 할 이유를 알 수 있을 정도면 충분하다.

요소 6 | 책이 다루는 내용과 다루지 않는 내용 알려주기

이 요소는 서론에서 선택 사항이지만, 많은 저자가 이 부분을 넣는다. 독자에게 책이 다루는 내용과 다루지 않는 내용을 알려줌으로써 처음부터 적절한 기대를 설정하는 것이다. 이 요소는 아주 간단하게 쓸 수 있다. 주로 당신이 다루지 않을 내용이 무엇인지, 독자가 책에서 무엇을 얻지 못하는지 언급하면 된다. 여기서는 약간은 소극적으로 소개하는 게 효과적이다.

요소 7 | 독자의 행동 요청하기 + 첫 번째 장과 연결하기

앞의 모든 요소를 채웠다면, 이제 독자가 뛰어들어 책에 몰두하게끔 만드는 간단한 이행 과정이 남았다. 아마도 아직은 하나에서 열까지 막막할 것이다. 그래서 이 요소들을 어떻게 결합하는지 예시를 준비했다.

서론 개요 사례

독자 끌어당기기	의사들은 내가 죽을 거라고 했다. 간호사들도 그랬다. 사실 내가 그 병원에서 41일 동안 이야기를 나눈 모든 사람이 나에게 죽을 거라고 말했다. 그들은 틀렸다. 하지만 나를 살린 것은 그들이나 그들의 간호가 아니었다. 그것은 우연이었다. 지친 관리인이 양동이를 내 방에 두고 가는 바람에 생긴 우연이었고, 그 양동이가 내 목숨을 살렸다. (…) 그리고 그 뒤로 수백만 명을 구한 획기적인 발견으로 이어졌다.
독자가 현재 겪는 문제와 공감하기	2016년 '21세기 치료 법안'이 승인되자, 제약회사와 의료용품 제조사들은 경영상의 투명성을 요구받았고 임상실험 이외의 추가적인 연구가 요구되었다. 회사들은 급작스레 환자에 대한 이해도를 높여야 했다. 하지만 이 조치는 환자의 내밀한 이야기가 그들의 건강 관리에 끼치는 영향을 이해하는 걸음마 단계에 불과했다. 의료용품·장비·약품 같은 건강 관리 기구와 의료 행위들은 의료 종사자들이 이해하는 것보다 훨씬 광범위하게 환자와 환자 가족에게 영향을 끼친다. 인류학과 디자인싱킹이 결합하여 환자 중심 의료를 만들어내는 방법을 이해하면, 수백만 명을 돌보는 의료의 질이 달라질 수 있다.
독자의 잠재적 변화 가능성 이야기하기	저자는 의료 마케팅 환경에서 환자와 환자의 가족, 의료용품 제조사에 이익을 주기 위해 인류학과 디자인싱킹이 어떻게 결합하는지 설명한다.
독자가 무엇을 배울지 알려주기	독자는 마케팅 메시지를 고안하고, 환자를 상대하는 교육에 뿌리를 둔 상품을 어떻게 고안하는지 배운다. 이것은 환자들이 일상생활에서 건강 관리라는 시험대에 올라 고전하는 동안 그들을 지원해 줄 해결책이다. 독자는 환자 이해의 가치를 깨닫고 의료 마케팅 속에서 자율권을 자각할 것이다.

저자의 배경/ 책을 쓰게 된 이유 설명하기	형편없는 간호로 가득한 끔찍한 입원생활을 겪으며, 저자는 의료용품 마케팅 분야에서 의료의 인간적 면을 논제로 삼는 과정이 결여되어 있다고 생각했다. 건강 관리 기구를 제조하고 의료 행위를 하면서 누구도 인류학과 디자인싱킹을 도입하지 않는 것 같았다. 저자는 환자가 받을 간호의 유형에 유익할 교육적 도구나 마케팅 수단을 만들기 전에 먼저 환자와 환자의 상황을 이해하기 위해 환자에서부터 시작하고자 회사를 설립했다.
책이 다루는 내용과 다루지 않는 내용 알려주기	이 책은 의료 마케팅 담당자와 상품 디자이너에게 새로운 패러다임을 제시한다. 단지 이론적인 프레젠테이션에 그치지 않는다. 독자는 자신의 사업과 의료의 질을 더욱 윤리적이고 성공적이며 환자 주도의 (그리고 환자 중심의) 접근법으로 향상할 방법을 배울 것이다.
독자의 행동 요청하기 + 첫 번째 장과 연결하기	환자라는 외피 밑에 감춰진 인간을 알아가는 것은 양질의 의료로 가는 첫걸음이다.

왜 서론을 마지막에 써야 할까

대다수의 저자는 서론이 책에서 가장 쓰기 힘든 부분이라고 생각한다. 그렇기에 우리는 서론의 개요를 마지막에 작성하라고 권한다.

왜 서론이 가장 힘든 부분이고, 마지막에 쓰는 게 나을까? 나는 저자들에게 서론을 마지막에 작성하는 이유는 강타를 날려 유인하기 위해서라고 말한다. 그리고 책의 모든 범주와 핵심 메시지를 구체적으로 파악할 때 더 효과적으로 작성할 수 있기 때문이라고 말한다.

실제로 어떻게 진행될지 완전히 파악되지 않은 상태에서는 효과적으로 예고할 수 없다.

3장 결론 개요

현자처럼 생각하라.
하지만 사람들의 언어로 소통하라.
—윌리엄 버틀러 예이츠

독자가 결론까지 읽었다면 책 전체를 읽은 셈이고, 책이 마음에 들었고, 이제는 정리하고 싶어 한다.

따라서 장황하게 늘어놓지 않아야 한다. 독자가 원하는 것을 주자. 결론의 목적은 모든 내용을 하나로 연결하고, 깔끔하게 책을 요약하고, 독자에게 행동을 개시하라고 구체적으로 요청하는 데 있다. 결론을 지나치게 복잡하게 만들지 마라. 해야 할 역할만 하면 된다.

결론의 역할

① 결론은 책을 명확하게 요약해야 한다. 그것이 당신이 할 수 있는 최선이다. 단지 독자에게 가치를 전달할 뿐 아니라 독자가 책을 기억하게 (그리고 추천할 만하게) 만들자.

② 결론에서는 독자에게 일종의 행동을 요청해야 한다. 본질적으로 독자가 무엇을 해야 할지 말해주어야 한다.

③ 독자에게 도움이 될 만한 어떤 추가적인 요소가 있다면 알려주자. 또한 더 확장할 주제가 있다면 언급해 주자.

④ 열린 고리를 보여주고, 이 모든 것을 나비 모양처럼 아름답게 매듭지어야 한다.

결론에서 쓰지 말아야 할 것

① 결론은 어떤 새로운 내용도 소개하면 안 된다. 결론은 오직 책에 있는 내용을 요약해야 한다. 물론 새로운 이야기나 일화를 넣을 수는 있다.

② 너무 길어서는 안 된다. 경험에 비추어볼 때 결론은 책에서 가장 짧은 장이어야 한다.

③ 결론은 독자의 신의를 저버리면 안 된다. 독자에게, "우리 상담원이 기다리고 있다."라고 하거나, 흥미를 잃게

하는 터무니없는 방식으로 저자를 선전하지 마라.

결론 견본

우리는 다음 요소를 이용해 결론의 개요를 작성한다.

유인 문구

서론에서 썼던 방식과 비슷하지만, 결론의 유인 문구는 독자가 책을 정리하도록 돕는다. 책을 요약하는 이야기일 수도 있고, 앞서 풀어놓았던 고리를 닫으며 마무리할 수도 있다. 핵심은 모든 내용이 멋지게 요약되는 영화의 마지막 장면처럼 보여줘야 한다는 점이다. 지금까지 당신은 여러 가지 주제를 언급해 왔다. 대개 결론을 시작하는 가장 쉽고 강렬한 방법은 그 주제 가운데 하나를 (또는 그 이상을) 다시 언급하는 것이다. 아니면 이미 이야기했던 이야기에 또 다른 측면을 덧붙이거나 느슨한 끝을 단단히 마무리할 수도 있다.

책의 주제문 다시 진술

무척 간단한 일이지만, 반드시 책의 주제문을 다시 언급해 주자. 사람들은 반복을 좋아한다. 반복은 논점을 강화하고 설득시킨다.

각 장 요약

선택 사항이기는 하지만, 좋은 논픽션은 대부분 결말에서 각 장을 요약한다. 핵심 논점을 매우 간결하고 명확하게 요약하여 당신이 이해하는 것과 똑같이 독자가 이해하도록 만든다. 당신은 독자가 당신의 책에 대해 당신처럼 생각하고 친구들에게 이야기하기를 원한다. 독자가 그렇게 하도록 이끄는 가장 좋은 방법은 친구들에게 정확히 무엇을 말해야 할지 알려주는 것이다. 독자가 말해야 할 내용을 가르쳐주자. 독자가 당신의 책에서 무엇을 기억해 주기를 바라는가? 정말로 중요한 요점은 무엇인가? 거기에 대해 독자가 어떻게 말하기를 바라는가?

행동 요청

책을 다 읽고 난 뒤에 독자는 무엇을 해야 하는가? 당신은 독자가 마지막 단어까지 읽고 책을 내려놓은 뒤에 가장 먼저 무엇을 하기를 바라는가? 이 바람이 대개 마지막 말이 되고, 당신이 독자에게 남기는 메시지가 된다. 행동 요청이 결론에서 반드시 요구되지는 않지만, 대부분 논픽션은 이 수순으로 마무리하기 마련이다. 대개 결론의 가장 마지막 부분은 독자에게 전하는 마지막 말이고, 독자가 무엇을 하기를 바라는지 확실히 각인시키는 역할을 한다.

저자들은 일반적으로 행동 요청 부분에서 다른 어조를 사용한다. 분명하게 고무적인 분위기일 뿐만 아니라 위엄 있는 방식으로 표현한다. 행동 요청은 직접적이고 힘을 실어주는 메시지가 좋다. 예를 들어, **"이제 모든 도구를 갖췄으니 나가서 활용하라."라고 말하는 식이다.** 좋은 방법이다. 독자들도 좋아한다. 어떤 저자는 독자에게 그렇게 직접적으로 강제하는 태도를 불편하게 여긴다. 전문가답지 않다고 느끼기 때문인데, 때로는 그들이 옳을 수도 있다. 다만 저자들은 종종 서론에서만 지나치게 영감을 불러일으키다가 결론에서는 상대적으로 부족할 때가 있다. 결론에서 독자가 진정으로 무엇을 해야 할지 직설적으로 말해주자.

결론에서 **당신을 잔뜩 미화한 영업용 책자를 만들면 절대 안 된다.** 당신이 가진 무언가를 독자에게 홍보하는 행위는 절대 피해야 한다. 생각해 보자. 독자의 신뢰를 얻으려고 책의 처음부터 계속 노력했는데, 이제 와서 장사를 한다? 그런 일은 하지 말자. 무엇보다도 그 방법은 별로 효과가 없다.

독자는 영리하다. 독자는 당신의 책을 골랐고, 이미 당신의 지식과 전문 분야에 대해 읽었기 때문에 당신의 아이디어와 관점에 흥미가 있다. 당신과 관계를 맺는 일에 대해서는 독자가 자신만의 결론을 내릴 것이다. 그래도 독자가 당신에게 연락하도록 요청하고 싶다면, 자신을 위해서가 아니라 진정성 있는 방법으로 독자를 도우려는 위치에서 하라. 독자의 의견을 듣고 싶다고 말하거나, 독자가 앞으로 나아가도록 돕고 싶다고 말하라. 당신의 웹사이트나 회사명이 저자 소개에 나와 있다면 그것으로 충분하다. 원한다면, 그리고 진심으로 답장을 해줄 생각이라면 결론에서 이메일 주소를 제공하라. 당신의 목표는 독자에게 많은 가치를 제공하여 궁극적으로 독자가 당신과 당신의 업적을 존중하며, 당신이 설득했기 때문이 아니라 독자가 스스로 수긍했기 때문에 당신에게 연락하도록 하는 것이다.

어떤 저자는 독자를 특정한 랜딩 페이지◆로 안내하듯이 더욱 구체적인 행동 요청을 원하기도 한다. 당신이 독자에게 알려준 랜딩 페이지가 독자에게 도움을 준다면 이런 방법도 통할 수 있다. 여기서 핵심은 독자가 본문에 꼭 있어야 했던 내용이라고 생각하지 않는 새로운 정보여야 한다는 점이다. 예를 들어 부가적이지만 내용에 결정적이지는 않은 지도나 도표는 아주 좋다. (그리고 이런 내용은 꼭 본문에 있을 필요가 없다.) 독자가 '왜 이게 책에 없었던 거지?'라고 생각할 만한 내용은 피해야 한다. 그런 내용은 단지 독자의 신뢰를 무너뜨릴 뿐이다.

◆ 검색 엔진·광고 등을 경유하여 접속하는 이용자가 최초로 보게 되는 웹페이지—옮긴이

4부

책 쓰기

BOOK

1장 집필 계획 세우는 방법

무언가를 끝내고 싶다면, 언제 어디서 할지 결정하라.
그러지 않으면 그 일은 목록에서 지워라.
—피터 브레그먼

책 쓰기에는 단 하나의 확고하고 엄격한 규칙이 있다. **당신에게 맞는 방식으로 써라.** 그게 전부다. 그러나 직업적으로 수십 년간 글을 쓰고 수천 권의 책을 출간한 뒤에 나는 수많은 다양한 사람들에게 전반적으로 들어맞는 몇 가지 분명한 경향을 보았다. 내가 알아낸 몇 가지 중요한 경향을 차례차례 보여주겠다.

왜 집필 계획이 있어야 할까

글을 쓰려면 영감을 받아야 하지 않을까? 만일 영감이 스칠 때까지 기다려서 글쓰기의 동력으로 삼는다면 잘할 수 있지 않을까? 그렇지 않다. 책을 쓸 때 영감에 의존한다면 **당신은 실패한다.** 글쓰기로 성공을 이루어내는 비결은 단 한 가지다. 모든 작가가 똑같이 이야기할 것이다.

규율.

전업작가로서 내가 쓰는 모든 책에 집필 계획이 필요하다는 사실을 이해하기까지 꼬박 3년이 걸렸다. 계획 없이 쓰는 행위는 지도도 없이 크로스컨트리 경기를 하는 것과 같다. 그렇다. 도착할 수 있을지는 모르지만, 시간은 적어도 두 배는 걸린다. 당신은 의자에 엉덩이를 붙이고 앉아서 써야 한다. 책이 완성될 때까지 거의 날마다 써야 한다. 그래서 집필 계획이 필요하다. 계획은 당신이 책을 완성하기 위해서 무엇을 해야 할지 정확히 밝혀주기 때문이다. 영감을 받아서 책을 쓰겠다고 결심할 수도 있다. 그건 문제가 없다. 하지만 책을 완성하는 방법은 계획을 세우고 규율에 따르는 것이다.

집필 계획이란 무엇인가

당신은 이제 저자다. 저자는 무엇을 하는가? 책을 쓴다, 매일같이. 집필 계획에는 날짜마다 정확히 언제 어디서 쓸지, 얼마나 쓸지, 마감은 언제인지, 당신의 책무는 무엇인지가 구체적으로

잡혀 있어야 한다.

집필 계획을 세우는 방법

1단계 | 책을 쓸 시간과 장소를 정한다

날짜마다 책을 쓸 정확한 시간과 장소를 잡는 일부터 시작해야 한다. 예를 들어 매일 오전 8시에서 10시까지, 집에 있는 사무실에서 책을 쓸 수 있다. 또는 오후 3시부터 4시 30분까지 ○○커피숍에서 쓸 수도 있다. 이 지점은 절충할 수 없다. '시간이 있을 때 써야지.'라고 생각한다면 책은 결코 끝나지 않는다. 또 집필 공간을 확보해 놓지 않으면 시간을 효율적으로 활용하지 못할 가능성이 높다. 시간과 환경을 모두 염두에 두면서 할 수 있는 한 구체적으로 계획을 세우자. 지금 계획을 잘 잡아놓을수록 나중에 허둥대는 일이 적어진다. 책을 중요하게 여긴다면 확실하게 언제 어디서 책을 쓸지 생각해 내자.

하루에 몇 시간이나 써야 할까? 우리는 적어도 하루에 한 시간은 책 쓰기를 권한다. 만약 하루에 30분밖에 쓸 시간이 없다면 그렇게 하라. 최적의 시간은 두 시간 정도지만, 그렇게 많은 시간을 확보할 수 있는 사람은 극히 드물다. 또한 현실적으로 생각해야 한다. 대다수의 저자는 하루에 세 시간 이상은 (효율적으로) 쓰지 못한다.

하루 중 언제 써야 할까? 데이터는 매우 분명하다. 사람들은 일어난 지 한 시간 후부터 네 시간까지 가장 창의적인 상태에 놓인다. 아침이 가장 적절하다는 뜻이다. 하지만 언제나 예외는 존재하고, 올빼미족도 있다. 당신이 그중 하나라면 그 방식을 받아들이면 된다. 중요한 것은 일관성과 행동이다. 글쓰기를 당신에게 적합한 일과로 만들어라. 그러다 보면 스스로 길들여질 것이다.

얼마나 지속적으로 써야 할까? 할 수만 있다면 날마다 쓰자. 하루에 반쪽밖에 쓰지 못한다고 해도 그만큼 완성된 책에 가까워진 셈이다. 날마다 쓰는 것이 버겁다면 일주일에 하루를 쉬고 엿새 동안 쓰자. 신도 일곱 번째 날에는 쉬었으니 당신도 쉴 수 있다. 책 쓰기에서 **제자리에 머무는 상태란 없다. 앞으로 나아가지 않으면 뒷걸음질 치는 것이나 다름없다.**

책 쓰기를 포기하지 않고 처음부터 끝까지 해내는 데 핵심 요소는 바로 탄력이다. 책 쓰기 과정이 지속되는 내내 당신은 날마다 힘든 싸움을 할 것이다. 그러다가 어느 시기에 글쓰기에 재미를 느끼고, 원고가 쌓여가는 모습을 보게 될 것이다. 그때부터는 탄력을 붙여서 앞으로 나아가면 된다.

책을 쓰는 장소는 어떻게 고를까? 아주 간단하다. **당신이 편안하게 쓸 수 있는 곳**을 고르면 된다. 사람들은 대개 주변 소음·온도·경관·편안함·분리된 공간 등을 고려해서 장소를 정한다.

글쓰기에 '보편적으로 적절한' 장소는 존재하지 않는다. 커피숍에서 잘 써진다면 거기서 쓰면 된다. 지하실에 있는 책상에서 잘 써지면 그렇게 하라. 가장 창의적인 상태가 되고, 가장 잘 써지고, 가장 자신감을 느끼는 장소, 그곳에서 써라. 쓰기에 완벽한 장소나 완벽한 도구, 완벽한 책상을 찾으려고 시간을 허비하지 말자. 그런 것은 존재하지 않는다.

완벽한 장소나 완벽한 영감을 찾는 사람들은, 사실은 책 쓰기를 피할 구실을 찾는 것뿐이다. 심연에 도사린 두려움은 그들에게 완벽한 환경을 찾으라고 강요하지만, 완벽한 환경이란 존재하지 않는다. 당신이 완벽한 장소를 발견했다 생각한다면, (감각 차단 탱크에 들어가지 않는 한) 그것은 단지 당신이 사방에 널린 방해 요소를 가볍게 넘겨버렸다는 뜻일 뿐이다.

방해 요소에 신경을 곤두세우는 행위는 글쓰기를 벗어나려는 저항이다. 책 쓰기라는 힘든 일을 피하기 위한 핑계이다. 완벽한 무언가를 찾으려고 애쓰는 매 순간은 당신이 책을 쓸 시간에서 도둑맞은 시간이다. 당신에게 맞는 장소와 환경을 찾고, 날마다 그 설정을 그대로 재현하라. 한동안 시간이 흐른 뒤에 그 장소가 아무래도 맞지 않는다면, 그때는 기꺼이 받아들이고 새로운 장소를 알아보자.

2단계 | 구체적인 집필 분량 목표를 정한다

책을 쓸 시간과 장소를 계획하는 일과 더불어, 매번 달성해야 할 구체적인 목표를 정하자. 우리는 한 시간 동안 250단어 쓰기를 목표로 삼아보라고 권장한다. 왜 250단어일까? 인쇄된 책에서 한쪽에 들어가는 단어 수가 약 250개이기 때문이다. 따라서 하루에 250단어를 쓰면 하루에 책 한쪽 정도를 쓰는 셈이다.

그렇다. 보기에 따라서 아주 낮은 목표치다. 하지만 낮게 잡아야 좋다. 낮은 목표치는 겁나지 않기 때문에 시작하는 데 도움을 준다. 목표치를 뛰어넘었을 때는 기분도 좋아지고 쓰기를 계속하도록 이끈다. 이 방법은 행동을 촉발하기 위해 할당량을 낮추는 고전적인 영업 기술이다. 책 쓰기에도 놀랍도록 잘 통한다. 가장 좋은 점은 원고가 빠르게 축적된다는 것이다. **하루에 단 250단어를 쓰면, 넉 달 안에 120쪽(3만 단어)의 초고를 얻을 수 있다.** 크게 힘들지 않은 듯한 느낌으로 시작할 수 있으면서, 빠르다. 말했듯이 모든 것은 일관성에 달려 있다.

3단계 | 마감 기한을 정한다

마감 기한은 행동을 유발하고 책임감을 요구한다. 스스로 속도를 조절하는 데 도움이 된다. 마감 기한은 대략 어떻게 잡아야 할까? 한 장(챕터)을 마감하는 데 빠르게 진행하려면 1주일,

적정한 속도로 진행하려면 2주일, 더 천천히 진행하려면 3주일, 정신없이 바쁜 삶을 살고 있다면 한 달을 잡아보자. 각자 자신의 상황에 맞게 얼마나 걸릴지 자문해 보고 마감 기한을 정하자.

4단계 | 책 쓰기 과정을 알린다

책임감을 한층 더 높이려면 **책을 쓰고 있다는 사실을 알리자.** 선호하는 소셜네트워크를 활용하자. 중요한 점은 주변 사람들에게 공개적으로 당신의 상황을 알리는 것이다. 아마도 긍정적인 반응과 격려를 받을 텐데, 이는 책을 쓰는 데 큰 도움이 된다. 그리고 마음이 흔들릴 때도 끝까지 밀고 나가도록 도와준다.

책 쓰는 일을 진지하게 받아들인다면, 책 쓰는 사실이 알려졌을 때 당신이 가장 마음에 걸리는 소셜네트워크를 활용해야 한다. 그 매체가 당신이 신경 쓰는 사람들이 가장 많은 곳이라는 뜻이기 때문이다. 만일 그들에게 말하는 게 두렵다면 더욱 그렇게 해야 한다. 명심하라. 어떤 형태의 저항이건 모두 찾아서 끝까지 이겨내야 한다.

5단계 | 스스로 책임감을 유지한다

스스로 책임감을 유지하는 방법은 다양하지만, 우리가 아는 최선의 방법은 매일 집필한 단어 수를 게시하는 것이다. 스크라이브 프로그램에 참여한 모든 저자에게 우리의 비공개 페이스북 그룹에 단어 수를 포스팅하도록 권한다. 이렇게 하면 아래와 같은 혜택을 얻을 수 있다.

- 매일 자리에 앉아서 250단어를 쓰게 해 주는 독려
- 책 쓰기를 완수해 내기를 바라는 사람들의 격려
- 주어진 일을 하고 그에 대해 포스팅하는 습관 형성

물론 위에서 제시한 5단계 집필 계획이 절대적으로 '옳은' 방법은 아니다. '옳은' 방법이란 없다. 책 쓰기에서 유일하게 '옳은' 방법은 당신에게 통하는 방법이다. 예를 들어 어떤 저자는 오직 자신의 테슬라 자동차를 차고에서 충전하는 동안 차에 앉아서 전화기에 특정한 음악 재생 목록을 띄우고 이어버드를 꽂은 채 볼륨을 키운 상태에서만 쓸 수 있다. 그는 45분의 충전 시간을 최대한 활용한다.

당신에게만 통하는 방법이 있다. 자신에게 맞는 방법을 자유롭게 활용하라. 여기 소개한 방법 중에 어느 부분이 맞지 않는다고 느껴지면 당신에게 더 합리적인 방법으로 대체해도 좋다. 그러나 당신에게 더 잘 맞는 방법을 알기 전에는 여기서 알려주는 방법이 최선이라고 받아들이자.

우리의 집필 계획은 저자들과 함께한 수십 년의 경험과 책 쓰기에 성공하는 방법에 대한 최고의 실증적인 데이터에 기

초했다. 하루를 빠지게 되면? 자신을 용서하고, 계속 나아가라. 괜찮다.

> 영감을 기다리고 있을 수만은 없다.
> 방망이를 들고 쫓아다녀야 한다.
>
> —잭 런던

2장
일반적인 방법으로 초고 작성하기

첫째, 처음에는 나쁜 책을 쓰는 것을 스스로에게 허락하라.
둘째, 나쁜 책이 아닐 때까지 수정하라.
—바바라 킹솔버

수천 명의 저자와 일하면서 깨달게 된 사실은 거의 모두가 자신의 아이디어를 써내는 방법을 알고 있다는 것이다. 우리는 이미 저자에게 가장 필요한 글쓰기 방법을 살펴보았다. 뚜렷한 포지셔닝과 명확한 계획이 출발점이다. 거기서부터는 글쓰기 자체가 쉽다.

문제는 글쓰기에 관한 태도에서 발생한다. 그 문제에 관해 이야기해 보자.

평범한 초고를 써도 괜찮다

간단하지만 다들 건너뛰는 부분이다. **평범한 초고를 써도 괜찮다고 스스로에게 허락해 주자.** 대다수의 초보 저자는 전업 작가들이 놀라운 초고를 쓸 거라고 생각한다. 혹은 자신의 초고가 대단히 훌륭해야 한다고 생각한다. 그건 말도 안 된다. 나는 《뉴욕타임스》 베스트셀러 목록에 여러 번 이름을 올린 전업작가로서 내 초고들이 순전히 쓰레기였다고 말할 수 있다. 평범한 수준도 안 된다. 끔찍하다.

하지만 나는 신경 쓰지 않는다. 끔찍하지 않을 때까지 수정할 수 있다는 걸 알기 때문이다. 바버라 킹솔버◆의 말이 이 모든 것을 잘 보여준다.

1. 처음에는 나쁜 책을 쓰는 것을 스스로에게 허락하라.

2. 나쁜 책이 아닐 때까지 수정하라.

◆ 《포이즌우드 바이블*The Poisonwood Bible*》《화가, 혁명가 그리고 요리사*The Lacuna*》 등을 쓴 미국의 베스트셀러 작가 — 옮긴이

'토해내기 초고'의 경이

많은 사람들이 평범한 초고를 써도 괜찮다고 스스로에게 허락하기를 어려워한다. 그래서 우리는 '토해내기 초고'라는 개념을 개발했다. 우리는 정말로 초고를 '토해내기 초고'라고 부른다. 구토할 때는 예뻐 보이거나 우아하게 품위를 지키는 데 신경 쓰지 않기 때문이다. 토할 때는 그저 모든 내용물을 게워내고 싶을 뿐이다. 그것만이 구토를 끝내는 유일한 방법이기 때문이다. 그리고 모든 내용물을 토해내는 유일한 방법은 고통을 겪으며 계속하는 것이다.

다행스러운 점은 사람들 앞에서 토하는 것과는 달리, 토해내기 초고는 오직 당신만 알고 있는 행위라는 사실이다. 오직 당신만이 그 초고를 볼 것이다. 그리고 편집자도 보기 전에 수정할 것이다. 단지 꺼내놓는 데에만 집중하면, 진행하는 동안 읽고 고치기를 하지 않게 된다. 읽고 고치기를 반복하면 필연적으로 속도가 더뎌지고 지연될 수밖에 없다.

당신이 쓰레기라고 생각하는 무언가를 쓰면, 그저 이렇게 말하라. "이건 미래의 내가 해결할 문제야!" 그리고 계속 전진하라.

수정하려고 멈추지 마라

이것은 이 책에서 가장 중요한 조언일지도 모른다. 주목하자. **토해내기 초고는 할 수 있는 한 빠르게 쓴다. 멈추지 마라. 수정하지 마라. 초고가 끝날 때까지 돌아보지 말고 계속 전진하라.**

다시 한번 반복하면서 당신이 확실히 이해할 수 있도록 아주 명확하게 이야기하겠다.

할 수 있는 한 빠르게 써라.

읽어보려고 멈추지 마라.

수정하지 마라.

토해내기 초고가 끝날 때까지 계속 진행해야 한다. 이보다 더 진지하고 정확할 수는 없다. 실은 나는 지금 큰 소리로 이렇게 말하고 싶다. "나는 토해내기 초고를 다 쓸 때까지 수정하지 않을 것이다."

토해내기 초고를 실패하게 만드는 가장 빠른 길은 끝내기 전에 수정을 시작하는 것이다. 당신이 누구건 상관없다. 토해내기 초고를 수정하기 시작한다면 당신은 그 자리에 갇혀버릴 것이다. 토해내기 초고 단계에서 수정하면 책을 쓰는 데 두 배의 시간이 걸릴 수 있고, 이건 일어날 수 있는 일 중에서 그나마 가장 나은 상황이다.

왜 효과가 있을까

토해내기 초고 쓰기 방법은 두 가지 역할을 한다.

① 당신의 자기 판단을 유예한다.

② 매일의 승리를 통해 가속도를 붙인다. (하루에 250단어를 쓰고 보람을 느끼는 일을 거듭하다 보면 스스로 자신을 보는 인식에도 변화가 생긴다.)

초고를 쓰는 동안 수정하는 행위는 당신의 책을 완전히 실패하게 만든다. 당신의 머릿속에 든 깡패, 자신에게 터무니없이 엄격한 당신의 일부가 당신을 비판하고 망신 주고 지연시킬 것이다. 아니면 의욕을 모두 꺾어버릴 것이다. 만일 어떤 부분이 끔찍하다는 생각이 들고 마음에 들지 않더라도 괜찮다. 편집 기능을 사용해 표시해 두고, "이건 미래의 내 문제야."라고 말한 다음 계속 진행하자. 나중에 다시 보면 된다.

다시 한번 말하겠다. 토해내기 초고는 당신의 것이다. 당신을 제외한 누구도 읽지 않는다. 일단 수정을 시작하면(다음 장에서 수정 방법을 설명할 것이다), 사람들이 어떻게 생각할지는 그때 집중해서 살펴보면 된다. 쓰는 도중에 수정하고 싶어 하는 당신 안의 일부, 완벽주의적이고 자기비판적인 당신은 편집자로서는 훌륭하지만, 작가로서는 형편없는 모습이다. 토해내기 초고가 완성될 때까지는 멀리 치워버리자.

당신의 목소리 찾기

어쩐 일인지 글쓰기를 할 때면 많은 저자가 '자신의 목소리'를 찾는 일에 매달린다. 나는 종종 저자들을 놀리면서 이렇게 묻곤 한다. "소파 뒤쪽은 찾아봤어요? 목소리가 거기 있을지도 몰라요." 유치한 농담이지만 요점은 틀리지 않았다. 목소리는 자신의 외부에서 '찾는 것'이 아니다. 당신의 목소리는 이미 당신의 일부다. 저자로서 당신의 임무는 목소리가 나오는 데 방해되지 않도록 물러나 있는 것이다.

저자들이 저지르는 두 번째 잘못은 목소리를 흉내 내려고 하는 것이다. 당신은 말콤 글래드웰◆이 될 수 없다. 당신은 오직 당신이 될 수 있을 뿐이다. 그러니 다른 사람이 되려고 애쓰지 마라. 어떻게 하면 책에 당신의 목소리를 담을 수 있을까? 우리가 저자들에게 추천하는 구성은 두 가지가 있다.

◆ 언론인이자, 《아웃라이어*Outliers*》《타인의 해석*Talking to Strangers*》 등을 쓴 베스트셀러 작가 — 옮긴이

목소리 구성 1 | 친구와 대화 나누기

이 방법은 우리 저자들이 사용하는 가장 보편적인 정신적 구성이다. 책을 쓸 때 당신의 친구에게 이야기한다고 상상해 보자. 사실 나는 이 장을 쓰면서 이 구성을 활용했다. 나는 이 내용을 친구에게 설명해 준다고 가정하고 있다. 이런 마음으로 쓰면 여러 가지 일이 일어난다.

- 불안이 해소된다. 당신은 지금 친구와 대화를 나누고 있기 때문이다.
- 듣는 사람에게 집중하는 데 도움이 된다. 당신의 말을 듣는 사람이 내 친구이고, 친구에게는 친절하게 대하고 싶기 때문이다.
- 듣는 사람에게 가치를 전달하는 데 집중하게 해준다. 가르치는 형식의 대화에서는 상대가 무엇을 배우고 받아들이는지 생각하기 때문이다.
- 추진력과 의욕을 유지하게 해준다. 친구에게는 언제나 도움을 주고 싶기 때문이다.

목소리 구성 2 | 당신이 겪은 어려움과 똑같은 상황에 빠진 낯선 사람 돕기

이 방법은 '친구와 대화 나누기' 구성과 매우 비슷하지만 몇 가지 면에서 다르다. 낯선 사람이 겪고 있는 고충을 덜어준다고 가정하면, 당신은 다음과 같이 글을 쓸 것이다.

- 글을 쓸 때 두려움이나 걱정을 떨쳐버리고 용감해진다. 낯선 사람의 어려움을 해결하는 데 집중하기 때문이다.
- 구체적이고 실행 가능한 정보에 집중한다. 이 선택은 당신의 책을 더 좋게 만들어서 독자에게 더욱 의미 있게 다가가도록 도와줄 것이다.
- 추진력과 의욕을 유지하게 해준다. 낯선 사람의 어려움을 덜어주는 데 집중하기 때문이다.

두 구성의 결합

아주 멋진 요령이 있다. 위의 두 구성을 결합해 보자. 당신이 이미 경험한 어떤 어려움에 빠진 친구와 대화한다고 가정하고, 친구가 어려움을 헤쳐나가도록 돕는다고 상상하면 각각의 장점을 취할 수 있다. 두 방법 모두 당신이 스스로 막고 있던 걸림돌에서 벗어나 자연스럽게 당신의 목소리가 나오도록 도와줄 것이다. 왜 그럴까? 당신이 당신 목소리에 대해 고민하지 않기 때문이다. 당신은 지금 독자에 집중하고 있다. 자기 자신이 아니라 독자에게 집중하는 마음가짐은 효과적이고 성공적인 책을 쓰기 위한 모든 단계에서 적용되는 필살기이다. 작가가 되는 일에 대해 걱정하지 말고, 다만 사람들을 돕자. 그러면 당신의 목소리는 저절로 해결된다.

전문용어를 쓰지 마라

독자가 당신의 목소리에 접근할 수 있어야 한다. 불필요한 전문용어로 가득 차 있으면 안 된다. 전문용어를 쓰고 싶을 때는 아바타 독자에 관한 장으로 돌아가서 자문해 보라. '독자가 이 말을 이해할까? 독자와 효과적으로 소통하는 데 필요한 말인가?' 만약 아바타 독자가 책에 전문용어를 쓰는 걸 좋아한다면 사용하라. 다만 정말로 당신의 독자에게 적절한지 분명히 해두자.

어떻게 에너지를 유지할까

에너지를 유지하려면 자기 관리를 지속하고, 정해놓은 계획을 지키는 게 가장 중요하다. 이 두 가지를 잘하면 당신에게 걸맞은 에너지를 만들어 지켜나갈 수 있을 것이다. 사실 '에너지'에 관해 묻는 대부분의 저자는 다른 상태에 놓여 있다. 일반적으로 두려움이나 불안이 '에너지 없음' 형태로 나타나는 것이다. 기억을 환기하기 위해, 앞의 두려움에 관한 장으로 돌아가서 어떻게 대처해야 할지 알아보라.

미루는 버릇을 어떻게 극복할까

당신의 글쓰기를 방해하는 다른 모든 요소와 마찬가지로 미루는 버릇은 당신 안의 두려움이 내보이는 또 다른 형태의 증상이다. 글쓰기를 미루고 있다고 스스로 깨닫는다면 자신의 계획과 개요를 믿는지 자문해 보라.

차일피일 미루는 행위는 때로는 당신의 잠재의식이 계획에 뭔가 문제를 발견했다고 말해주기 때문일 수도 있다. 집필 계획을 다시 살펴보라. 꼼꼼히 검토하고 각 항목을 믿을 수 있는지 자문해 보라. 믿음이 가지 않는다면 문제 지점을 고치면 된다. 미루는 버릇을 극복하는 또 다른 훌륭한 방법은 공적인 책임을 활용하는 것이다. 책 쓰기가 뒤처지고 있다면 거기에 대해 소셜네트워크에 포스팅하라. 그러면 격려를 받고 계속할 의지를 다지는데 도움이 될 것이다.

순서대로 써야 할까

대부분은 어디선가 꽉 막히지 않는 이상 순서대로 써나가는 편이 낫다. 만약 어디선가 꽉 막혀버렸다면 그대로 놔두고 계속 쓸 수 있는 다른 부분으로 가라. 빈 곳은 나중에 채워 넣으면 된다.

3장
스크라이브 방법으로 초고 작성하기

산 정상으로 가는 길은
한 가지가 아니라는 사실을 알아야 한다.
—미야모토 무사시

스크라이브 방법론

초고 쓰기에 대한 스크라이브의 아이디어는 매우 간단하다. 빈 페이지를 마주하고 초고를 입력하는 대신 큰 소리로 말하는 것이다. 말한 내용을 녹음한 다음 녹취록을 만든다. 그리고 녹취록을 수정해서 초고로 만들면 된다. 이렇게 해서 최종안이 완성되지는 않지만 글쓰기 과정에 상당히 가속도가 붙는다. 이 방법은 옛날에 책을 집필하던 방식을 새롭게 변형한 것이다. 예전에는 전문 필경사가 내용을 받아 적었다. 이 방법으로 쓰고 싶다고 결정했으면 '스크라이브 방법 활용하기' 부분으로 건너뛰면 된다. 아직 확신이 서지 않고 좀 더 확신이 필요하다면 이어지는 내용을 계속 읽어보자.

왜 이 방법으로 할까

보통 사람들에게 글쓰기는 힘겨운 도전이다. 왜 그럴까? 그들이 어리석거나 게으르거나 서툴러서가 아니다. 글쓰기에는 심오하고 전문적인 기술이 필요하기 때문이다. 어떤 사람이 지성·지혜·경험·지식을 가졌다고 해도 글쓰기 능력은 전혀 다른 기술이다.

생각해 보자. 지적이고 재주가 많고 말을 잘하는 사람 중에서 글쓰기는 싫어하는 경우가 얼마나 많은가? 나는 꽤 많을 것이라고 확신한다(당신도 그중 하나일 수 있다). 그 반대의 경우도 역시 마찬가지다. 아름다운 단어를 효과적으로 사용하는 숙련되고 경험 많은 작가 중에서 말주변이 없는 사람이 얼마나 많은가? 애석하게도 대다수의 전업작가들이 여기에 해당한다.

글쓰기는 생각하는 능력이나 지혜와는 완전히 구별되는 특정한 인지적 기술이다. 암산 능력이 뛰어나다고 해서 훌륭한 수학자는 아니듯이 말이다(뛰어난 물리학자 리처드 파인만은 종종 계산기를 사용했다). 악보를 읽는 능력이 위대한 음악가가 되기 위한 필수 요소가 아닌 경우도 마찬가지다(전설적인 기타리스트 지미

헨드릭스는 악보를 읽지 못했다). 글을 쓸 수 있는 능력은 그 밖의 다른 능력과는 아무런 상관이 없다.

그렇다면 의문이 생긴다. **글쓰기 기술이 지식과 아이디어를 공유하는 데 정말로 필수적일까?** 책의 궁극적인 목적이 지식과 아이디어를 세상과 공유하는 데 있다면 직접 쓰는 것 말고 이 지혜를 기록하는 다른 방법이 있을까?

물론 지식과 지혜를 공유하는 다른 방법이 있다. 말로 하는 것이다. **말하기는 사람들 사이에서 생각과 정보를 소통하는 가장 자연스러운 방법이다.** 인간은 적어도 15만 년 동안 말해왔지만, 문자를 사용한 지는 만 년 정도밖에 되지 않는다. 난독증이 있는 사람들을 생각해 보자. 세계에서 가장 영리하고 지적인 사람 중에서 리처드 브랜슨* 같은 몇몇은 이메일도 간신히 쓴다. 브랜슨은 멍청하지 않다. 마찬가지로 단지 난독증이 있다고 해서 그 사람을 어리석다고 평가할 수는 없다. 난독증을 겪는 사람들은 읽기와 쓰기 능력이 효율적으로 개발되지 않았을 뿐이다.

간단히 말해 일부 인간의 뇌는 글을 읽거나 쓰기에 최적화되어 있지 않다. 하지만 말하고 듣기 능력은 대부분 모두 최적화되어 있다. 리처드 브랜슨은 잘 쓰지 못하지만, 단연코 말은 할 수 있다. 사실 문자가 나온 이후에도 대부분의 지식은 입에서 입

◆ 버진그룹의 창업자로서 창의적이고 독특한 경영 방식과 환경운동에 거액을 기부하는 것으로 유명함—옮긴이

으로 공유되고 전승되었다. 대다수의 사람에게 말하기는 글쓰기보다 쉽다. 그렇다면 자신의 지혜와 아이디어를 말로 이야기하고, 책의 기초로 이용하는 방법이 있을까?

물론 있다. 그리고 사람들은 유사 이래 이 방법을 활용해왔다. 아래의 역사적 인물들은 빛나는 언행으로 오늘날까지 큰 영향을 끼치고 있지만, 사실 아무것도 쓴 적이 없다.

- 소크라테스는 그 무엇도 쓴 적이 없고, 플라톤이 그의 말을 기록했다.
- 예수 그리스도는 한 마디도 기록한 적이 없고, 바울 같은 사도들이 기록을 남겼다.
- 석가모니는 자신의 가르침을 글로 쓴 적이 없고, 그의 제자들이 기록했다.
- 마르코 폴로는 감옥에서 감방 동료에게 자신의 여행 이야기를 들려주었고, 필경사였던 감방 동료가 그 이야기를 글로 적었다.
- 도스토옙스키는 아내에게 소설을 말로 들려주고 받아 적게 했다.
- 윈스턴 처칠은 글 대부분을 비서에게 구술했다.
- 맬컴 엑스는 그의 유명한 자서전을 소설가 알렉스 헤일리에게 구술했다.

수천 년 동안 글쓰기는 사유 능력과는 별개의 특수한 직업으로 분류되었다. 글쓰기를 직업으로 가진 필경사는 존경받는 사상가나 동시대에 영향을 끼치는 사람(오늘날에는 선구자라고 부를 만한 사람)이 아니었다. 그들은 변호사나 정비사처럼 특정한 기술을 가진 장인으로 인식되었다. 로마시대에 가장 많은 저술을 남긴 저자 중 한 명인 줄리어스 시저도 마찬가지였다. 그는 자신의 편지와 책을 이루는 거의 모든 내용을 기록하는 데 필경사를 고용했다. 왜 직접 쓰지 않고 필경사에게 시켰을까? 뻔한 이유다. 글쓰기 기술을 익히는 데 보내기에는 시간이 너무 아까웠기 때문이다. 줄리어스 시저는 글을 쓰는 대신 사유하고 행동하는 데 시간을 보냈다. 시저는 자기 생각을 소리 내어 말하고 필경사에게 기록하게 했다. 그리고 거기에 자기 서명을 했다. 수많은 편지와 문서는 시저의 저술로 기록되었지만, 그는 실제 글을 한 자도 '쓰지' 않았다.

그래서 우리가 일부 사람들에게 스크라이브 과정을 권장하는 것이다. 효과적이고 시간이 절약되며 일반적으로 더 나은 글을 만들어내는 방법이다. 역사에서 중요한 여러 인물이 후세를 위해 지혜를 기록한 방법이기도 하다. 요약하자면 당신이 이 방법을 써볼 만한 이유는 다음과 같다.

- 훨씬 쉽다: 초고를 쓸 때 걸리는 시간에서 30퍼센트 정도만 들이면 수정 단계로 들어갈 만한 개략적인 초고를 얻

을 수 있다.

- 훨씬 빠르다: 빈 페이지를 보고 씨름하는 시간을 절약해 준다.
- 더 나은 책을 만든다: 당신의 지식을 독자가 중심이 되는 방식으로 쓰게 한다.

스크라이브 방법을 쓰지 않아야 할 경우

스크라이브 방법을 쓰지 않아야 할 경우는 다음과 같다.

- 글쓰기에 익숙하다: 손끝으로 생각한다고 할 만큼 쓰기에 익숙하다면, 새로운 방법을 배우는 게 역효과를 가져올 수 있다. (나를 비롯해) 여러 전업작가가 이 경우에 속한다.
- 주제를 잘 모른다: 말로 무언가를 가르칠 만큼 주제에 대해 잘 모르고, 글을 쓰면서 숙성시켜야 한다면 스크라이브 방법이 맞지 않다. 이런 경우도 작가들에게 흔하다. 하지만 우리와 함께 일하는 저자들에게는 그다지 보편적인 경우가 아니다.
- 새로운 방법이 두렵다: '새로운' 방법에 대해 미심쩍어하는 태도는 전혀 잘못이 아니다. 당신이 알고 있는 방법에

자신감을 느낀다면 그 방법을 택하라.

다시 말하지만, 책을 쓰는 데는 '옳은' 방법도 '틀린' 방법도 없다. 당신에게 잘 맞아서 궁극적으로 책을 출간할 수 있다면 그게 바로 옳은 방법이다.

스크라이브 방법 활용하기

스크라이브 과정은 매우 간단하다. 초고를 글로 적는 대신 누군가에게 지식을 가르치거나 강의하듯이 개요를 따라 이야기하고, 그것을 녹음하면 된다. 그리고 기록한 녹취를 초고의 기초로 활용한다.

1단계 | 녹음을 준비한다

기술이 발전한 덕분에 녹음 준비는 놀라울 만큼 쉬워졌다. 당신의 말을 녹음하는 방법은 무한히 많고, 녹취록을 만드는 데 활용할 만한 서비스도 많다. 컴퓨터나 스마트폰에는 내장 녹음기가 있으니 쉽게 이용할 수 있다. 다만 녹음을 다시 옮겨 써야 하기 때문에 정확하고 완벽한 녹음 파일을 만들어야 한다. 옆에서 대화하는 소리 같은 배경 소음이 없어야 하고, 품질이 좋은 마이크를 입 가까운 자리에 놓아야 당신이 말하는 내용을 깨끗하게 담을 수 있다. 최고급 제품은 굳이 필요 없다.

이건 당연한 이야기지만, 한 번에 한 장(챕터)씩만 녹음해서 각 장별로 분리된 녹음 파일을 한 개씩 만들어야 한다. 이렇게 해야 녹취록을 관리하기가 쉽다. 최종적으로 3만 단어 분량의 책을 완성하려면 10~12장이 필요할 테고, 녹음으로는 6~8시간 분량을 목표로 잡아야 한다. 즉, 각 장에는 30~45분 정도 시간이 소요된다는 뜻이다. 물론 한 번 앉은 자리에서 이 모든 내용을 모두 녹음할 수는 없다. 길이를 배분하고 각 장에 충분한 녹음 분량을 확보하자.

2단계 | 녹음하는 요령

초고의 기초를 만들기 위해 염두에 둬야 할 요령과 아이디어를 소개한다. 모두 과거에 효과적이라고 입증된 전략들이다.

가르친다고 상상하라

이 책에 이상적인 독자층이 누구일지 생각해 보라. 그리고 당신이 그들에게 이야기한다고 가정하라. 앞에서 다루었던 아바타를 기억해 보자. 그 틀에 맞는 실제 인물을 떠올린다면 이 과정이 더욱 쉬워진다. 이 독자가 어떤 내용에 가장 관심을 가지는지, 무엇을 알고 싶어 하는지, 어떤 궁금증을 가지는지 예상해 보라.

할 수 있는 한 꼼꼼해지자. 설명과 조사의 세부 사항에서 터무니없어 보일 만큼 최대한 철두철미해야 한다. 결론으로 올라가는 사다리의 어떤 단계도 얼렁뚱땅 넘어가지 않도록 주의한다. 사소하고 자명해 보이는 내용이라도 당신이 모조리 설명하지 않으면 독자는 완전히 이해하지 못한다.

개요에서 벗어나지 마라

개요가 순차적인 데는 이유가 있다. 마음대로 한 가지 요점에서 다른 요점으로 옮겨가지 마라. 개요를 따라가면서 의도했던 논점을 지켜라. 이것은 초고의 토대이니만큼 개요를 지키면서 방향에서 벗어나지 않을수록 책을 쓸 때 더 활용하기 쉽다. 말을 하다 보면 어느 시점에서는 정보를 더하거나 빼고 싶을 수도 있다. 하지만 바로 그런 이유에서 다음 수정 원고 단계가 있으니, 지금은 개요 그대로 진행하자.

모든 내용을 충분히 설명하라

단순히 요지만 전달하는 강의를 한다면 빠르게 끝낼 수 있다. 하지만 그렇게 말하는 방식은 지금의 목적과 맞지 않는다. 당신은 독자가 배울 수 있도록 가르치는 중이다. 당신의 목표는 필요 이상으로 충분하고 철저한 설명을 끄집어 내서, 녹음을 바탕으로 책을 쓸 때 모든 내용이 녹취록에 담겨 있게 하는 것이다. 책은 기존 지식이 있는 독자와 문외한인 독자 모두에게 개념을 충분히 설명할 만큼 정보를 담고 있어야 한다.

거의 언제나 부족하느니 넘치는 게 낫다. 그러니 부디 현재 시점에서 머릿속에 떠오르는 모든 내용, 특히 관련이 있다고 생각하는 모든 정보를 말하라. 청산유수로 말하거나, 첫 시도에서 완벽하게 설명해야 할 필요 없다. 형식보다는 본질이 더 중요하다. 내용을 충실히 하는 데만 신경 쓰면 된다. 충분히 설명하지 않은 부분에 말을 추가하기보다는 불필요한 부분을 삭제하기가 훨씬 쉽다. 너무 빤한 내용을 말하고 있다는 생각이 든다면, 니나 페일리의 이 말을 떠올려 보자.

> 독창적이지 마라. 뻔해져라. 당신이 뻔한 내용을 말할 때, 사실은 독창적으로 보인다.

녹취록으로 초고 만들기

녹음 파일을 녹취록으로 만들었으면 이제 책의 문장으로 '번역'하는 과정을 시작해 보자. 이게 초고가 된다. 가공 전의 녹취를 초고로 만드는 방법은 다음과 같다.

1단계 | 장을 정리하라

장별로 녹음 파일을 만들었다면 녹취록을 수정하는 가장 쉬운 방법은 다음과 같다.

① 문서 프로그램에서 새 문서를 만든다.
② 각 장의 개요 부분을 복사하고 새 문서에서 상응하는 장의 맨 위에 '붙여넣기' 한다.
③ 각 장의 녹취 전체를 장의 개요 아래에 '붙여넣기' 한다.

이렇게 하면 각 장의 구성이 위에 있고, 바로 아래에 녹취 내용이 오게 된다.

2단계 | 녹취를 책의 산문으로 '번역하기'

각 장을 순서대로 정리했으면 녹취를 산문으로 '번역'해야 한다. 이미 아이디어와 말이 있으므로 처음부터 글로 쓰는 것만큼 어렵지 않다. 하지만 중요한 문제는 따로 있다. **이것은 편집이 아니다.** 대부분은 녹취를 다시 써야 한다. 다양한 방법이 있지만, 가장 효과적인 방법을 한 가지 추천한다. 직관에 어긋나는 방법이기는 하지만, 더 빠르게 끝내기 위해서 더 천천히 진행하는 것이 비결이다. 각 장에서 다음과 같은 단계를 거치기를 권한다.

① '두 문서창' 과정을 이용해 보자. 하나는 녹취가 있는 문서다. 다른 하나는 원고 문서다. 녹취 문서에서 원고 문서로 옮겨가면서, '읽고, 소화하고, 써야' 한다.

② 녹취 문서를 한 단락씩 원고 문서에 옮겨 쓰면서 문단별로 진행해 보자.

여기에서 중요한 점은 각 장을 문단별로 키보드를 쳐서 새롭게 입력해야 한다는 것이다. 기존 녹취 문서에서 편집과 수정을 해서는 안 된다. 왜 녹취 문서에서 직접 수정하면 안 될까? 두 문서창 방법으로 쓰는 게 녹취록에서 곧바로 초고로 바꾸기보다 훨씬 쉽기 때문이다. 글을 쓰다 보면 머리가 지끈거리고 녹취록을 그대로 쓰고 싶어진다. 여기서 타협하면 어마어마한 수정이 필요하고 결국은 더 고통스러운 과정이 되어버린다.

당신이 녹음하고 옮겨 쓴 녹취록은 책에 쓰이는 문어체 문장이 아니다. 비슷하지도 않다. 그 상태에서 수정하려고 들면 미쳐버릴지도 모른다. 녹취록의 각 문단을 읽고 말하려는 바를 충분히 흡수한 후에 글로 읽기에 적합한 문장으로 새롭게 쓰는 방법이 훨씬 좋다. 이 과정은 본질적으로 녹음이라는 한 매체를 글이라는 다른 매체로 번역하는 것이다. 물론 녹취록을 거의 그대로 사용하는 경우도 가끔 있다. 그럴 때는 작업이 훨씬 쉬워진다. 하지만 대부분의 사람에게 그런 일은 자주 일어나지 않는다.

녹취에는 없는 내용을 추가해야 하는 경우도 있다. 내용과 내용을 서로 적절히 연결하기 위해 새로운 아이디어가 필요할 때도 있다. 물론 그렇게 해도 아무런 문제가 되지 않는다. 결국은 모두 당신의 아이디어가 아닌가. 작업이 힘들더라도 계속 진행해야 한다. 이 단계에서 포기하기가 쉽지만, 포기하면 반드시 후회한다. 완벽해지려고 하지 마라. 나중에 다시 보고 고치면 된다. 지금은 그저 초고를 완성하는 단계일 뿐이다. 다음에 다시 보면서 완벽하게 만들어야 할 무언가를 쓰고 있는 과정인 것이다.

5부

수정하기

1장 수정하는 방법

이야기를 고쳐 쓸 때는 뼈대만 남기고 최대한 잘라내라.
불필요한 살은 모두 없애라. 힘들 것이다.
가장 기본적인 본질만 남도록 이야기를 수정하는 과정은
약간은 아이를 죽이는 느낌이다. 하지만 반드시 해야 한다.
—스티븐 킹

축하한다! 초고를 완성했다니, 당신은 놀라운 기분에 빠져들 것이다. 자신에게 주는 상으로 긴장을 풀고 휴식을 취해라. 이제 가장 힘든 일은 끝났다. 아직 초고이기는 하지만 이제 진짜 당신의 책을 가진 셈이다. 휴식시간을 가지라는 권유는 허투루 건네는 말이 아니다. 최소한 1주일, 이상적으로는 2주일 동안 초고를 밀쳐두고 쉬어라. 이렇게 하면 다시 원고를 보고 수정할 때 새로운 시각을 가질 수 있어서 매우 유익하다.

곧바로 수정할 수도 있지만, 휴식기를 보낸 뒤에 다시 시작하는 게 훨씬 결과가 좋다. 그래서 우리는 수정에 걸리는 기간을 2개월 정도로 계획하라고 권한다. 머리를 식히면서 새로운 기분으로 다시 원고를 보게끔 완충 기간을 두는 것이다.

수정에 접근하는 방법

스크라이브 논픽션 쓰기 원칙에 따라 책을 썼다면 수정에 관한 설명이 모두 완벽하게 맞아떨어질 것이다. 수정을 시작하면서 염두에 두어야 할 기본 틀이 두 가지 있다.

책은 당신이 아니라 독자를 위한 것이다

물론 책은 당신의 것이다. 책에는 당신의 많은 이야기가 들어 있을 테고, 또 그래야 한다. 더불어 책은 앞으로 당신에게 혜택을 가져다줄 것이다. 하지만 포지셔닝에서 언급했듯이, 책이 당신에게 도움이 되기를 원한다면 그 책은 독자에게 가치를 제공해 주어야 한다. 본질적으로 당신이 원하는 무언가를 얻으려면 당신도 독자가 원하는 무언가를 주어야 한다. 말하기는 쉽지만 실행하기는 어렵다. 다음은 독자에 관한 사실들이다.

- 조급하다.
- 자기중심적이다.
- (당신이 쓴 주제에 대해) 무지하다.

나쁜 뜻으로 하는 말이 아니다. 그저 (당신과 나를 비롯한) 모든 독자에게 그런 특성이 있다. 따라서 당신은 책 안에서 한 번에 한 문단씩 독자의 관심을 끌어모아야 한다. 그것이 현실이다. 수정을 시작하는 순간부터 현실을 염두에 두어야 한다. 초고를 쓰는 동안에는 당신 자신에 대해 생각할 수 있지만, 수정하면서부터는 독자를 중심에 두고 생각해야 한다. 독자를 어떻게 생각해야 할까? 이 질문은 바로 다음 기본 틀로 연결된다.

열두 살짜리를 위해 수정하라

지난 30년간 가장 잘 팔린 소설은 무엇일까? 《그레이의 50가지 그림자》이다. 십대 후반/청소년 독자 수준에서 쓰인 책이다. 지난 30년간 가장 잘 팔린 소설 시리즈는 무엇일까? 《해리 포터》이다. 십대 후반/청소년 독자 수준에서 쓰인 책이다. 십대 독자의 독서 수준에서 쓰였다고 해도, 《그레이의 50가지 그림자》 독자 80퍼센트, 《해리 포터》 독자 60퍼센트는 성인이었다. 십대를 위한 소설로 분류되지만, 구매자의 대다수는 십대가 아니었다. 복잡하고 어려운 언어를 원하지 않는 성인이 그만큼 많다는 뜻이다.

내가 이런 이야기를 하는 이유가 무엇일까? 소설이 당신과 무슨 상관일까? 똑똑하고 당신이 이야기하려는 주제에 흥미를 갖는 열두 살짜리를 위해 당신이 글을 쓴다면 명확하고 직설적으로 쓸 수밖에 없다. 그렇게 쓴다면 당신의 책은 더 나이 많은 독자에게도 매력을 발산할 것이다. 이 주장이 너무 억지스러워 보인다면, 이렇게 생각해 보자. 지난 30년간 경영서 베스트셀러 열 권 목록에는 아주 짧고 단순한 책 세 권이 포함되어 있다. 농담이 아니다.

- 《누가 내 치즈를 옮겼을까? *Who Moved My Cheese?*》
- 《팀이 빠지기 쉬운 5가지 함정 *The Five Dysfunctions of a Team*》
- 《1분 경영 *The New One Minute Manager*》

여기서 얻는 교훈은 무엇일까? 논점을 전달하는 데 간결하고 강렬한 이야기가 효과적이라는 사실이다. 거들먹거리는 어조 없이 쓴다면 책은 필요한 만큼 분명하고 직설적으로 바뀐다. 지나치게 단순화하라는 뜻이 아니다. 중요한 정보를 빼라는 말도 아니다. 난이도를 낮추라는 말도 아니다. 그것과는 거리가 멀다. 당신의 아이디어를 영리하고 흥미를 가진 열두 살짜리도 이해할 만큼 소화하기 쉽고 직접적인 방식으로 쓰라는 말이다. 당신의 아이디어 자체가 단순해야 한다는 뜻이 아니다. 그 아이디어를 보여주는 방식이 간단하고 직접적이어야 한다는 말이다.

많은 사람들은 훌륭한 글이라면 읽기에 복잡하고 어려워야 한다고 생각한다. 사실이 아니다. 학계처럼 불필요하게 복잡한 방식으로 글을 써야 높은 지위가 주어지는 영역도 있다. 하지만 그런 영역이 아니라면 글이 직접적이고 간결할수록 당신의 아이디어에 더 쉽게 접근하고, 책도 독자에게 더 잘 다가갈 수 있다. 이는 당신이 원하는 목적을 얻는 지름길이기도 하다.

3단계 수정 방법

우리는 3단계 수정 과정을 추천한다.

1단계 | 바르게 고치기

1단계는 가장 쉽고 가장 간단한 고치기 방법이다. 모든 내용이 제자리에 있고, 순서도 맞고, 모두 의미가 통하는지 확인한다. 바르게 고치기에는 세 가지 목표가 있다. 다음 사항을 주의하라.

① 모든 내용이 들어간다.
② 순서에 맞아야 한다.
③ 구성과 배치가 모두 타당하다.

기본적으로 더욱 심도 있는 수정 작업을 시작할 수 있도록 책에 모든 내용이 들어가 있는지 미리 확인하는 과정이다. 들어가야 할 이야기와 내용이 순서에 맞게, 의미가 통하게 들어 있어야 한다. 이 정도가 전부다. 이 과정을 필요 이상으로 어렵게 만들지 말자.

2단계 | 꼼꼼히 고치기

이번에는 꼼꼼히 고치는 과정이다. 장, 문단, 문장으로 깊이 파고들어 당신이 원하는 내용을 정확히 말하고 있는지 확인한다. 대수롭지 않아 보이지만 제대로 하면 효과가 강력하다. 각 수정 단계에서 자문해 보아야 할 정확한 질문을 아래에 제시하겠다. **각 장을 읽을 때마다** 다음 여섯 가지 질문을 자신에게 해보자.

① 어떤 주장을 하고 있나?
② 꼭 필요한가?
③ 최대한 짧게 줄였는가?
④ 최대한 간결하게 썼는가?
⑤ 최대한 직설적으로 썼는가?
⑥ 빠뜨린 것은 없나?

말 그대로 매번 이 질문을 스스로에게 해보자. 물론 지겨운 일이다. 하지만 이렇게 계속하다 보면 습관이 된다. 일단 습관을 들이면 실수도 차단할뿐더러 좀 더 분명하고 정제된 책을 만들 수 있다. 그리고 말하고자 하는 바를 잘 다듬어서 완벽하게 만들 수 있다. 각 문단을 수정하고, 다음에는 각 문장을 수정한다. 이 과정을 거치면 훌륭한 책을 가질 수 있을 것이다.

이 방법은 조지 오웰의 에세이 《나는 왜 쓰는가*Why I Write*》에서 응용했다. 20세기 가장 위대한 작가인 조지 오웰의 글 수정 방법이니 믿을 만하지 않는가.

3단계 | 소리 내어 읽으며 고치기

원고를 소리 내서 읽는 과정이다. 들어줄 상대가 있으면 더 좋다. 그리고 듣기에 문제가 없는지 확인한다. 이 방법은 일반적으로 가르치는 수정 단계는 아니지만, 수많은 베스트셀러 저자의 비법이다. 나를 비롯해 브레네 브라운, 닐 스트라우스 등이 모두 이 방법을 사용한다.

내가 처음 《지옥에서도 맥주를 주면 좋겠어》를 쓸 때, 책을 처음부터 끝까지 확인해 주는 교정팀이 있었다. 처음에는 내가 교정을 보았고, 다음에는 전문 편집자들의 도움을 받았고, 마지막으로는 출판사가 교열을 보았다. 나는 실수 하나라도 들어갈 틈이 없으리라 생각했고, 만족스럽게 원고를 끝냈다. 몇 달 뒤에 오디오북을 녹음했는데, 원고를 소리 내어 읽어가면서 충격에 사로잡혔다. 달라진 곳과 잘못된 곳이 100군데나 있었는데, 소리 내어 읽은 뒤에야 알아낸 것이다. 철자가 틀렸거나 하는 수준은 아니었다. 오타는 거의 없었다. 그러나 단어 선택이나 표현에 실수가 셀 수 없이 많았다. 나는 부끄럽고 미칠 것 같았다. 내가 했던 실수를 하지 마라. 원고를 소리 내어 읽어가면서 고칠 곳을 표시해 두자.

글이 술술 잘 읽힌다면 독자의 머릿속에서도 매끄럽게 흘러갈 것이다. 나는 소리 내어 읽기를 너무 늦게 했기 때문에 수정할 기회를 놓쳐버렸다. 내 실수에서 교훈을 얻어 원고를 소리 내어 읽고 출판 과정이 시작되기 전에 수정할 곳을 고치기 바란다. 원고를 소리 내어 읽을 시간을 내기가 어렵다면 (많은 저자들이 그렇다), 친구에게 도움을 받아보라. 당신이 원고를 읽을 때 누군가가 들어준다면 정말로 해야 한다는 사회적 책임감을 느낄 것이다.

만일 소리 내어 말할 때 자연스럽게 넘어간다면 책에서도 명확하게 읽힌다. 만일 다른 사람에게 쉽고 편하게 말하지 못한다면 책에서도 그다지 분명하게 읽히지 않을 것이다. 정신 나간 소리처럼 들리겠지만 **정말 그렇게 된다.** 폴 그레이엄◆은 그 이유를 설명해 준다.

좋다, 문어와 구어는 다르다. 그렇다면 문어가 구어보다 나쁘다고 할 수 있을까?

만일 사람들이 당신의 글을 읽고 이해하기를 바란다면, 맞다. 문어는 더 복잡하다. 그래서 읽는 데 더 많은 노동이 필요하다. 그리고

◆ 프로그래머, 벤처 기업 투자가이자, 에세이 《해커와 화가》를 쓴 작가 — 옮긴이

더 공식적이고 냉정해서 독자의 관심을 많이 끌지 못한다. 복잡한 생각을 표현하기 위해 복잡한 문장이 필요하지는 않다. 전문가들이 난해한 주제를 놓고 그들 영역의 아이디어를 이야기할 때, 점심 메뉴를 이야기할 때보다 더 복잡한 문장을 사용하지는 않는다. 그들은 확실히 다른 언어를 사용한다. 하지만 그것도 필요 이상으로 많이 쓰지 않는다. 그리고 내 경험상, 주제가 어려울수록 전문가들은 더 형식에서 벗어나 구어로 말한다. 부분적으로는 그들이 입증할 단계가 적기 때문이고, 또 생각이 어려운 데다 언어까지 방해하면 감당할 여유가 적어지기 때문이다.

만일 구어로 글쓰기를 해낼 수 있다면, 95퍼센트의 작가들보다 앞서 있는 셈이다. 구어체는 쓰기도 매우 쉽다. 그저 친구와 이야기할 때 사용하지 않는 말을 문장으로 쓰지 않으면 된다.

원고를 소리 내어 읽으면 왜 효과적일까? 그 방법이 아니었으면 놓쳤을 수십 가지 사항을 잡아낼 수 있기 때문이다. 폴이 말했듯이, 스스로 말하는 것을 들으면 나쁘거나 낯선 표현을 알아챌 수 있다. 비록 왜 이상한지는 알지 못해도 뭔가 껄끄럽게 느껴진다. 가능하다면 다른 사람에게 들려주는 방법도 추천한다. 아래 단계로 진행하면 더없이 좋다.

① 다른 사람에게 읽어주기

가능하다면 각 장을 다른 사람에게 읽어주자. 끔찍하고 따분하게 들린다는 걸 안다. 하지만 실제 사람에게 읽어주면 내용이 제대로 되었는지 아닌지를 알아낼 수 있다. 놀랍도록 강제적인 기능이다. 직접 말하는 방법이 불가능하다면 녹음해서 들려주자. 꼭 들어주는 누군가가 있어야 효과를 거둘 수 있다. 듣는 사람이 없으면 효과가 크게 떨어진다.

② 느낌으로 고치기

원고를 들어보면 자연스레 자문하게 된다. '내가 실제로 사람들에게 말하려는 내용과 같게 들리나? 내게 잘 어울리는 표현인가?' 당신(과 다른 사람)은 필연적으로 실수, 바꾸고 싶은 표현, 이상하게 들려서 고치고 싶은 문장을 듣게 된다. 소리 내어 읽어가면서 오류를 수정하라. 만일 뭔가 이상하다는 '느낌'이 있다면 그리고 어떻게 바꿔야 할지 잘 모르겠다면, 그건 괜찮다. 처음에는 그냥 표시만 해두자. 처음 읽을 때는 문제를 찾는 게 주된 목적이니 나중에 돌아가서 고치면 된다.

몇 번이나 수정해야 할까

우리는 저자들에게 세 단계를 한 번씩 거치기를 권한다. 제대로만 한다면 단계마다 한 번이면 충분하다. 어떤 원고는 2단계 '꼼꼼히 고치기'가 합리적이다.

주의할 점이 있다. 우리는 3회를 권한다. 우리 저자들은 이 3회 수정 원고를 우리에게 보내고, 우리는 마지막 수정을 한다. 그렇게 4회 수정을 하게 된다. 우리와 작업하지 않더라도, 3회 수정한 뒤에 책을 보아줄 새로운 눈이 필요하다면 출판사에 보내보자. 사실 대다수의 저자들도 (우리와 함께 작업하지 않는 저자들도) 그렇게 한다.

언제 수정을 멈출까

당신의 책이 싫어질 때쯤이 수정을 끝낼 시기이다. 농담이지만, 완전히 빈말은 아니다. 나는 일곱 권의 책을 썼다. 그리고 수정 중에는 그 원고들에 모두 넌더리가 났다. 대개 70~80퍼센트쯤 마쳤을 때 일어나는 일이다. 끝이 보일 정도로 가까워졌지만 끝까지 닿으려면 여전히 영원히 걸릴 듯한 느낌이 들 때, 모든 것이 싫어지고 그만두고 싶어진다.

이제는 책을 쓸 때 그런 느낌이 든다는 걸 알았으니 미리 준비하자. 그리고 그 시기가 닥쳤을 때 어느 정도는 반갑게 맞이하자. 내가 내 책에 넌더리를 내기 시작하면 끝이 가까워졌다는 뜻이기 때문이다. 마지막으로 한 번만 더 힘을 내면 된다.

재미있는 점은, 책이 출간되고 3개월쯤 지나면 그 고통스러운 느낌을 완전히 잊는다는 사실이다. 농담이 아니다. 내 아내의 출산에 대한 기억도 이와 비슷했다. 아내의 첫 번째 출산은 순조로웠다. 적어도 첫 번째 출산 때는 말이다. 우리는 조산사를 불러 집에서 출산했고, 일곱 시간 정도 걸렸다. 모든 일이 잘 진행되었다. 하지만 당신도 아이가 있다면 순조롭다는 게 곧 즐겁다는 뜻은 아님을 알 것이다. 아내는 극심한 통증을 겪었다. 일곱 시간 동안 지속된 극도의 고통과 통증이었다. 그녀는 매 순간을 증오했다.

그리고 첫째가 태어난 지 9개월쯤 되었을 때, 우리는 친구들과 저녁식사를 하며 아이들과 관련된 이야기를 나눴다. 아내는 이렇게 말했다. “둘째를 빨리 가지고 싶어. 첫째를 낳을 때 얼마나 즐겁고 놀라웠는지 몰라.” 나는 입이 떡 벌어졌다. “뭐라고? 당신 거기 없었던 거야? 내내 비명을 지르며 고통스러워했잖아. 나랑 신에게 저주를 퍼부었잖아.” 아내는 묘한 표정으로 나를 보았다. “그래. 당신 말이 맞아. 나도 다 알아. 하지만 난 그렇게 기억하고 있지 않거든.”

책 쓰기도 바로 그와 같다. 마지막 지점에서는 질색하지만, 일단 책이 나오면 사랑하게 된다. 언제 수정을 끝내야 할지, 수정이 다 끝났는지 아닌지를 결정하는 데 도움이 될 틀이 필요하다면 아래에 나오는 ‘수정 정지 퀴즈’를 이용해 보자. 이것은 두 가지 질문으로, 다 마칠 때까지 되풀이해서 써먹을 수 있다.

① 수정 정지 퀴즈 1: 지금 이것이 당신이 쓸 수 있는 최고

의 원고인가?

만일 답이 '그렇다'라면 출판사에 원고를 보내면 된다.

만일 답이 '아니다'라면 질문 2번으로 간다.

② 수정 정지 퀴즈 2: 원고를 개선하기 위해 지금 당장 실행할 수 있는가?

만일 실행할 무언가가 있다면 지금 당장 하라. 만일 실행할 뭔가가 '더 좋은 작가 되기' 같은 것이라면 원고를 출판사에 보내라. 지금 실행할 수 있는 게 아무것도 없다면 원고를 출판사에 보내라.

이 퀴즈의 핵심은, '조금만 더 조사한다면…….' 같은 생각의 악순환에서 당신을 빠져나오게 하는 데 있다. 이 악순환에 빠지면 2년 뒤에도 책은 제자리에 멈춰 있을 것이다. 허튼 생각은 책을 마무리하지 못하게 가로막는 꾸물거림일 뿐이다. 만일 당신이 훗날 더 훌륭한 작가가 되어서 훨씬 더 좋은 책을 쓰고 싶다면 그때는 그렇게 할 수 있다. 하지만 그 목적지로 향하는 길은 지금 이 책을 출간하는 것이다.

수정을 마무리하기 위한 마지막 주의점

대다수의 초보 저자는 '수정 지옥 악순환'에 빠져든다. 같은 부분을 고치고 또 고치면서 앞으로 나아가지 못한다. 우리는 이런 일을 늘 본다. 그들은 처음 3회의 수정을 잘 해낸다. 그다음 우리가 수정을 마무리하고 다시 저자에게 보낸다. 그러면 저자들은 그 원고를 가지고 6개월을 보내곤 한다. 상당한 양을 수정하고 있기 때문이 아니다. 대신 그들은 좁쌀만 한 곳에서 길을 잃는다. 사소한 단어 선택에 조바심을 내며 미미한 수정을 하고, 눈에 띄지 않는 세세한 표현에 집착한다. 우리가 책을 마무리하려면 그들의 손에서 캐내다시피 원고를 가져와야 한다. 바꿀 내용이 아무것도 남지 않았는데도 그렇다.

이런 현상은 완벽주의나 출판에 대한 두려움, 성공에 대한 두려움, 또는 실패에 대한 두려움 등 다양한 영향을 받아 일어난다. 더 연구할 주제, 더 고칠 내용, 더 발전시킬 아이디어가 잡힐 듯 잡히지 않을 것이다. 그런 생각은 당신의 책을 망친다. 저자들이 이 시기를 지나가는 데 도움을 주기 위해 우리가 사용하는 격언이 두 가지 있다.

> 완벽함은 좋은 것의 적이다. 발송된 것이 완벽한 것보다 더 좋다.
>
> —세스 고딘

> '책'은 결코 끝나지 않는다. 단지 버려질 뿐이다.
>
> —레오나르도 다빈치

공감이 가는 격언을 골라보라. 모두 같은 뜻이다. 수정을 멈추고, 책을 인쇄하라. 그러지 않으면 아무에게도 아무런 도움이 되지 않는다. 만일 당신이 여기까지 왔는데도 수정을 너무 많이 하고 있다면 이제는 멈춰야 한다.

우리는 이 주제에 대해서 새로 책 한 권을 쓸 수 있지만 간단하게 이것만 말해두겠다. **적어도 한 사람, 그리고 아마도 훨씬 더 많은 사람이 당신의 책이 가르쳐줄 내용을 배우고 싶어 한다. 당신은 수정을 멈추고 스스로와 독자에게 책을 내놓아야 할 의무가 있다. 완벽하진 않더라도, 당신의 지식을 독자에게 주어라. 그들은 원하고 필요로 한다.**

2장 사람들의 반응을 알아보아야 할까

사람들이 건너뛰는 부분은
빼려고 노력한다.
—엘모어 레너드

혹시 자동차가 망가지면 주방장에게 가서 뭐가 잘못됐는지 봐달라고 하겠는가? 오스카 마이어 사의 위너 모빌*이 아닌 이상 주방장이 무슨 말을 해주겠는가? 기껏해야 머리를 긁적이며, "음, 안 움직이는 것 같군요."라고 말할 게 뻔하다. 분명 도움이 되는 말은 아니다. 최악의 경우에는 도움을 주려고 애쓰다가 결국 당신을 헤어나올 수 없는 구렁텅이로 빠뜨릴 수도 있다. 자동차를 고치려면 정비소로 가야 한다. 정비소는 차를 수리해 본

◆ 미국 육가공품 회사 오스카 마이어에서 홍보용으로 만든 핫도그 모양의 자동차—옮긴이

경험이 있기 때문이다. 그들은 그 일을 해서 돈을 번다. 나도 이 예시가 어처구니없다는 사실을 안다. 하지만 저자들은 이 예시와 정확히 똑같은 일을 한다. 훌륭한 원고를 써놓고 아무 친구에게나 보내서 의견을 구했던 저자들의 무시무시한 경험담을 풀어놓을 수도 있다.

당신이 의견을 물으면 친구들은 뭐라도 말해줘야 한다는 생각에 아무 말이나 한다. 개중에 자주 이메일을 쓰는 친구가 있다면 스스로 글쓰기에 대해 좀 안다고 생각하고 뭔가 그럴듯한 단어로 비평을 할지도 모른다. 하지만 책에 대해서는 아무것도 모르는 그 친구의 터무니없는 평가는 당신을 공황상태에 빠뜨린다. 반응이 궁금할 때는 의견을 구하는 제대로 된 방법이 있다. 특정한 사람들에게만 물어봐야 한다. 그 사람들은 대체로 다음과 같은 집단에 속해야 한다.

숙련된 작가/편집자

당연하다. 글쓰기와 수정에 경험이 많은 사람이라면 거의 확실히 원고에 도움과 유용한 의견을 준다. 책을 많이 읽거나 이메일을 많이 썼기 때문에 숙련된 작가나 편집자 같은 자격이 있다고 생각하는 사람들이 많다. 사실은 전혀 그렇지 않다.

스크라이브에서는 편집자, 개요 작성자, 출판 책임자와 일을 하기 전에 엄격한 시험 과정을 거친다. 작가나 편집자로서 오랫동안 일해왔다고 해도 우리는 그들을 숙련자로 지레 인정하지 않는다. 우리는 그들이 일한 결과물의 질로 그들의 능력을 판단한다. 그렇다면 시험의 결과는? 우리는 함께 일하겠다고 지원한 사람들의 98퍼센트를 거절한다. 그들 모두 일정하게 글쓰기와 편집 경력이 있는데도 말이다. 이 정도면 '전문가'의 수준을 짐작할 수 있을 것이다.

우리가 이런 사실을 언급하는 이유는 오직 한 가지다. 많은 저자들이 스스로 '훌륭한' 비평가라고 주장하는 친구에게 원고를 주고, 그 친구가 보내온 끔찍한 평가 메모를 보고 혼란스러워하고 상처를 입은 채 결국 책에 많은 문제를 일으키는 사례를 보아왔기 때문이다. 글에 대한 의견을 듣고 싶다면 숙련된 편집자에게 보내라. 대다수의 일반인은 자신이 무슨 말을 하는지 전혀 알지 못한다. 특히 책과 글쓰기에 관해서 그런 사람들의 의견은 전혀 도움이 되지 않고 되레 해롭다.

당신의 분야에 종사하는 전문가

당신과 같은 분야에서 전문성을 갖춘 사람에게 의견을 구하면 무척 유익하다. 예를 들어 당신이 투자에 대한 책을 썼고, 신뢰하는 투자 자문 친구 두 명에게 원고를 읽어달라고 부탁하면 그들은 책에 대한 유익하고 고유한 시각을 제공해 줄 수 있다. 유익한 의견을 듣기 위해서는 그들이 잘 아는 분야에 구체적으로 집중해 달라고 부탁하는 게 중요하다. 사실관계에서 실수하지 않았는지, 고객이 이해할 수 있을지, 직업에 걸맞은 어조인지 등을 확인해 달라고 말하라. 그들이 수십 년간 쌓은 전문지식을 빌려올 수 있다면 더할 나위 없이 유익하다.

당신의 책이 대상으로 삼은 독자

만약 당신의 책이 애플리케이션 기업을 세우는 방법에 관한 내용이고, 지금 애플리케이션 회사를 창업하려는 친구 두 명에게 원고를 보낸다면 완벽한 상황이다. 그들은 책에서 도움이 된 부분, 내용이 보완되었으면 하는 부분, 혼란스럽거나 이해할 수 없는 부분을 이야기해 줄 것이다. 그런 종류의 반응은 유용하다.

다만 누구를 고를지 신중히 생각하고, 그들에게 구체적으로 설명해 주어야 한다. 당신의 초기 독자층에 속하는 사람을 선정했다면, 당신이 무엇을 알고 싶어 하는지 확실히 말해주어라. 예를 들어, "내 원고를 읽어주면 좋겠어요. 그리고 이해가 가지 않거나 의미가 통하지 않거나 따라가기 어려운 부분이 어디인지 말해주세요."라고 말하면 된다.

모든 반응은 다르다

위의 사람들이 전해온 반응을 어떻게 수용할지는 매우 신중해야 한다. 책에 대한 반응과 관련해서 내가 들었던 최고의 조언은 이것이다.

모든 반응은 어떻게든 다르다. 당신이 할 일은 거기에서 무엇이 옳은지 알아내고, 오직 그 점에만 관심을 갖는 것이다.

이 말은 사람들이 당신에게 의견을 줄 때 자신의 느낌에 따라 말하는데, 거의 대부분은 느낌의 정확한 근거와 문제 해결 방법을 알지 못한다는 뜻이다. 여기에 대해서는 닐 게이먼◆이 잘 요약해 주고 있다.

사람들이 당신에게 뭔가 잘못되었다거나 자신에게 맞지 않는다고 말할 때는 거의 언제나 옳다. 그들이 정확히 무엇이 잘못되었고 어떻게 고쳐야 한다고 말할 때는 거의 언제나 틀리다.

독자가 당신의 책이 자신에게 맞지 않는다고 느꼈다면 그 비평을 들어야 한다. 하지만 **독자가 제안하는 해결책은** 아마도 책의 수정 방향과 맞지 않을 것이다. 그들은 글쓰기 문제를 해결해 본 경험이 없기 때문이다. 만일 당신의 독자 중에서 누군가가 어떤 내용과 주제가 이상하다고 말하면 그들의 평가를 들어라. 하지만 그 문제를 고칠 때는 당신 자신의 아이디어와 지식을 활용하라. 당신의 책과 당신의 주제에 대해 당신보다 잘 아는 사람

◆ 풍부한 상상력으로 만화와 소설, 드라마, 영화 등을 넘나드는 이야기꾼. DC코믹스를 통해 연재하기 시작한 《샌드맨》 시리즈로 큰 인기를 얻은 베스트셀러 작가 ―옮긴이

은 아무도 없다.

최악의 경우는 피하자

의견 수렴과 관련해서 절대로 하지 말아야 할 일이 몇 가지 있다.

반응을 보려고 소셜네트워크에 원고를 게시하지 마라

엄청난 참사다. 뼈저린 후회를 하게 된다. 15년 넘게 작가로 살아오는 동안, 나는 이런 시도가 잘되는 경우를 보지 못했다. 잘못될 수밖에 없는 이유는 너무 많아서 모두 열거하기도 어려울 정도다. 이렇게 생각해 보라. 옷에 대한 조언을 구하고 싶을 때, 놀이동산 한가운데 서서 닥치는 대로 지나가는 사람 아무에게나 물어보겠는가? 당연히 아닐 것이다.

당신의 글에 대한 의견을 소셜네트워크에 묻는 행위도 마찬가지다. 아무리 강조해도 지나치지 않다. 절대 이런 행동은 하지 마라.

도움을 청할 특정한 사람을 정하라

위에서 언급했듯이 특정한 사람에게 특정한 의견을 구하는 방식은 전혀 문제가 없다. 여기서 핵심은 '특정한 사람'이다.

글쓰기의 전문가나 같은 분야의 전문가 또는 독자면 된다. 그것이 핵심이다.

특정한 의견을 묻지도 않으면서 원고를 주지 마라

누군가에게 원고를 주면서, "한번 보고 어떻게 생각하는지 말해줘."라고 말하지 마라. 온갖 형태의 시간 낭비와 헛수고를 부르는 비결이다.

부탁할 때는 두루뭉술하게 하지 마라

의견을 구하는 것이 적절하고 유익한 상황도 분명히 있다. 하지만 언제나 이렇게 말하도록 하자. "이 원고를 보고 회계사로서 내 어조가 너무 비전문가 같은지 말해줄 수 있겠어?"

친구나 가족의 의견을 듣지 마라

친구나 가족에게 의견을 구할 때는 매우 신중해야 한다. 친구나 가족의 의견을 잘 반영해 주려고 하다가 원고를 망치는 경우를 많이 봐왔다. 친구나 가족은 반응을 보여야 마땅하다고 느끼고, 그냥 떠오르는 대로 말한다. 의도는 좋지만 그들이 주는 조언 대부분은 틀릴 뿐만 아니라 역효과를 낳고 해롭다. 저자를 악순환에 빠뜨리는 동력이다. 친구와 가족이 위의 전문가 그룹이나 관련 분야의 독자에 속하지 않는다면 무시해도 괜찮다. 그들이 당신에게 의견을 내게 하지 마라.

6부

원고 마무리

BOOK

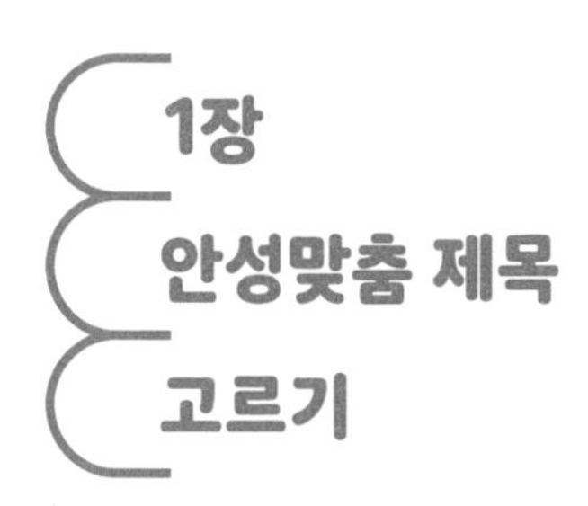

1장 안성맞춤 제목 고르기

영리한 모든 것은 삼간다.
하지 마라.
—앤 허버트

놀랍게도 책에 제목을 붙이는 요령에 관해서는 유용한 지침이 거의 없다. 그나마 있는 조언도 대개 별로 도움이 되지 않는다.

- 진부하다. (느낌대로 해라!)
- 피상적이다. (서점을 둘러보며 아이디어를 찾아라!)
- 최악의 경우에는 장고 끝에 악수를 둔다. (제목에 너무 오랜 시간을 쓰지 마라!)

모두 틀린 말이다. 기업이 신제품에 이름을 붙이는 데 수백만 달러를 쓰고, 미디어 기업이 시간을 들여 게시물에 여러 가지 제목을 시험해 보는 것처럼 **당신도 적절한 책제목을 찾는 데 상당한 시간과 에너지를 쏟아야 한다.** 제목 붙이기는 매우 중요한 결정이다. 책이 성공할 가능성을 최대한 높이려면 심사숙고해서 알맞은 제목을 붙여야 한다. 지금부터 제목을 어떻게 생각해야 할지 차근차근 설명하고, 제목을 고르고 테스트하는 방법에 대해 알려주겠다.

제목은 왜 중요한가

책제목은 당신이 결정할 사안 중에서 가장 중요한 마케팅 포인트다. 더 이상 왈가왈부할 게 없다. 당신의 책에 대해서 독자가 가장 먼저 보거나 듣는 게 바로 제목이다. 대개는 표지보다 제목을 먼저 접한다. 제목을 적절하게 짓는 일은 (비록 대부분은 제목 붙이기를 마케팅이라고 생각하지 않지만) 마케팅의 핵심이다. 제목은 책에 대한 독자의 판단을 가늠하는 기준선을 형성한다.

분명히 짚어두자. **좋은 제목이 책을 잘 팔리게 만들지는 못한다.** 하지만 나쁜 제목은 거의 확실히 책이 잘 팔리지 못하게 **가로막는다.** 제목의 중요성에 대한 상징적인 예를 들어보자. 잘 알려지지 않은 책을 제목 하나 바꿔서 베스트셀러 1위에 올려놓은 일이다. 1982년에 노라 헤이든은 《점성학적 사랑*Astro-Logical Love*》이라는 책을 출간했다가 크게 실패했다. 그리고 그녀는 똑같은 책을 내용만 아주 조금 바꾸고 다른 제목으로 재발간했다. 《여성을 매번 만족시키고… 더 원하게 만드는 방법!*How to Satisfy a Woman Every Time... and Have Her Beg for More!*》. 이 책은 엄청난 문화적 현상이 되었고 베스트셀러 목록 1위에 올랐다. 같은 책, 같은 내용에 단지 제목만 달랐을 뿐이다. 요점은 간단하고 분명하다. **시간을 들여서 책에 가능한 최고의 제목을 생각해 내라. 제목은 책에 대한 사람들의 생각, 곧 책의 성공을 상당 부분 좌우한다.**

좋은 책제목의 다섯 가지 속성

좋은 제목은 아래의 다섯 가지 속성을 모두 가져야 한다.

주의를 끌어야 한다

매우 당연한 이치다. 사람들의 관심을 끄는 흥밋거리는 백만 가지고, 그중에서 당신의 책이 눈에 띄려면 반드시 그럴싸한 제목이 필요하다. 나쁜 제목은 따분하다. 주의를 끄는 방법에는 여러 가지가 있다. 도발적이거나, 논란을 일으키거나, 흥미진진해야 한다. 중요한 점은, 제목이 사람들의 발길을 멈추게 하고 눈길을 끌게 해야 한다는 것이다. 베스트셀러 1위 작가 팀 페리스는 제목에 대해 다음과 같이 말한다.

《나는 4시간만 일한다 *The 4-Hour Workweek*》도 몇몇 사람은 거슬려했고 어떤 사람은 비웃었는데, 나는 긍정적인 신호로 받아들였다. 제이 레노가 방송에서 책을 패러디한 일은 우연이 아니었다. 그 제목은 패러디에 적합했고, 처음부터 그렇게 고안되었다. 강한 부정적 반응이 없다면 강한 긍정적 반응도 없다. 그리고 무엇보다도 모두에게 미적지근한 반응이 나오면 안 된다. "오, 그거 좋네요. 꽤 괜찮은 것 같아요."라는 말은 사형선고다.

기억에 남고 검색하기 쉬워야 한다

이 항목은 위의 '주의를 끌어야 한다' 항목과 같지 않다. 누군가의 반응을 한번 얻고 나서 잊히기는 쉬워도 기억에 남기는 어렵다. 명심하라. 책제목은 독자가 책에 대한 첫인상일뿐더러 독자가 그 책으로 돌아가도록 이끌어주는 하나의 정보다. 친구에게 책을 추천받았는데 제목을 기억할 수 없다면 온·오프라인서점에서 찾을 수가 없다. 베스트셀러 작가 스콧 버쿤은 이렇게 말한다.

종종 (제목은) 잠재적 구매자가 볼 수 있는 모든 것이다. 만일 그들의 관심을 끌 수 있다면, 그 책은 눈에 띄기 위해 벌이는 비현실적인 투쟁에서 수많은 장애물 중 첫 번째를 뛰어넘은 셈이다. 하지만 제목은 딱 그만큼만 도움이 된다. 대다수 사람은 신인 밴드나 새로 만날 사람에 대해 듣는 수준만큼 책에 대한 정보를 듣는다. 친구나 믿을 만한 출처에서 좋다고 말해주면, 책은 제목 '○○○'으로 불린다. 그 시점에서 제목은 이름의 역할을 한다. 제목은 독자가 원하는 내용과 그 밖의 무언가를 조금 더 얻기 위해서 기억해야 하는 대상이 된다.

이 역시 쉽게 찾을 수 있는 책제목을 정하라는 의미이다. 우리가 사는 세상에서 사람들은 뭔가를 찾으려면 인터넷에서 검색한다. 제목이 그 자체로 쉽게 기억되지 않고 검색이 어렵다면 무척 좋지 않다.

정보를 줘야 한다

소설이라면 이 항목이 가장 덜 중요한 측면이다. 하지만 논픽션에는 매우 중요하다. 부제를 포함하여, 제목은 독자에게 그 책이 어떤 내용인지 어느 정도 단서를 주어야 한다. 당신이 할 일을 독자가 대신해 주지는 않는다. 주제에 대해 그들이 더 쉽게 이해할수록 당신의 책에 흥미를 보일 사람들을 끌어들일 가능성이 높다.

스스로 다음과 같이 물어보자. '파티에서 누군가에게 당신의 책제목을 말했을 때 상대가 그 책이 어떤 내용인지 물어볼까?' 만약 묻는다면 아마도 좋지 않은 제목이다. 제목으로 책이 정해놓은 경계를 넘어서지 마라. 지나치게 영리해 보이거나 어쩐지 불분명한 제목은 그 표현을 즉각 이해하는 사람을 위한 책이라는 암시를 준다. 따라서 곧바로 이해하지 못한 사람은 자신이 어리석다는 느낌을 받게 되고, 책을 살 가능성도 낮아진다. 잠재적 독자층에 바로 이해가 가지 않거나 책의 핵심을 전달해 주지 못하는 단어나 표현을 쓰면 당신의 성공을 가로막는 거대한 장애물을 스스로 놓는 셈이다.

제목이 정보를 주고 이해하기 쉬워야 하지만, 책의 아이디어 전체를 설명할 필요는 없다. 말콤 글래드웰의 《아웃라이어》를 예로 들어보자. 이 제목은 책 내용을 노골적으로 설명하지 않으면서도 훌륭하게 암시한다.

말하기 쉽고 민망하지 않아야 한다

이 항목은 인지유창성과 닿아 있다. 인지유창성이란, 단순하게 말하자면, 사람들은 곧바로 이해하고 발음할 수 있는 단어나 표현을 더 잘 기억하고 호의적으로 반응한다는 개념이다. 여기서 심리학 개념을 깊이 파고들 필요는 없지만, 핵심은 이것이다. 모호해지는 위험을 무릅쓰고 너무 세련되게 보이려고 애쓰지 마라. 책에 해만 끼칠 뿐이다. 사람들은 스스로 멍청하거나 사회적으로 서투르다고 느낄 때 몸서리친다. 이는 인간 심리에 대한 기초적인 사실이다.

책제목이 발음하기 어렵거나, 무엇보다 소리 내어 발음했을 때 어리석게 들리는 문구는 구매 가능성을 현저히 떨어뜨린다. 그리고 다른 사람들에게 언급하지 않을 가능성도 크다. 제목을 정할 때는 구전 즉, 입에서 입으로 전해지는 과정을 중요하게 고려해야 한다. 독자가 책제목을 친구에게 소리 내어 말할 때 어떻게 느낄지 생각해보라. 똑똑해 보이게 만드는가, 아니면 멍청해 보이게 하는가? 최악은 소리 내어 말하는 사람을 우스꽝스럽게 만드는 제목이다. 예를 들어 책제목이 '왜 인종차별은 위대한가'라면, 아무리 내용이 좋은 책이라도 아무도 그 책에 대해 친구에게 말하지 않을 것이다. 그랬다가는 애초에 왜 그 책을 샀는지 꼬치꼬치 따져 물을 테니 말이다. 사회적 맥락은 소소한 문제가 아니라 아주 중요하다.

짧아야 한다

일반적으로 짧은 제목이 가장 좋다. 짧은 제목은 기억하기도 말하기도 쉬울뿐더러 표지를 디자인할 때 유용 가능한 공간을 준다. 사람들은 책의 아이디어와 독자 대상을 모두 표현하려고 제목을 까다롭고 장황하게 만들려는 유혹에 빠진다. 제목에서는 핵심 아이디어에 집중하라. 말을 좀 더 붙이고 싶다면 부제를 활용하라.

할 수 있다면 주제목은 다섯 단어나 그 이하로 정하는 게 좋다. 부제는 독자가 배울 내용에 대해 조금 더 말해줄 수 있다. 캐머런 헤럴드의 《회의는 지긋지긋해》는 함축성 있는 제목과 더불어, 독자에게 왜 그 책이 필요한지 알려주기 위해 '가장 꺼리는 업무 요소를 가장 가치 있게 바꾸기'라는 부제가 달려 있다.

—— 안성맞춤 제목을 찾기 위한 구체적인 단계

1단계 | 책의 목표를 분명히 하라

책의 목표(권위 쌓기, 인지도 높이기 등)에 따라 어떤 유형의 제목이 적합할지 결정된다. 브랜드를 구축하기 위해 논픽션을 출간할 때와 색다른 분위기의 회고록을 출간할 때는 제목을 선택할 여지도 확연히 달라진다. 제목이 제공할 수 있는 모든 기능을 살펴보자. 그리고 제목을 구상하는 구체적인 과정으로 들어가기 전에 책이 잠재적으로 자리할 위치를 검토해 보자. 제목은 어떻게 활용될까?

- 독자에게 책 판매

- 주제 분야에서 저자의 권위 다지기
- 언론의 주목을 받기 위한 유인 요소
- 회사, 저자, 컨퍼런스 또는 교재를 위한 브랜딩
- 책 광고, 홍보
- 강연, 슬라이드 또는 기타 활동
- 후기, 블로그 게시물, 기사 등에 활용
- 저자가 출연한 언론에서 언급
- 표지 장식
- 온라인서점 목록에서 검색어
- 시리즈를 시작할 때
- 티셔츠, 전단 또는 다른 홍보물에 이용

이 목록의 요점은 간단하다. 이 중에서 어떤 목표가 당신의 책에 적용되는지 파악하고, 제목이 그 목표에 적합한지 확인해 보라. 예를 들어 당신의 목표가 브랜드를 구축하는 것이라면 책제목이 당신의 브랜드여야 한다. 데이브 아스프리의 첫 번째 다이어트 책은 《불릿프루프 다이어트*The Bulletproof Diet*》였다. '불릿프루프'가 그의 브랜드이기 때문이다. 그 책은 단지 책 자체만이 아니라 관련된 모든 상품 판매와 관련되어 있다.

목표가 당신의 분야에서 권위를 얻는 데 있다면, 당신이 말하려는 대상에게 권위 있게 들리는 제목을 정하라. 진지한 학계에서는 기발함이 통하지 않고, 반대로 코미디 분야에서는 진지함이 통하지 않는다. 당신의 목표가 언론의 주목을 받고 인지도를 높이는 것이라면 언론이 매력을 느끼고 당신을 취재하고 싶게 만드는 제목을 정해야 한다.

2단계 | 가능성 있는 제목 여러 개 구상하기

제목 정하기는 한두 시간 만에 끝나지 않고 장기적인 여정이다. 최종 제목을 정하기까지 몇 달이 걸릴 수도 있다. 처음에는 단순히 제목 후보를 브레인스토밍하면서 시작하자. 새 파일을 만들어 책제목으로 생각할 만한 모든 목록을 써보자. 브레인스토밍하라는 말은 '창의적으로 생각하라'는 뜻과 같다. 좋은 책제목을 찾는 모든 가능한 방법을 완벽한 예시와 함께 열거해 보자. 이 방법은 주제목뿐만 아니라 부제를 정하는 데도 기준이 된다. 이 방법 중에 어떤 것이라도 자유롭게 활용해 브레인스토밍에 영감을 얻기를 바란다. 구상한 목록에 나쁜 제목을 써넣는다고 해도 두려워하지 마라. 나쁜 제목도 좋은 제목에 이르는 과정이기에 도움이 된다. 다음은 몇 가지 좋은 방법이다.

책에 포함된 재치 있는 표현이나 주목할 만한 문구를 활용하라

이 방법은 소설에서 매우 흔히 사용하고, 효과도 좋다. 또 책의 개념이 빠르게 요약되거나 하나의 문구로 압축되는 논픽션에서도 잘 적용한다.

- 《블랙 스완*The Black Swan*》
- 《새에게 나는 법을 가르치기*Lecturing Birds on Flying*》
- 《지옥에서도 맥주를 주면 좋겠어》

짧고 긴 문구를 모두 사용하라

우리는 보통 긴 제목부터 시작해서 훨씬 더 짧은 표현으로 줄여나간다. 주제목을 최대한 짧게, 다섯 단어가 넘지 않게 하고, 부제에 주요 핵심어를 포함해서 내용을 전달한다.

관련 핵심어를 사용하라

논픽션은 특히 검색이 중요하다. 누군가 해당 주제나 논제를 인터넷에서 검색할 때 당신의 책제목이 나와야 한다. 하지만 이 방법은 아슬아슬한 줄타기처럼 균형이 필요하다. 검색에 노출되기 위해 작품의 내용과 의미까지 희생시켜서는 안 된다. 확신이 서지 않는다면 온라인서점에서 부제와 주제목에서 검색 엔진 트래픽을 끌어들이기 위해 추가적인 핵심어를 얼마나 자주 쓰고 있는지 직접 확인하라.

- 《성공하는 사람들의 7가지 습관: 개인적 변화에 대한 강력한 교훈*The 7 Habits of Highly Effective People: Powerful Lessons in Personal Change*》
- 《마음가짐: 성공의 새로운 심리학*Mindset: The New Psychology*

of Success》

- 《예측 가능한 수익: Salesforce.com의 일 억 달러 모범 경영으로 당신의 사업을 영업 귀재로 만들기*Predictable Revenue: Turn Your Business into Sales Machine with The $100 Million Best Practices of Salesforce.com*》

이익을 약속하라

독자가 목표를 달성하거나 이익을 얻는 데 도움이 되어주겠다고 약속하는 제목도 있다. 사람들이 원하는 최고의 결과를 구체적으로 언급한다.

- 《친구를 얻고 사람들에게 영향을 미치는 방법*How to Win Friends and Influence People*》
- 《끝도 없는 일 깔끔하게 해치우기*Getting Things Done*》
- 《생각하라 그리고 부자가 되라*Think and Grow Rich*》

간결하고 직접적으로

좋은 제목 중에는 어떤 내용인지에 대한 기본적인 진술만 보여주는 책도 있다. 그렇게 해도 아무런 문제가 없다. 특히 엄격하고 교육적인 책에 잘 통하는 제목이다.

- 《'No'를 지나가기*Getting Past No*》

- 《스티브 잡스*Steve Jobs*》
- 《습관의 힘*The Power of Habit*》

독자를 겨냥하라

앞에서 말했듯이 사람들은 제목을 보고 그 책이 자신에게 맞는 책인지 판단한다. 제목에서 독자들을 겨냥하면 그들의 판단을 도울 수 있다. 특정한 독자층을 호명하거나 그들의 특징을 묘사함으로써 겨냥할 수 있다. 특히 시리즈를 출간할 때 각 권에서 특정한 독자층을 겨냥하면 효과가 좋다.

- 《임신한 당신이 알아야 할 모든 것*What to Expect the First Year*》
- 《미래의 대통령을 위한 물리학*Physics for Future Presidents*》

문제에 대한 구체적인 해결책을 보여주자

자기계발서나 다이어트 분야에서 매우 흔한 방법이다. 독자에게 당신의 책이 어떤 문제를 해결해 주는지 제목에서 정확히 말해주는 방식이다. 이익을 약속하는 항목과 비슷하지만 동일하지는 않다. 섹시해지는 것은 부가적인 이익이다. 구체적인 해결책을 제안하는 제목은 부정적인 무언가를 제거해 준다.

- 《의미를 향한 인간의 탐구*Man's Search for Meaning*》

- 《운동하지 않고 뱃살 빼는 6가지 방법*6 Ways to Lose Belly Fat without Exercise!*》
- 《세일즈 클로징의 비결*Secerets of Closing the Sale*》

숫자를 이용해 신뢰를 더하라

숫자 같은 구체적인 제시어는 제목에 신뢰와 긴급성을 더해주는 방법이다. 그런 제목은 당신의 정보를 체계적으로 보이게 하고, 또한 어려운 내용을 간결하고 쉽게 만들어준다. 전문성은 사람들에게 그 아이디어에 집중하게 만들고 제한된 경계와 시간 틀에 대한 확실성을 준다.

- 《권력의 48가지 법칙*The 48 Laws of Power*》
- 《5가지 사랑의 언어: 오래 가는 사랑의 비결*The Five Love Languages: The Secret to Love that Lasts*》
- 《리더십 21가지 불변의 법칙*The 21 Irrefutable Laws of Leadership*》

(답을 주지 말고) 독자의 호기심을 자극하라

불가능해 보이는 진술, 특이한 대조 또는 역설은 독자가 책에 무엇이 들어 있는지 궁금하게 만든다. 기본 발상은 조금 터무니없거나 기상천외해 보이지만, 저자의 주장이나 진술을 극적으로 전달하는 방식이다. 대표적인 예는 이미 언급했던 《나는 4시간만 일한다》이다. 불가능해 보인다는 점을 빼면, 모두가 어떻게

4시간만 일할 수 있는지 알고 싶어 한다. 그래서 책을 집어들고 저자가 무슨 이야기를 하는지 보게 된다.

- 《네트워킹은 업무가 아니다*Networking Is Not Working*》
- 《10% 행복 플러스*10% Happier*》
- 《누가 내 치즈를 옮겼을까?》

책의 주제와 관련된 은유나 상징을 이용하라

인간은 상징과 은유로 생각한다. 이 강력한 수단을 이용하면 정말로 공감을 일으키는 제목을 짓는 데 도움이 된다. 대표적으로 은유에 기초한 시리즈는 《영혼을 위한 닭고기 수프*Chicken Soup for the Soul*》이다. 이 제목은 서양 문화에서 닭고기 수프가 연상시키는 따뜻하고 보살핌을 받는 느낌을 가리키며, 나아가 영혼에 자양분을 주는 이야기로 연결해 준다.

- 《린 인*Lean in*》
- 《상처받지 않는 영혼*The Untethered Soul*》

운율을 맞춰라

제목에 들어간 단어의 운율을 맞추면 세련돼 보이고 기억하기 쉽다.

- *The Mighty Miss Malone*
- *A Storm of Swords*
- *The Pop-Up Paradigm*

유명한 표현 패러디하기

책제목을 지을 때 흔한 방법이고 대체로 효과가 좋다. 유명한 문구를 책에 맞게 패러디하는 것이다. 사람들에게 익숙한 문구와 비슷하지만 똑같지는 않기 때문에 효과적이다.

- 《예술의 전쟁*The War of Art*》◆
- 《나쁜 놈이 일등 한다*Assholes Finish First*》◆◆

속어를 활용하라

속어는 정말 효과가 좋다. 특히 직관적이지 않고 기발하게 사용하면 그렇다.

- 《애원하지 않을 만큼 자존심이 세진 않아*Ain't Too Proud to Beg*》
- 《건달 출입 금지: 소도시 경찰서장이 주절거리는 포옹과

◆ 《손자병법*The Art of War*》을 패러디한 제목 — 옮긴이

◆◆ '착한 녀석은 꼴찌 한다Nice guys finish last'는 말을 패러디한 제목 — 옮긴이

하이파이브, 마약 단속, 인터넷 유명인, 그리고 다른 모험 이야기*No Mopes Allowed: A Small Town Police Chief Rants and Babbles about Hugs and High Fives, Meth Busts, Internet Celebrity, and Other Adventures*》

클리셰 형식을 시도하거나 뒤집어라

제대로만 사용한다면 효과 좋은 표현법이 수없이 많다. ○○의 예술/기술, ○○의 신화, ○○의 고백, ○○하는 법, ○○의 기쁨, ○○의 종말…….

- 《빗속을 질주하는 법*The Art of Racing in the Rain*》
- 《남성 권력의 신화*The Myth of Male Power*》
- 《경제 저격수의 고백*Confessions of an Economic Hit Man*》
- 《용을 길들이는 방법*How to Train Your Dragon*》
- 《섹스의 즐거움*Joy of Sex*》
- 《과학의 종말*End of Science*》

이런 종류의 제목은 잘못하면 낡고 진부하고 싫증 나는 느낌을 준다. 이 기법은 익숙함을 비틀면서도 독자에게 혼란을 줄 정도로 동떨어지게 쓰지 않아야 한다.

새로운 표현이나 단어를 만들어라

특히 책을 통해 브랜드나 회사, 또는 확장된 제품군을 만들고 싶을 때 매우 유용하다. 문제는 신조어를 만들어 인지도를 끌어올리기가 결코 쉽지 않다는 점이다. 많은 저자가 새로운 단어를 만들고자 시도하지만 성공하는 경우는 소수다. 그러니 이 방법을 너무 많이 시도하지는 말자. 가장 중요한 요소는 단어가 말하고 이해하기에 쉬워야 한다는 것이다.

- 《배빗*Babbitt*》◆
- 《부인주의*Denialism*》◆◆
- 《에센셜리즘*Essentialism*》

온라인서점에서 영감을 받는다

꽉 막힌 기분이라면 다른 책의 제목을 보면서 아이디어를 찾아보자.

광고 문구 작성법을 참고해 아이디어를 얻는다

정말로 아무런 생각이 떠오르지 않는다면 광고 문안 작성

◆ '배빗'은 싱클레어 루이스의 소설 제목이자 주인공의 이름이다. 이후 교양 없고 순응주의적인 중산층 속물을 뜻하는 말로 널리 쓰임 — 옮긴이

◆◆ 인정하기 힘든 역사적 진실을 외면하기 위해 아예 없는 사실로 치부하고 부정하는 행위 — 옮긴이

에 관한 책을 읽어보자. 정확히 책제목을 다루지는 않지만, 카피라이터는 구매를 촉발하는 요소를 이해해야 하므로 수많은 예시를 제공해 줄 것이다. 다음은 광고 문구를 다루는 최고의 책 세 권이다.

- 《팝!: 완벽한 피치와 제목, 태그 만들기*POP!: Create the Perfect Pitch, Title, and Tagline for Anything*》
- 《고객을 불러오는 10억짜리 세일즈 레터 & 카피라이팅*The Ultimate Sales Letter: Attract New Customers. Boost your Sales*》
- 《부자가 되는 광고 헤드라인: 마음을 얻는 광고, 웹페이지, 세일즈 레터 작성하기*Advertising Headlines That Make You Rich: Create Winning Ads, Web Pages, Sales Letters and More*》

3단계 | 저작권/등록상표 점검하기

먼저 분명하게 밝히고 가자. **제목에는 저작권이 없다.** 당신의 책제목을 '앵무새 죽이기'나 '반지의 제왕' 또는 '성경'으로 지을 수도 있다는 뜻이다. 그렇지만 유명한 책제목을 베끼는 순간 당신의 책이 돋보이기는 매우 어렵다. 그리고 기대했던 책이 아닌 당신의 책을 받은 사람들에게 비난받을 게 분명하다.

만약 책제목이 더 큰 브랜드의 일부라면 상표로 등록할 수 있다. 예컨대 '불릿프루프'라는 용어는 저자가 건강과 피트니스 분야의 브랜드로 상표등록을 해놓았다. 따라서 당신은 '불릿 프루프 다이어트' 같은 제목을 책에 쓸 수 없다. 저작권이 아니라 상표권을 위반하기 때문이다. 주제목이나 부제가 기존 도메인이나 브랜드와 겹치는지 확인해 보고 문제가 있으면 조정하라. 이 사안이 혼란스럽다면, 그리고 상표권 위반이 의심되는 제목이 있다면 지적재산권을 전문적으로 다루는 변호사와 상담하라.

4단계 | 가장 마음에 드는 하나를 고른다

이 시점에서 당신은 아이디어를 기록한 제목 후보 목록이 있을 것이다. 목록 작성이 끝났으면 다음 단계로 넘어가자. 바로 제목을 고르는 것이다. 이 단계가 얼마나 중요한지 아무리 강조해도 지나치지 않다. **모두가 책제목에 대한 의견을 가지고 있다. 대부분 의견은 어리석고 틀렸다.** 돈을 받고 책제목을 고민하기 위해 고용된 사람들(편집자·출판인)조차 대개 잘하지 못한다. 마음에 드는 제목을 하나 골랐다면 아래 시험을 치러보자.

사람들이 제목을 말하는 상황을 상상해 보자

좋은 제목인지 아닌지 판단할 수 있는 훌륭한 테스트가 있다. 한 독자가 파티에서 다른 사람들에게 당신의 책에 대해 이야기한다고 상상해 보자. 독자가 책제목을 자신 있게 큰 소리로 말하는 모습이 그려진다면, 그리고 제목과 한두 문장의 설명을 듣고 사람들이 고개를 끄덕이며 곧바로 어떤 책인지 이해하거나 흥미로워하며 좀 더 설명해 달라고 부탁하는 장면이 그려진다면 좋은 제목이다. 어떤 상황이건 이 장면과는 다른 반응이 상상된다면 제목을 다시 생각해 보고 아마도 변경해야 한다.

명심하라. 도서 마케팅의 대부분은 결국 입소문이 기본이다. 그리고 입소문은 사람들이 다른 사람들에게 무언가를 표현하는 것이 중요하다. 당신의 책이 관련된 사람들의 의욕을 돋우고 영감을 불러일으켜야 한다. 그렇게 해야 그들이 친구들에게 제대로 된 의사를 표현할 수 있기 때문이다.

제목을 테스트할 때 하지 말아야 할 행위

저자들이 자신의 제목을 테스트할 때 하는 대부분의 일은 몹시 나쁘다. 예를 들어 소셜네트워크에 제목을 게시하는 방식으로는 사실상 제목을 테스트할 수 없다. 소셜네트워크에 포스팅하는 행위는 거의 최악이다. 왜 그럴까?

페이스북·인스타그램·트위터 친구들은 당신의 독자층이 아닐 것이다. 따라서 그들에게 제목에 관해 물어보아도 도움이 되지 않는다. 소셜네트워크로 연결된 사람들은 책이 아닌 이해관계로 얽혀 있어서 당신의 균형감을 잃게 만든다.

친구들과 가족을 상대로 한 테스트도 마찬가지다. 일반적으로 그들은 당신이 행복해지기를 바란다. 그들은 객관적인 답을 주려고 하지 않는다. 또는 그들은 당신이 성공하기를 바라지만,

진정 무엇이 당신을 성공으로 이끄는지를 모른다. 종종 동료들은 비판적인 반응을 보일 것이다. 그들은 질투하기 때문이다. 그런 일은 많이 일어난다. 그들은 자신도 모르게 당신에게 나쁜 조언을 할 수도 있다.

어떤 저자들은 제목에 대한 조언을 얻으려고 마케팅 부서로 간다. 이 선택은 종종 당신을 삐끗하게 만든다. 사공이 많으면 배가 산으로 간다는 말이 있듯이, 너무 많은 곳에서 여러 가지 의견을 듣기 시작하면 엉뚱한 결과가 나올 수도 있다.

부제가 필요할까

논픽션이라면 그렇다. 아마도 필요하다. 주제목은 유인 요소이고 부제는 설명이다. 부제는 책의 약속이다. 만약 주제목에서 언급되는 주제에 대한 부연설명이 필요하다면 부제가 필수 요소이다. 부제는 독자에게 책의 중심이 되는 전제가 무엇인지, 누구를 위한 책인지, 책이 전달하는 약속은 무엇인지, 책이 부응하는 요구는 무엇인지를 조합해서 말해준다. 주제의 맥락을 설명하는 데 도움을 주고 제목에 내포된 약속을 전해주는 부제 예시를 살펴보자.

- 《나는 4시간만 일한다: 9시 출근 5시 퇴근에서 벗어나기,

어디서든 살기, 그리고 신흥부자 되기*The 4-Hour Workweek: Escape 9-5, Live Anywhere, and Join the New Rich*》

: 주제목의 유인 요소가 당신을 흥미롭게 만들고, 부제가 책의 전제를 설명하는 방식이다. 매우 잘 구성되었다.

- 《대담하게 용기 내기: 상처받기 쉬운 용기는 살고, 사랑하고, 아이를 기르고, 선도하는 방식을 어떻게 변화시키는가*Daring Greatly: How the Courage to Be Vulnerable Transform the Way We Live, Love, Parent, and Lead*》

: 조금 길지만, 여기서도 똑같은 일이 일어난다. 부제는 주제목의 문맥을 설명하고 표현하며, 주제목은 명확하고 이해하기 쉽고 말하기도 쉽다.

- 《키친 컨피덴셜*Kitchen Confidential*》

: 이 책에는 원래 '주방 이면의 모험'이라는 부제가 있었지만 나중에 빠졌다. 이런 논픽션에는 부제가 필요하지 않다. 의미가 분명하기 때문이다. 특히 표지에 요리사의 사진과 함께 짝을 이루면 더 분명해진다. (그리고 표지 사진으로 유명해지는 데도 도움이 된다.)

- 《문명전쟁: 알 카에다에서 9.11까지*The Looming Tower: Al-Qaeda and Road to 9/11*》

: 이 책은 부제가 매우 중요한 경우이다. 제목은 여러 가지를 의미할 수 있지만, 부제는 무엇에 관한 책인지 누구를 위한 책인지 빠르게 드러낸다.

우리는 스스로에게 들려주는 이야기다.
—존 디디온

헌사란 무엇인가

헌사는 저자가 칭찬하거나 돋보이게 하고 싶은 한 사람(또는 소수집단)에게 아주 높은 영광을 돌리는 데 사용하는 장치다. 근본적으로는 기념비를 헌정하는 것과 마찬가지다. 헌사는 보통 제목 바로 뒤, 책의 맨 앞쪽 헌사 페이지에 한다.

저자는 누구에게 책을 헌정할 수 있나

누구건 원하는 사람에게 할 수 있다. 헌사는 짧고, 대개 한 사람(또는 특정 집단)에게 집중된다. 보통은 직업적인 관계보다는 사적인 관계가 많다. 일반적으로 책 헌정 대상 범주는 다음과 같다.

- 가족 구성원(배우자·자녀·형제자매·부모)
- 가까운 친구들
- 책에 영향을 받거나 책에 실린 사람들
- 책의 독자들
- 인생에 영감을 주거나 뒷받침해준 인물
- 저자가 어떤 식으로건 강조해야 한다고 믿는 사람들

책을 꼭 헌정해야 하나

아니다. 대다수 저자가 자신의 책을 헌정하지만, 꼭 필요하거나 의무 사항은 아니다.

책을 헌정하는 방법

누가 초점이 될지 정한다

누구에게 이 결과물을 바치기를 원하는지 생각해 보라. 누가 가장 중요한 인물인가? 누구에게 중대한 영향을 받았는가? 당신이 가장 마음을 쓰는 사람들은 누구인가? 많은 저자가 책의 헌사를 자녀에게 쓰거나 창조적인 과정에 영향을 준 친구에게 책을 헌정한다. 마법의 공식은 없고, 모두를 다 언급하지 않아도 된다. 짧고 기분 좋게 써야 하고, 틀린 답은 없다. 사적인 감정을 표현하는 것이니 당신만이 결정할 수 있다. 가장 나쁜 경우는 헌사에서 막히는 것이다. 하거나, 하지 않거나이다. 하기로 결정했으면 걱정하지 마라. 마음 가는 대로 하면 된다. 여기에서 빠진 사람은 감사의 글에서 마음을 표하면 된다.

기억하라, 모든 독자가 헌사를 읽는다

헌사는 책의 시작 부분에 들어가기 때문에 많은 독자가 읽고 영향을 받는다. 헌사에 언급된 사람만 생각하지 말고 이 부분을 지나가면서 영향을 받을 모든 독자를 생각하라. 조금이라도 영향이 있다면, 어떤 영향을 끼치기를 바라는지 생각하고 이성적으로 선택하라.

짧게 쓴다(감사의 글이 아니다)

감사의 글 부분과는 다르게 헌사는 짧고 간단명료해야 한다. 책을 만드는 데 기여한 모든 사람을 언급하면 안 된다. 감사의 글에서는 원한다면 당신이 만났던 모든 사람에게 감사를 표해도 된다.

헌사 예시를 살펴보라

헌사의 예를 보는 가장 쉬운 방법은 책꽂이에 있는 아무 책이나 골라서 펼쳐보는 것이다. 거의 모든 책에 헌사가 있으니 수없이 많은 예시를 찾을 수 있다. 대부분은 다음과 같이 매우 기본적이고 단순하다.

아내 메건과 아이들 에이바, 잭슨, 엘을 위해

《왕좌의 게임*Game of Thrones*》 시리즈를 쓴 조지 R. R. 마틴은 《얼음과 불의 노래*A Song of Ice and Fire*》에서 독특한 헌사를 썼다.

내가 드래곤을 등장시키게 해준 필리스를 위해

이 간명한 문장은 독자와 언급된 사람 모두에게 어마어마한 울림을 갖는다. 책을 읽었거나 드라마로 접했다면, 드래곤과 그들이 나타내는 판타지세계가 얼마나 매력적인지 알 것이다. 드래곤이 없는《왕좌의 게임》은 거의 상상하기 불가능하다. 필리스는 이 작품 창작에 확실히 큰 역할을 했다(이 작품의 팬끼리 나누는 농담이기도 하다).

C. S. 루이스는《사자와 마녀와 옷장 *The Lion, the Witch and the Wardrobe*》에서 자신의 대녀에게 이렇게 썼다.

사랑하는 루시에게

나는 널 위해 이 이야기를 썼지만, 처음 쓰기 시작했을 때는 소녀가 책보다 더 빨리 자란다는 사실을 알지 못했단다. 결국 너는 요정 이야기를 읽기에는 벌써 너무 커버렸고, 이 책이 출판되어 나올 때는 더 자라 있겠지. 하지만 언젠가는 다시 요정 이야기를 읽기 시작할 만큼 나이가 들 거란다. 그러면 책꽂이 위쪽에서 책을 꺼내 먼지를 털고, 어떻게 생각하는지 내게 이야기해 줄 수 있을 거다. 나는 귀가 너무 안 들리거나 너무 늙어서 네가 하는 말을 한마디도 이해하지 못할지도 모르지만, 여전히 다정한 너의 대부로 남아 있을 거란다.

너를 사랑하는 대부

C. S. 루이스

이 책은《타임》선정 100대 소설에 포함되었다. 이 헌정은 독자가 책에 빠져들기도 전에 작가가 대녀에게 쓴 동화라는 사실을 알려준다. 다음 예시는 내가 제프리 밀러 박사와 공동 집필한 책의 짧고 다정한 헌사다.

열일곱 살 시절의 나에게, 그리고 비숍과 아탈란타에게, 그리고 우리가 바라는 훌륭한 관계를 누릴 자격이 있는 모든 아들과 딸에게

헌사 쓰기

헌사에는 어떤 특정한 공식도 없다는 점을 유념하자. 헌사는 책에서 가장 사적인 영역에 속한다. 그리고 어떤 식으로 활용할지는 당신의 결정에 달려 있다. 책 내용이 더 중요하다. 책을 세상에 끌어내는 것이 당신에게 가장 중요하다.

3장 감사의 말 쓰기

영혼을 만족시킬 수 있는 유일한 두 가지는 사람과 이야기다.
그리고 이야기는 사람에 관한 것이어야 한다.
—G. K. 체스터튼

감사의 말은 무엇인가

감사의 말은 이 책과 관련해 도움을 받은 모든 사람을 인정해 주고 고마움을 드러내는 자리다. 그들에게 영구적인 공간에서 공개적으로 내보이는 감사 인사이다.

감사의 말에서는 누구에게 감사해야 할까

이것은 전적으로 당신에게 달려 있다. 당신이 책에 충분히 기여했다고 생각한다면 누구라도 거론하라. 저자들이 감사 대상으로 언급하는 흔한 집단은 다음과 같다.

- 가족 구성원(배우자·자녀·부모)
- 친구
- 편집자·책 출간에 관련된 사람들
- 출판사
- 동료·조수
- 대행인·책임자
- 기고자·자문·정보출처
- 선생님·멘토·상사
- 영감을 준 사람

감사의 말은 꼭 필요한가

아니다. 대부분 책에는 감사의 말이 있지만, 꼭 필요하거나 의무는 아니다.

감사의 말 쓰는 법

기억하라, 사람들이 읽는다

사람들은 감사의 글을 읽고 영향을 받을 것이다. 글에 언급된 사람들은 특히 그렇다. 감사의 글은 저자 자신이 아니라 저자가 거명하는 사람을 위해 써야 한다. 그러므로 책 본문을 쓸 때처럼 접근하라. 당신이 거명하는 사람들을 위해, 읽을 사람들을 위해 제대로 해야 한다.

언급할 사람들의 목록부터 작성한다

이 방법은 여러 상황에서 잘 통해왔다. 감사의 말을 쓰기 전에 감사를 전하고 싶은 사람들을 모두 적는다. 이렇게 하면 목록에서 사람들을 한눈에 볼 수 있고, 들어가야 할 사람이 빠지지 않았는지 확인할 수 있다.

언급할 사람을 빠뜨리지 않으려면 사람을 범주별로 묶어서 더 잘 기억나게 하자. 가족 구성원을 함께 묶어두면 누군가를 빠뜨릴 가능성이 적다.

중요한 사람은 구체적으로 언급하라

중요한 사람들에게는 감사의 뜻을 구체적으로 전할수록 더 좋다. 예를 들어 다음과 같은 경우는 구체적이지 않다.

내 아내 베로니카에게 감사를 전하고 싶다. 고마워.

다음은 구체적인 예시다.

나의 멋진 아내 베로니카에게 먼저 감사를 전하고 싶다. 아내는 초고를 읽어주고, 표지에 대해 조언해 주고, 내가 수정에 전념할 수 있도록 아이들이 방해하지 않게 해주는 일까지 이 책을 완성하는 데 나만큼이나 중요한 역할을 해주었다. 여보, 정말 고마워.

구체적으로 고마움을 표하면 그 사람은 특별해진 기분을 느낀다. 더 구체적으로 표현할수록 그들의 도움을 인정하고 감사한 마음을 잘 나타낼 수 있다. 뭉뚱그려서 고맙다고 하지 말고, 누군가가 당신에게 한 특정한 일에 대해 감사를 표하라.

목록을 더 진행할수록 사람들을 묶어서 언급할 수 있다. 하지만 그런 경우라도 구체적으로 고마움을 표현해야 한다. 예를 들어 아래는 구체적이지 않은 경우다.

나를 담당한 출판팀에 있는 모든 이들에게 감사를 표한다.

다음은 구체적인 경우다.

나에게 큰 도움을 준 스크라이브 팀의 모든 분께 감사드린다.

늘 인내심을 보여준 출판 책임 엘리, 놀라운 편집자 메건, 믿을 수 없이 훌륭한 표지 디자이너 에린까지 모두에게 고마움을 전한다.

진심으로 고마움을 전하라

감사의 말에서 최악의 경우는 진심이 아닌 말을 하는 것이다. 진심으로 말하고 싶지 않다면 아예 쓰지 않는 편이 낫다. 진실함이란 도움을 준 사람들에게 솔직한 마음으로 깊이 감사하고 당신을 위한 희생을 기억하는 것이다. 그렇다고 너무 과도하게 표현하지는 마라. 아카데미상을 받는 자리도 아닌데 너무 장황하게 늘어놓거나 스스로 돋보이기 위한 말은 하지 말자. 감사의 말은 의미 있고 진솔하게 써야 한다.

길이에 얽매이지 마라

누군가는 감사의 글을 한 쪽 분량으로 써야 한다고 말한다. 그 충고는 무시해도 좋다. 감사의 글은 원한다면 길게 써도 좋다. 당신은 평생 책을 단 한 권만 쓸 수도 있다. 그러니 필요한 시간과 공간을 모두 들여서 도와준 사람에게 감사를 표하라. 스크라이브에서는 평균적인 독자의 경험에 어긋나지 않도록 감사의 글을 책 뒤쪽에 배치한다. 독자는 지루하면 이 부분을 건너뛰어도 좋다. 하지만 당신이 어떤 근거 없는 '규칙' 때문에 목록에서 빠뜨린다면, 다시는 사람들에게 감사를 전할 수 없다.

감사의 글 예시

책꽂이에서 아무 책이나 꺼내서 감사의 글을 읽어보면 예시가 된다. 다음은 우리가 만든 책 중에서 JT 맥코믹의 《나는 도달했다*I Got There*》에 들어간 감사의 글이다.

책 쓰기는 생각보다 더 힘들었고 상상을 초월할 만큼 보람된 일이었다. 이 모든 일은 나의 가장 좋은 친구 비숍이 없었다면 불가능했다. 그는 내가 샌안토니오에 왔을 때 처음 사귄 친구였다. 그는 내가 그 모든 역경과 성공을 겪는 동안 내 곁에 있어주었다. 그것이야말로 진정한 우정이다.

삼촌 바비에게도 더없이 감사한 마음이다. 삼촌은 꼭 그럴 필요가 없었지만, 나를 식구로 받아주셨다. 삼촌이 가르쳐준 규율과 예의범절, 엄격한 사랑, 존경심과 그 밖의 많은 것들은 내가 인생에서 성공하는 데 도움을 주었다. 삼촌이 내게 거처할 곳을 주시고, 그 시절 내게 간절하게 필요했던 아버지의 자리를 채워주지 않았다면 지금 내가 어떻게 되었을지 정말로 알 수 없다.

스물세 살짜리 애송이에게 기회를 주고, 오리건주 포틀랜드의 사무실을 운영하게 해준 젠트리 씨에게도 감사드린다. 그는 내 나이나 인종, 학력은 전혀 개의치 않았다. 그저 배움에 굶주리고, 성장에 굶주리고, 사업에서 성공하기를 갈망하는 젊은이를 보았을 뿐이다. 그는 절대로 가로막지 않았고, 그저 격려해 주었다.

비록 부침이 심하긴 했지만 내가 주택융자금 업계에서 일했던 시절은 가치가 있었다. 그때 내게 정직한 모기지 사업을 가르쳐준 가이 스티드햄이 없었다면 불가능했을 것이다.

헤드스프링에서 최저임금을 받는 직원이던 나를 회사의 대표 자리에까지 올려준 더스틴 웰스에게 각별한 감사를 보낸다. 내게 회사 문화를 접하게 해준 데 감사드린다.

인생 이야기를 책으로 쓰는 과정은 초현실적이었다. 편집에 도움을 주고, 예리한 통찰과 지속적인 응원으로 내 이야기에 생명을 불어넣어준 터커 맥스, 마크 체잇, 그리고 아만다 이베이에게 고마움을 전한다. 그들의 노력과 격려 덕분에 전에는 없었던 유산을 가족에게 물려주게 되었다.

내가 한 회사의 CEO가 되어 이렇게 놀라운 회사에 기여할 수 있도록 도와준 스크라이브 트라이브의 모든 사람에게 영광을 돌린다. 더불어 많은 저자들이 그들의 아이디어를 이야기로 옮길 수 있도록 도와준 것에도 감사한다.

내 가족에게도 고마운 마음을 전하고 싶다. 진 이모는 막막하고 절박한 시기에 언제나 따뜻하게 맞아주었다. 그녀는 나 자신도 깨닫지 못했던 나의 필요를 채워주었다. 내 동생 마리오, 누이 레이첼과 크리스틴은 나에 대한 좋은 기억만 있다고 말해주어 얼마나 고마운지 모르겠다. 내 인생에 그들이 다시 돌아와줘서 정말 감사하다.

마지막으로 내가 목표에 도달할 때까지 일조해 준 모든 분에게 감사드린다. 제니퍼 잭슨, 케이 오더, 샤론 슬로네이커, 줄리 피셔, 캐시 체스너에게 감사를 전하고, 브라더 스미스의 명복을 빈다. 기존 헤드스프링 팀의 케빈 허위츠, 지미 보가드, 마헨드라 마바니, 페드로 레에스, 에릭 솔렌버거, 글렌 번사이드, 저스틴 포프, 샤론 세첼리, 앤 엡스타인에게도 고마움을 전한다.

JT 맥코믹은 그의 책이 완성되도록 도와준 사람들을 가장 많이 기여한 순서대로 거명한다. 그가 독자에게 보여주는 형식이 아니라, 영향을 준 사람들에게 직접적으로 감사를 표했다는 점을 유의해서 보라. 그는 개별적으로 한 문단씩 할애하지 못한 경우에도 사람들이 서운한 느낌을 받지 않도록 마지막까지 이름을 열거하여 상세히 설명했다.

빌 힉스는《리더십 매니페스토*Leadership Manifesto*》에서 모든 리더에게 포괄적으로 감사를 표하며 감사의 글을 시작한 뒤에, 그중 몇 사람의 이름을 언급한다. 그리고 출판부에게 감사를 보낸 다음, 자신의 CEO를 언급하며 문단을 마친다. 기업 경영진으로서 쓴 감사의 글의 훌륭한 예시다.

다른 사람을 성장시키고 이끌어주는 사람들 덕분에 세상은 더 나은 곳이 됩니다. 그리고 미래의 리더에게 귀한 시간을 나누어주는 사람들 덕분에 더욱더 발전합니다. 스스로 성장하기 위해서, 그리고 다른 사람이 성장하도록 돕기 위해서 힘쓰는 모든 이들에게 감사를 전합니다. 이런 현상은 영화 〈라이온 킹〉에 나오는 노래 〈서클 오브 라이프〉의 기업 판본이라고 할 수 있습니다. 나를 이끌어주던 리더들, 내가 리더로서 함께 일했던 사람들, 또는 멀리서 리더십을 지켜보던 사람들 모두에게 《리더십 매니페스토》의 영감이자 토대가 되어준 것에 감사합니다.

얼티미트 소프트웨어에서 일하는 내 동료와 팀의 경험과 지지가 없었다면 이 책은 존재하지 않았을 것입니다. 당신들은 내게 훌륭한 그룹을 이끌 기회를 주었습니다. 훌륭한 리더들의 리더가 된다는 것은 축복받은 일입니다. 채드, 댄, 데이브, 그레첸, JC, 로라, 패트릭, 스콧, 수잔, 고맙습니다.

아이디어를 책으로 만드는 과정은 말 그대로 어려운 일입니다. 그 경험은 내면적으로 힘든 도전인 동시에 보람찬 일이었습니다. 특히 이 일이 일어날 수 있게 해준 분들께 고마움을 표하고 싶습니다. 조니, 랜디 월튼, 패트릭 오닐, 바바라 보이드, 캐럴 라파엘, 댄 버닛에게 더할 수 없는 감사의 마음을 전합니다.

스콧 셰어, 내가 믿고 우러르고 존경하는 리더가 되어줘서 고맙습니다. 당신을 대신하는 기회라면 언제라도 환영합니다. "와우 와우 와우!"

유명 코미디언 티파니 해디쉬는 《마지막 검은 유니콘 *The Last Black Unicorn*》 본문의 단순하지만 감정적으로 강렬한 방식을 감사의 글에서도 이어간다. 그녀는 가까운 가족에게 감사를 전하고 책의 주제와 연결되는 농담으로 마무리한다. 그리고 그녀를 격려해 준 대중에게 포괄적으로 감사를 표한다.

나는 감사를 전하고 싶다.

나의 할머니

나의 엄마

나의 이모들

나를 만든 정자를 기증해 준 나의 아빠

나의 모든 형제자매

나의 가장 친한 친구인 셀레나, 셔모나, 아이코, 샤나, 리시아

나의 옛 대리인, 현재 대리인과 매니저, 그리고 터커 맥스

아무도 나를 돌봐주지 않았을 때 나를 보살펴준 아동복지국과 법원

내게 뭐든 긍정적인 말을 해주었거나 무언가를 가르쳐준 모든 이들에게 감사를 전한다. 나는 모든 것을 들었고, 모두 내게 의미가 있었다.

나와 같이 잤던 녀석들 모두에게, 경험에 대해 감사하지만 아무도 이름을 언급하지는 않겠다!

무엇보다도 신에게 감사드린다. 신이 없었다면 그 무엇도 할 수 없었을 테니까.

4장 서문 받기

당신이 이 장을 읽기 전에 먼저 한 가지 강조하고 싶다. 대부분 책은 서문이* 필요 없다. 당신의 책에 서문이 필요한지 아닌지 잘 모르겠는가? 그렇다면 필요 없다는 뜻이다. 하지만 필요할지도 모른다고 생각한다면 정말로 서문이 필요한지, 필요하다면 어떻게 써야 하는지 파악하는 데 이 지침이 도움이 될 것이다.

* 여기서 서문은 'foreword'를 옮긴 것이다. 영미권에서는 대개 다른 사람이 써준 서문은 foreword, 저자가 직접 쓴 서문은 preface로 구분하여 표현한다. — 옮긴이

서문이란 무엇인가

서문은 기본적으로 저자가 아닌 다른 사람이 쓴 도입 글을 말한다. 그 이유는 두 가지가 있다.

저자에게 위상과 신뢰성을 부여한다

서문은 신뢰할 만한 권위가 있는 사람이나 전문가가 쓰는 경우가 많다. 신인작가라도 독자가 진지하게 받아들이게 해주는 훌륭한 방법이다. 예를 들어 제임스 알투처가 《과감한 선택*Choose yourself*》을 출간했을 때, 그는 당시 트위터의 CEO 딕 코스톨로에게 서문을 부탁했다. 대부분 독자가 처음에는 제임스 알투처가 누구인지 몰랐다. 하지만 세계적인 기업 CEO의 서문은 신뢰성을 높여주는 강력한 견인차였다.

독자를 위해 맥락과 배경을 알려준다

일부 논픽션 서문에서는 독자에게 왜 이 책이 필요한지 설명해 주고, 책에 대해 저자가 이야기할 수 없는 내용을 말해준다. 저자가 스스로 말할 수 없는 저자에 관한 좋은 말을 해줄 수도 있다. 다른 사람이 당신을 '선구자 리더'라고 부르면 더욱 강력한 효과가 있다. 다만 (추천사와 마찬가지로) 책 내용에 적합한 사람이 해주어야 한다. 한번은 부동산 업계에서 유명인사이지만 다른 업계에는 잘 알려지지 않은 사람과 책 작업을 했다. 그는 서문을 써준 케빈 해링턴과 친구였다. 케빈은 여러 사업 분야에서 두루 유명했고, 저자에게 위상을 부여할 뿐만 아니라 저자 자신은 말하지 못하는 저자의 장점을 말해주었다. 케빈이 아니었다면 저자는 그저 말로만 떠벌리는 사람처럼 보였을 것이다.

다시 한번 명심하라. 훌륭한 서문은 두 가지 역할을 모두 한다. 서문은 책에 위상을 부여하고 맥락을 제공한다. 만약 서문이 이 두 가지 중 하나도 수행하지 못하면 쓰지 말아야 한다. 적어도 한 가지 기능을 한다면 서문은 제 역할을 해낸 셈이다.

누가 서문을 쓸까

책에 서문을 넣고 싶다면 가장 먼저 떠오르는 질문은, '서문을 써줄 수 있는 누군가를 아는가?'이다. 적합한 사람과 좋은 관계를 맺고 있다면 잘된 일이다. '어떻게' 부분으로 넘어가라. 그럴 만한 사람을 알지 못한다면, 두 가지 선택지가 있다.

① 모르는 사람들에게 연락을 취해 서문을 부탁한다.
② 서문을 넣지 않는다.

여러 가지 이유에서 2번이 가장 좋은 선택이다. 알지 못하는 누군가에게 서문을 받을 수도 있지만, 매우 어렵다. 서문보다는 추천사를 받는 게 더 쉽다. 그리고 서문이건 추천사건 개인적 친분이 있는 사람이 부탁하기 좋다. 누군가에게 서문을 써달라고 부탁하는 가장 좋은 방법은 전화를 거는 것이다. 직접 통화하는 게 부담스럽다면 그 사람은 부탁하기에 적당한 사람이 아니다. 전화할 정도의 친분도 없는 사람이 과연 당신을 위해 서문을 써주겠는가? 서문은 '사적 보증'이라는 경향이 있고, 그런 종류의 부탁은 긴밀한 관계를 맺고 있는 사람에게 하기가 훨씬 쉽다.

서문 쓰기는 간단한 일이 아니다. 몇 문장으로 충분한 추천사와는 달리 당신을 위해 상당한 양의 글을 기꺼이 써주어야 한다. 게다가 당신의 책에 들어간 그 사람의 이름은 긍정적이건 부정적이건 그 사람에게 영향을 끼친다. 모르는 사람에게 그런 부담스러운 부탁을 하기는 어려울 수밖에 없다.

누군가에게 서문을 부탁하는 일에 대해 확신이 서지 않는다면 서문 대신 추천사를 부탁하는 편이 더 낫다. 우리가 적용하는 경험치에 따르면, '아무개의 서문'이라고 책표지에 넣지 않을 거라면 그 사람에게 추천사를 부탁하는 편이 낫다.

서문은 어떻게 써야 할까

서문을 쓰는 방법은 무척 빤해 보인다. 누군가에게 서문을 부탁하면 그 사람이 써줄 테니 말이다. 그렇지 않은가? 어떤 저자는 정말로 그렇게 한다. 그리고 완벽한 세상에서는 모든 저자가 그럴 것이다. 하지만 두 가지 이유에서 서문 쓰기를 주저하는 경우가 많다.

① 자리에 앉아 서문을 쓸 시간이 없다.
② 훌륭한 필자가 아니라서 겁을 낸다.

이럴 때 저자는 서문을 쓸 사람에게 두 가지 선택지를 주는 게 좋다.

맞춤 양식 제시하기

먼저, 서문을 쓰기 쉽게 만든 간단한 틀을 제시하는 방법이다. 아래 예시를 그대로 서문 저자에게 보내주면 된다.

서문을 써주시기로 하여 무척 감사드립니다. 제가 필요한 사항은 다음과 같습니다.

- 500단어 정도의 아주 짧은 글
- 독자에게 왜 이 책을 읽어야 하는지 이야기하는 '독자에게 보내는 편지'로 생각할 수 있습니다.
- 저에 대해 좋은 이야기를 하고 싶다고 해도 화를 내지는 않겠습니다.

이 방법을 선택할 때는 서문에 (명백한 오타를 제외하고) 어떤 수정을 해야 한다면 반드시 서문 저자의 허락을 받아야 한다.

녹음 방식

다음으로, 서문을 녹음해서 기록하는 방법이다(우리는 저자가 부탁하면 이 방법을 쓴다). 과정은 다음과 같다.

① 저자가 (또는 저자가 고용한 사람이) 전화로 서문 저자를 인터뷰한다.
② 저자가 인터뷰를 녹취한다.
③ 저자가 (또는 저자가 고용한 사람이) 녹취록에 기초하여 서문을 작성한다.
④ 서문을 저자에게 보내서 수정할 내용을 수정하고 승인받는다.

다음은 우리가 서문을 위한 인터뷰에서 사용하는 기본 질문 목록이다.

- 저자는 누구인가? 저자에 대해서 이야기해 달라.
- 특히 책 주제와 관련하여 저자에게서 주목할 만한 점은 무엇인가?
- 이 책의 주제의 중요한 점은 무엇인가?

- 독자는 주제에 대해 무엇을 알아야 하는가?
- 독자가 왜 이 책의 주제에 관심을 가져야 하는가?

서문의 분량

서문이 500단어를 넘는 경우는 극히 드물다. 그보다 더 긴 서문이라면 이례적으로 훌륭해야 한다. 표지에 서문 저자를 언급하는 것만으로 충분히 위상과 신뢰성을 획득한다. 그리고 500단어가 넘는 서문은 책 자체로부터 독자의 주의를 분산시킬 수도 있다. 서문은 영화 예고편과 비슷하다. 관객에게 짧은 시간 안에 알아야 할 내용을 말해주고, 본 영화를 위해 비켜주면 된다.

서문 저자가 책을 먼저 읽어야 할까

꼭 그럴 필요는 없다. 서문의 두 가지 이유(신뢰성 부여, 전후 맥락 제공)에는 꼭 책 내용에 대한 해설이 요구되지는 않는다. 서문은 저자에게 초점을 맞추어야 한다. 저자가 누구이고, 어떤 일을 하고, 이 책을 통해 무엇을 목표로 하는지 소개해 주면 된다. 서문 쓰는 사람이 저자가 활동하고 있는 업계나 영역에서 일어나는 일의 배경과 전후 상황을 이해하기 위해 꼭 책을 읽어야 할 필요는 없다. 읽으면 더 좋겠지만, 결정적인 사안은 아니다. 물론 서문 쓰는 사람이 원한다면 읽게 하라. 하지만 일반적으로 당신은 서문 쓰는 사람과 좋은 관계를 유지해 왔기 때문에 당신에 대해 할 말이 아주 많을 것이다. 책의 구체적인 내용보다 그 이야기를 쓰게 하라.

이 과정을 일찍 시작하라

대다수 사람은 서문을 쓰는 데 엄청나게 오랜 시간이 걸린다. 그러므로 이 과정은 일찍 시작하라. 그렇지 않고 마지막 과정에 하려고 하면 책 출간을 지연하는 요인이 된다.

5장
근사한 추천사를 얻는 방법

세상에서 가장 영향력 있는 사람은
이야기꾼이다.
—스티브 잡스

추천사의 목적은 무엇인가

미국에서만 해마다 50만 권이 넘는 책이 출간된다. 잠재적 독자가 당신의 책이 정말로 좋은지 어떻게 알 수 있을까? 당신과 당신의 책이 시간과 돈을 들일 가치가 있는지 그들이 어떻게 알 수 있을까? 당신의 책이 진지하고 전문적이라는 사실을 암시할 방법은 여러 가지가 있다. 먼저 표지, 제목, 설명 세 가지다. 이 세 가지를 결정했으면, 신뢰성을 더할 방법은 추천사를 활용하는 것이다. 추천사는 당신이나 당신의 책에 대한 누군가의 긍정적인 말이다. 다음은 모나 파텔의 책 《재구성*Reframe*》의 추천사다.

왜 안 돼? 그렇다면 어쩌지? 이런 질문들이 당신을 멈칫하게 한다면 당신이 잘못된 틀을 지니고 있기 때문일지도 모른다. 이 개인적인 책에서 모나 파텔은 당신에게 새롭게 보고 새롭게 일하는 방식을 갖추도록 도와준다. —세스 고딘, 마케팅 전문가, 베스트셀러 작가

사업에 관한 것도, 개인의 계발에 관한 것도, 이 책은 혁신을 시작하는 실용적인 방법으로 가득하다. —애덤 그랜트, 펜실베니아대학교 경영대학원 교수, 《기브 앤드 테이크*Give and Take*》 저자

이 책은 저자와 마찬가지로 혁신적이고, 선명하며 새로운 아이디어로 향하는 길을 열어준다. —니르 이얄, 《훅: 습관을 만드는 신상품 개발 모델*Hooked: How To Build Habit-Forming Produce*》 저자

제대로 쓴 훌륭한 추천사는 책에 (그리고 더 많은 경우 저자에게도) 자격을 부여하고 그 분야에서 돋보이도록 도와준다.

- 그 책이 중요하다고 암시한다.
- 저자가 중요하다는 공신력을 제시한다.
- 독자들이 책과 자신과의 관련성을 깨닫게 도와준다.
- 무엇보다 잠재적 독자에게 책을 구매하라고 확신시킨다.

추천사는 꼭 필요한가

물론 그렇지 않다. 추천사에 집착하지 마라. 추천사는 필수적이지 않다. 많은 유명한 책은 추천사 없이 출발해서 성공했다. 추천사는 있으면 좋지만 꼭 있어야 하는 것은 아니다. 추천사가 책 판매에 영향을 끼치기는 하지만 서평만큼 상황을 눈에 띄게 바꾸지는 못한다. 책 판매와 관련해서는 온라인서점에 올라오는 서평이 훨씬 더 영향력 있다. 일반적으로 알려지지 않은 출처에서 나온 추천사나 안 좋은 추천사보다는 차라리 추천사가 없는 편이 낫다. 예를 들어 당신이 가장 좋아하는 책 세 권을 뽑아보자. 누가 그 책의 추천사를 썼는가? 아마도 기억하지 못할 것이다.

추천사는 어디에 배치되나

추천사는 다목적이고 여러 위치에 들어갈 수 있다. 예를 들어보자.

- 앞표지: 대개 표지에는 추천사 하나만 들어갈 수 있다. 보통은 당신의 독자에게 매우 높은 위상을 가진 누군가가 쓴 추천사가 들어간다.
- 뒤표지: 뒤표지를 복잡하게 만들지 않는 선에서 보통 세

개까지 넣을 수 있다.

- 덧싸개 날개: 보통은 하드커버(양장본)에 적용되며, 덧싸개 안쪽 날개나 덧싸개 뒷면에 넣을 수 있다.
- 표제지 앞: 추천사가 많다면 따로 추천사 페이지를 둘 수 있고, 이런 경우 대개 책 시작 부분에 넣는다.
- 온라인서점 책 소개 코너: 책 소개 부분에 추천사를 넣으면 책에 대한 공신력을 더할 수 있다.
- 저자의 웹사이트: 추천사를 넣을 수 있는 또 다른 자리이지만, 한두 개 정도가 적당하다.
- 보도자료: 언론의 주목을 얻는 데 도움이 되므로 꼭 들어가야 한다.

좋은 추천사의 조건

좋은 추천사는 일반적으로 다음 세 가지 특성이 있다.

① 관련이 있고 위상이 높거나 신뢰도가 높은 사람이 쓴다. 이것이 핵심이다. 독자에게 적합한 신호를 보낼 사람이 쓴 추천사여야 한다. 그리고 당신이 책으로 성취하고자 하는 권위를 독자에게 잘 전달해 주는 사람이어야 한다. 여기에는 중요한 세부 요소가 매우 많지만, 다음에

다시 설명하겠다.

② 독자가 자신에게 왜 이 책이 중요한지 이해하도록 도와준다. 당신의 책을 독자에게 특정한 방식으로 표현하거나 설명하기는 쉽지 않다. 추천사는 독자들이 왜 이 책을 사서 읽어야 하는지 이해하는 데 도움을 준다.

③ 광고 같거나 과장하지 않는다. 대단한 사람이 돈을 받고 쓴 것처럼 보이거나 터무니없는 내용을 나열하면 최악이다. 격정적인 낙관주의보다는 객관적인 현실주의가 낫다. 사람들은 사실이라기에는 너무 좋아 보이는 것은 무시하는 경향이 있다.

추천사는 어디에서 얻을 수 있을까

추천사에는 세 가지 기본 유형이 있다. 하나씩 상세히 설명하겠다.

믿을 만하고 위상이 높은 사람의 말에서 인용

대다수 사람은 추천사가 무슨 말을 하는지 크게 주목하지 않는다. 거의 모든 추천사가 한결같이 긍정적이기 때문이다. 대신 누가 추천사를 썼는지에 관심을 갖는다. 그리고 당신의 책을 보증한 사람에 기초하여 판단한다. 보증인의 신뢰도와 사회적 위상이 더 높을수록 추천사의 영향력도 커진다. 추천사를 써준 사람의 신뢰도와 위상의 일부를 당신이 활용하여 책에 반영하는 것이다.

좋은 예로《기브 앤드 테이크》를 들 수 있다. 그 책이 출간되었을 때 애덤 그랜트는 학계 밖에서는 별로 알려지지 않은 무명 교수였다. 하지만 그가 이룬 성과는 많은 유명 저자에게 영향을 주어왔다. 그는 그런 저자에게 추천사를 부탁했다. 그에게 추천사를 써준 사람들의 명단을 보라.

수잔 케인, 댄 핑크, 토니 셰이, 세스 고딘, 댄 애리얼리, 그레첸 루빈, 데이비드 앨런, 댄 길버트, 로버트 치알디니.

이 사람들은 모두(최소한 애덤이 책을 팔고자 하는 독자층에게는) 유명 저자들이다. 이 명단은 독자에게 책을 읽어보도록 할 뿐만 아니라 언론사가 책을 진지하게 받아들이도록 만든다. **추천사는 누군가의 신뢰성과 권위를 빌리는 것이다. 그리고 때로는 그들 자신이 유명하지 않더라도 그들의 사회적 지위에 의해 전달될 수도 있다.** 모든 사람이 유명 저자를 알지는 못한다. 그리고 모든 추천사를 유명 저자가 써야 하는 것은 아니다. 높은 지위에 있는 사람으로부터 추천사를 받을 수도 있다. 예를 들어《탁월함을 좇아서*Chasing Excellence*》에 추천사를 쓴 사람들이다.

하비에르 바스케스, 크리스 힌쇼, 베서니 하트-게리.

당신은 이 사람들이 누구인지 아는가? 아마도 모를 것이다. 그들은 이름이 널리 알려지지 않았다. 이제 아마존에 어떻게 소개되어 있는지 살펴보자.

- 하비에르 바스케스: 메이저리그 올스타
- 크리스 힌쇼: 철인3종경기 프로선수, 브라질 철인대회 우승자
- 베서니 하트-게리: 올림픽 출전 미국 봅슬레이팀 선수

이름은 모르지만, 이 사람들의 직위와 성취를 보면 이 책에 대한 추천사를 매우 진지하게 받아들이게 된다.

언론의 언급

대부분의 추천사는 당신이 부탁하는 사람들에게서 나온다. 그러나 추천사를 받을 수 있는 또 다른 좋은 곳은 언론이나 매체이다. 예를 들어보자.

유쾌하게 재미있고 속속들이 괘씸하다. —《뉴욕타임스》

이 예시는 내 첫 책《지옥에서도 맥주를 주면 좋겠어》에 대한 평이다. 기사 자체는 온전히 긍정적이지는 않았지만, 그 안

에 포함된 긍정적인 언급이었다. 그래서 그 부분을 인용해 내 책에 넣었다. 《뉴욕타임스》가 내 책에 대해 언급했다는 건 잠재적 독자에게 의미심장한 공신력을 제공했다. 어떤 언론이라도 차이를 만들 수 있다. 비교적 잘 알려지지 않은 매체라도 괜찮다. 어떤 제3의 언론이라도 당신과 당신의 책에 신뢰도를 더해줄 수 있다. 책에 대한 직접적인 칭찬이건 아니건 상관없다.

독자와 소비자의 추천

소비자 후기를 추천사로 이용할 수 있다. 저자는 독자에게 얻은 반응을 추천사로 활용한다(그리고 공신력을 더 얻기 위해서 그들의 직함을 쓰는 것을 잊지 않는다). 《예측 가능한 수익*Predictable Revenue*》도 이 방법을 썼다.

책을 내려놓을 수가 없었다. 정말 많은 시간을 절약할 수 있었고, 덕분에 수익이 증가하고 있다. 이 책을 읽고 나서 우리는 전략적으로 큰 거래를 매듭지었다. ―커트 대러딕스, 프리덤스픽스 CEO

방금 책을 다 읽었습니다. 믿을 수가 없어요! 이제 우리 판매 절차에 무엇이 잘못됐는지 알겠어요. ―팻 샤, 서치스쿼드 CEO

《예측 가능한 수익》을 읽었다. 이 책은 기업가의 기회다! ―데미안 스티븐스, 서보서티 CEO

실제 고객에게 추천을 부탁할 수도 있다(당신의 직업과 책의 관련성에 따라서). 《예측 가능한 수익》의 저자는 이 방법을 잘 이용했다.

> 아론 로스와 일할 때는 놀라운 일만 일어났다! 우리 영업조직에 적용한 그의 기법은 예측 가능한 수익의 수익성 있고 측정할 수 있는 새로운 흐름을 만들어내는 데 도움이 되었다. 우리는 최소 40퍼센트 이상의 새로운 사업 성장을 이루었다. 가장 좋은 점은 우리가 그 일을 하면서 아주 즐거웠다는 점이다! —마이클 스톤, 더블유프로모트(《아이엔시 *Inc.*》 선정 검색 마케팅 1위 기업)의 영업전략 부사장

이 방법이 통하는 이유는 《예측 가능한 수익》의 독자가 기업가와 CEO이고, 추천사도 그들이 써주었기 때문이다.

누구에게 추천사를 부탁해야 할까

추천사는 당신의 인적 관계망에서 잘 알려지고 중요하거나 중요한 직책을 가진 사람에게 부탁하는 게 이상적이다. 여기서 가장 중요하게는 두 가지 기준에 적합한 사람들에게 부탁해야 한다.

① 당신이 겨냥하는 독자에게 잘 알려져 있거나 그 독자층

에 신뢰를 줄 만한 직업이나 직책을 가진 사람
② 추천사를 요청할 만큼 이미 잘 알고 있는 사람

누구에게 요청할지 결정하려면 긴 명단을 가지고 시작하라. 이름이 많을수록 긍정적인 답을 들을 가능성도 커진다. 당신이 한 번도 만난 적 없는 유명한 사람들 명단이 아니라 분명히 알고 있는 사람들이어야 한다. 당신의 인적 관계에 그런 사람이 없다면 명단에 올리지 마라. 사람을 모르거나 이미 확립된 신뢰할 만한 관계가 없다면 추천사를 받지 못할 게 뻔하다.

당신의 독자와 책 내용 모두에 강한 연관성이 있는 누군가에게 부탁하라. 매우 유명하지만 당신의 책과는 전혀 관련이 없는 사람보다는 특정 분야 밖에서는 유명하지 않더라도 당신의 독자가 잘 아는 사람에게 추천사를 받는 게 좋다. 당신이 단기 임시 소매점에 관한 책을 쓴다고 가정해 보자. 당신이 유명 정치인과 친구라 해도 소매업과 아무런 관련이 없다면 그 친구에게 추천사를 받을 필요가 없다. 그런 추천사는 당신의 독자에게 아무런 반향을 일으키지 못하기 때문이다. 반면 당신이 유명 백화점의 부사장에게 추천사를 받을 수 있다면, 비록 소매업계 밖에서는 그가 누구인지 아무도 모른다 해도 그 추천사는 당신의 책을 읽는 독자(소매업에 관심이 있는 사람들)에게 강력한 신호가 된다.

추천사는 어떻게 요청해야 할까

추천사를 요청하면 상대방이 조금 부담스러울 수 있다. 추천사를 부탁할 때는 그 사람을 편안하게 만들어줘야 한다. 그 맥락에서 감추고 싶은 비밀을 하나 밝히겠다. **추천사를 쓰는 사람들은 대부분 실제로 책을 읽지는 않는다.** 실은 추천사를 직접 쓰지도 않는 경우가 대부분이다. 그들은 단지 승인만 해줄 뿐이다. 다음은 우리가 누군가에게 추천사를 부탁할 때 쓰기를 권하는 이메일 견본이다. 물론 부탁하는 상대에 따라 세부적인 사항은 변경해야 한다.

[이름], 안녕하세요? 제가 곧 출간할 책 [제목]을 위한 추천사를 써줄 수 있을지 여쭤보려고 이메일을 씁니다.

추천을 해준다면 제게는 정말 뜻깊을 것입니다. [상대와의 관계에 기초하여 구체적인 이유 기입].

책을 읽어보실 수 있게 원고 파일을 이메일에 첨부합니다.

물론 책 전체를 읽어본다면 더없이 기쁘겠지만, 바쁘신 중에 귀한 시간을 내기 어려울 것 같아 추천사 샘플 두세 가지를 함께 보냅니다. 이 중에서 어느 것이건 편하게 골라주거나 의견을 반영하여 직접 수정해도 좋습니다.

[추천사 예시 1]

[추천사 예시 2]

[추천사 예시 3]

추천사의 핵심: 책이 아닌 사람을 추천하라

사람들은 대부분 당신의 책을 읽고 신중하게 추천사를 고민할 시간이 없다. 하지만 읽지 않은 책을 추천하려면 왠지 꺼림칙할 수도 있다. 그래도 괜찮다. 아주 간단한 해결책이 있다. 책이 아닌 당신을 추천하게 하라. 이 방법은 받아들일 만하며, 하기에도 매우 쉽다.

예를 들어 나는 카말 라비칸트의 두 번째 책 《진실로 살라 *Live Your Truth*》 추천사를 받도록 도와주었다. 그는 팀 페리스와 친구인데, 팀은 책을 읽기에는 너무 바빴다(당시에는 그랬지만, 그 뒤로 팀은 직접 책을 읽고 마음에 들어 했다). 그래서 나는 팀이 카말에게 다음과 같은 추천사를 승인해 주도록 했다.

카말은 그의 존재만큼이나 그의 말이 영향력을 가진 사람들 중 하나다. 카말이 말할 때면 나는 귀를 기울인다. **—팀 페리스, 베스트셀러 《나는 4시간만 일한다》 저자**

이 인용은 온라인서점 책 소개 코너와 책에 들어 있고, 카말과 그의 책에 대한 강력한 공신력을 제공해 준다.

또 다른 추천사 요령

그런가 하면 팀 페리스는 추천사를 얻기 위해 자신만의 훌륭한 요령을 이용한다. 그리고 나는 그의 책 두 권에 이 방법을 쓰도록 도왔다.

책을 준비하는 동안에 그는 추천사를 부탁할 사람과 가장 관련이 깊은 장을 골라 인쇄해서, 관련 대목과 문구에 형광펜으로 표시를 하고 그 인쇄물을 상대에게 보낸다. 원한다면 전체 책 분량을 보내겠다는 말도 덧붙인다. 영리하고 전략적이면서도 아량 있는 행동이었다. 그리고 거의 언제나 통하는 방법이었다.

승인을 구하는 추천사 쓰는 방법

추천사를 쓰는 공식은 없지만 몇 가지 규칙은 있다.

- 너무 길면 안 된다. 너무 길어지면 아무도 읽지 않는다.
- 너무 광고 같거나 지나치게 과장하면 신뢰성을 잃는다.

- 가장 중요한 것은 독자를 위한 이익에 초점을 맞추어야 한다는 점이다.

추천사는 독자가 왜 책에 관심을 가져야 하는지에 대해 답해줘야 한다. 온라인서점에서 당신의 책과 좋은 비교가 될 만한 (또는 비슷한 분야의) 책 일고여덟 권을 찾아서 추천사를 읽어본 뒤에 그 방식을 따라 하는 방법도 추천한다. 분야가 다르면 추천사의 문체도 달라야 한다. 독자들이 기대하는 일반적인 추천사의 표준에서 벗어나지 않도록 주의하자.

훌륭한 추천사의 예

명심하라. 독자에게 초점을 맞추어 추천사 명단을 작성할수록 당신에게 더 좋다. 다음은 해리스 니딕과 그렉 마코우스키의 《금융 상식*Common Financial Sense*》에서 추천사를 적절하게 활용한 사례다.

이 가이드는 내가 읽어본 책 중에 가장 실용적이고 간단한 지침서이다. —헤이즐 오리어리, 전 미국 에너지부 장관

이 책을 더 일찍 읽을 수 있었더라면! 20대인 내 아이들 셋에게

각각 한 권씩 보내주는 것으로 좋은 일을 해야겠다. —스킵 슈바이스, TD 아메리트레이드 신탁회사 대표

이 책은 퇴직연금 투자를 간단하고 이해하기 쉽게 설명해 주는 통찰력 있는 새로운 지침서다. 이 책을 읽어라! 당신의 재정적 목표를 성공으로 이끄는 영리한 결정을 내리도록 도와줄 것이다. —조슈아 페이스, E트레이드 CEO

이 책은 신선한 공기와 같다. 노동인구에 진입하거나, 이미 속해 있는 모든 사람이 필수적으로 보아야 한다. —딘 덜링, 퀵체크 코퍼레이션 CEO

당신이 금융계에 종사하지 않는 한, 여기 나온 몇몇 이름은 당신에게 아무 의미가 없다. 그렇지만 여전히 대단한 명단이다. 높은 직책에 있으며, **이 책이 끌어들이려는 독자층**에 매우 중요한 사람들이기 때문이다. 이 추천사 명단은 이 책이 대상으로 삼는 독자에게 정확히 초점을 맞추고 있으며, 그 사람들을 높은 비율로 구경꾼에서 독자로 바꾸어준다.

6장 원고 확정: 교열

명심하라, 문법 독재자들아.
혼자 죽어가는 건 당신이니까.
—데미언 페이히

분명히 밝혀두자. 출판 절차를 시작하기 위해 '완성된 원고'가 필요하다고 말할 때는, 완성된 책에 꽤 가까운 서류를 말하는 것이 아니다. 오타 몇 군데만 남은 파일이 아니라, 정말로 **'완성된 원고'**를 뜻한다. 출판 절차를 시작하기 전에 반드시 가능한 한 많은 일을 다 처리해 두어야 한다. 지금 한 문단을 추가하는 것과 본문 배치가 끝난 다음에 한 문단을 추가하는 것은 크나큰 차이가 난다. 몇 분이면 끝날 일이 몇 시간의 수고로움으로 밀려온다. 과장이 아니다. 출판 전에 원고를 확정하면 종종 수천 달러의 돈을 절약한다. 시간을 들여서 모든 내용을 철두철미하게 결정할 가치가 있다.

교열 1단계 | 전문 교열자 고용

나는 더할 나위 없이 분명하게 밝힌다. 전문 교열자를 최소한 한 명 이상 고용하여 책을 검토하게 하라.◆ 맞춤법 검사기에 의존하지 마라. 친구에게 부탁하지 마라. 이웃이 대충 훑어보게 하지 마라. 당신이 실수가 없다고 얼마나 자신할 수 있는지는 상관없다. 당신은 틀렸다. 실수는 분명히 있다. 그리고 실수를 찾아낼 전문가를 고용하지 않으면 놓치게 된다. 그러면 독자들은 당신이 멍청하다고 생각할 것이다.

여기에 대해서는 자료가 많지만, 평균적으로 일반인은 60퍼센트의 실수만을 감지한다. 심지어 전문가조차 보통 약 85퍼센트만을 잡아낸다(그래서 스크라이브에서는 모든 저자의 원고를 두 명이 검토하게 한다). 당신이 소리 내어 읽으며 수정하는 과정에서 사소하고 서투른 실수와 표현 문제를 수없이 잡아내겠지만, 전문적인 교정자는 완전히 다른 종류의 문제를 찾아낸다. 평생 모국어로 쓴 사람들조차 전혀 알지 못하는 사소한 문법 규칙 같은 것들이다. 이런 종류의 실수는 치명적이지는 않지만, 프로가 만든 책과 아마추어가 만든 책 사이의 차이를 만든다. 그리고 만일 온라인서점 독자 후기에 책에서 오타가 많이 발견된다고 언급되면 사이트에서 책이 사라질 것이다.

◆ 우리나라에서는 자비 출판이라도 출판사가 교열 과정을 주도해서 진행한다. — 옮긴이

교열 서비스에는 두 가지 뚜렷한 유형이 있다. 원고를 교열 전문회사에 의뢰하는 방식과 당신이 직접 프리랜서를 찾는 방식이 있다. 첫 번째 유형이 더 간단하지만, 두 번째는 더 효율적인 경향이 있다. 교열 전문회사를 선택했다면 고정 요금을 적용받을 가능성이 높다. 원고를 제출하면 대략 일주일 안에 교열을 마친 원고를 받을 것이다. 간단하다. 다른 대안은 직접 프리랜서를 고용하는 방법이다. 프리랜서 교열자는 대개 시간이나 단어를 기준으로 일한다. 하지만 일괄적으로 고정 비용을 받기도 한다. 프리랜서 교열자를 이용할 때 좋은 점은 교열자와 직접적으로 고용관계를 가질 수 있다는 점이다. 당신의 프로젝트에 가장 적합해 보이는 사람을 (그리고 고객에게 좋은 평가를 받은 사람을) 직접 선택할뿐더러 교정 과정에서 유용한 정보를 추가로 전달할 수도 있다.

교열 2단계 | 교열자와 일하기

적합한 교열자를 찾았다면 일을 맡기고 함께 작업해야 한다. 우리는 전문 교열자에게 기본 업무 배정 말고, 그들이 필요한 사안에 대해 의견을 모아달라고 요청한 적이 있다. 다음은 그들이 해준 조언이다.

역할 규정하기

우리와 일했던 편집자 한 명이 말했듯이, "고객이 뭐라고 부르건 교열이 단지 교열에 그치는 일은 극히 드물다." 교열자에게 주어지는 책임은 매우 다양하다. 그리고 그 책임이 무엇인지 명확히 하는 것이 중요하다. 전통적으로 교열자의 업무는 오류, 불일치, 실수, 오타, 문법이나 맞춤법 실수다. 그러나 (잘못된 원고가 출간되지 않게 막는 마지막 방어선이기 때문에) 교열자가 더 많은 책임을 맡는 일도 드물지 않다.

독자에게 설명하기

모든 책이 표준어로만 쓰이지는 않는다. 교열자로서 수정이 필요한 부분과 의도적으로 선택된 표현 사이를 정확히 구분하려면, 교열자가 책의 대상 독자층과 책이 전달하려는 메시지를 이해하고 있어야 한다. 선택적 표현과 맞춤법이 옳은지 확인할 때는 다양한 요소를 고려해야 한다. 비속어의 허용 여부를 따지는 일처럼 고차원적인 판단이 필요할 때도 있고, 유래된 지역을 밝히는 일처럼 구체적인 정보가 필요할 때도 있다.

무엇이 필요한지 알려주기

당신은 종종 (항상은 아니라도) 당신의 글에서 교정과 관련된 어떤 사안을 예측할 수 있다. 예를 들어 우리는 최근에 과거와 현재 시제를 넘나드는 방식으로 쓰인 책을 작업했다. 우리는 저자에게 이 문제를 원고에서 고치게 했지만, 교열자에게도 비슷한 실수를 살펴보도록 그 상황을 설명해 주었다. 당신 역시 이런 전략을 적용할 수 있다. 당신이 오타를 자주 치는 경향이 있다거나 특정한 유형의 문장부호를 잘못 쓰는 경향이 있으면 교열자에게 말해줘야 한다. 어떤 것을 살펴보아야 할지 단서를 많이 줄수록 더 좋은 책이 나온다.

교열 3단계 | 과정 마무리하기

교열자가 작업을 끝내면 당신에게 모든 변경 사항을 확인하도록 저장한 문서파일을 보낸다. 문서를 받으면 수많은 사소한 변경 사항이 보일 것이다. 대부분은 기꺼이 받아들일 만한 명백한 실수들일 것이다. 하지만 일부는 표현에 대한 추천이나 불명확한 부분에 관한 질문도 있다. 또 맞춤법이나 문장부호 수정 사항 중에는 **문법적으로는** 정확하지만 보편적으로 사용되지 않는 경우도 있다. 교열자는 교열 규칙에 따라 작업했을 뿐이지 편집과 관련된 선택을 하는 게 아니다. 때로는 당신이 최신 흐름을 반영하거나 고유한 분위기나 문체를 만들려고 의도적으로 규칙을 어긴 부분을 교열자가 수정했을 수도 있다. 그러니 모든 수정 사항을 꼼꼼하게 살피고 적용할 부분과 그렇지 않은 부분에 대해서 스스로 결정하라.

교열 4단계 | 출판 준비 끝?

이 시점에서 당신은 최종적으로 확정하고 출판할 만큼 자신 있는 원고를 가지고 있어야 한다. 아마도 출판할 준비가 다 되었다고 백 퍼센트 자신할 수 없을 것이다. 어떤 작가도 그럴 수는 없다. 하지만 어떤 시점에는, 대개 이 모든 단계를 거친 뒤에는, 당신이 원고를 확정하고 출판하는 일만 남게 된다. 99.9퍼센트 상태를 백 퍼센트로 만들기 위해 몇 주나 몇 달을 낭비하지 말자. 그것은 불가능하다. 한계수익 체감이 언제 찾아오는지 인식하고, 다음 단계로 넘어가자. 원고가 확정되면, 이제 출판 절차를 시작해야 할 때다.

7장 책 소개 쓰기

교육과 오락을 구분하려는 사람은
그 어느 쪽도 전혀 알지 못하는 게 분명하다.
—마샬 맥루한

제목과 표지 다음으로 가장 중요한 마케팅 자료는 책 소개다. 책 소개는 여러 곳에 들어간다. 가장 눈에 띄는 곳은 뒤표지와 온라인서점의 책 소개 공간이다. 이 짧은 소개 공간을 얼마나 적절하게 쓰는지가 아주 중요하다. 이번 장에서는 책 소개를 쓰고 만드는 방법에 대해 잘된 예와 잘못된 예를 들어 자세히 설명하겠다.◆

◆ 우리나라에서는 자비 출판이라도 출판사가 책 소개 과정을 주도해서 진행한다. — 옮긴이

왜 책 소개가 중요한가

책 소개는 독자에게 왜 당신의 책을 사야 하는지를 홍보하는 것이다. 독자가 자신을 위한 책(또는 아닌 책)임을 깨닫고 구매하게 만드는 판매 광고다. 책 소개가 판매에 막대한 변화를 이끌어낸 사례는 너무나 많다. 내가 가장 좋아하는 이야기 중 하나는 JT 맥코믹의 《나는 도달했다》 사례다. 책이 처음 나왔을 때 표지도 근사하고 좋은 평도 받았지만 기대만큼 잘 팔리지 않았다. 그래서 우리는 책 소개를 다시 파고들어가 결점이 무엇인지 알아내고 완전히 뜯어고쳤다. 판매는 두 배가 되었다. **단 한 시간 만에** 일어난 일이다.

이런 일은 드물지 않다. 많은 경우에 책 소개는 독자가 자신을 위한 책인지 아닌지 판단해 마음을 굳히게 만드는 요소다. 책 소개를 제대로 하면 구매는 거의 자동으로 일어난다. 반면 책 소개가 잘못되면(적절한 출처에서 나온 추천을 제외하면) 다른 무엇도 당신을 구해줄 수 없다. 명심하라. 사람들은 당신의 책을 사지 않을 이유를 찾고 있다. 따라서 좋은 책 소개의 핵심 요소는 독자를 구매 방향에서 이탈하지 않게 만드는 데 있다.

책 소개 쓰는 법

스크라이브의 카피라이터들은 '유인—고통—기쁨—타당성—열린 고리' 수순을 이용한다. 이것은 서론을 쓰는 방법과 매우 유사하다.

유인

첫 문장은 당신이 겨냥하는 독자를 사로잡고, 독자들이 주목하게 만들어야 한다. 만약 첫 문장이 옳지 않으면, 또는 더한 경우에 틀리면 그 순간 독자를 잃는다. 그렇게 되면 나머지 소개가 어떤 내용이건 중요하지 않다. 사람들은 언제나 다음으로 넘어가기 위한 이유를 찾는다. 그런 빌미를 주지 마라. 독자가 나머지 소개까지 모두 읽게 만드는 첫 문장을 써야 한다. 모든 훌륭한 책 소개는 첫 문장부터 흥미롭다. 일반적으로 첫 문장은 책에서 가장 두드러지는 주장이나 가장 놀라운 사실, 또는 가장 눈에 띄는 아이디어에 초점을 맞춘다.

고통

일단 독자의 주의를 집중시켰으면, 그들이 현재 겪고 있는 고충을 분명히 기술하라. 정확하고 사실적으로 독자의 고충을 묘사할 수 있다면 독자는 책 소개에 온전히 빠져들 것이다. 여기서는 엉뚱한 이야기를 할 필요가 없다. 그저 정확해지면 된다. 독자의 삶에 어떤 고충이 있는가? 그들에게 해결되지 않은 문제는 무엇인가? 또는 그들이 가진 달성되지 못한 포부나 원대한 목표는 무엇인가? 꾸밈없고 간결한 언어로 분명하고 직접적으로 설명하라.

기쁨

그런 다음, 책이 그들의 고충을 어떻게 해결해 줄지 보여주자. 더불어 독자가 책을 읽고 난 후에 어떤 기분을 느낄지 묘사함으로써 정서적 유대감을 생성하자. 더 좋게는, 독자가 책을 읽으면 무엇을 얻을지, 그들의 삶이 어떻게 달라질지 말해주자. 그들을 행복하거나 부자로 만들어주는가? 체중을 감량하거나 친구를 더 많이 사귀는 데 도움을 주는가? 이 책을 읽고 나면 무엇을 얻을 수 있는가? 에둘러서 말하지 말고 혜택에 대해 분명히 써라. 당신은 독자에게 결과를 파는 것이지, (설령 당신의 책이 그 과정이라고 해도) 과정을 파는 것이 아니다. 무엇에 관한 책인지 알아듣기 쉽고 분명한 용어로 정확하게 설명하라.

타당성

이제 독자에게 왜 당신 말을 들어야 하는지 알려주자. 왜 당신이 권위자이고 전문가이며, 독자들이 당신 말에 귀 기울여야 하는지 알려주자. 이 부분은 매우 짧게 다뤄야 하며 책 소개의 중심이 되어서는 안 된다. 독자가 계속 읽도록 만들 정도의 공신력만 있으면 된다.

타당성 관련 서술은 유인으로 이어질 수 있다. 언급할 만한 인상적인 사실이 있다면 첫 문장에서 굵은 글씨로 강조되어야 한다. 또는 당신이나 책에 관해 핵심적이고 놀라운 사실이 있다면 반드시 책 소개에 들어가야 한다. 예컨대 '[베스트셀러 제목]의 저자' '세계에서 가장 높은 훈장을 받은 저격수가 쓴 사격에 관한 최고의 책' 등의 방식이다.

열린 고리

당신의 책이 다루는 문제나 질문을 진술하고 당신이 거기에 답하거나 해결하는 모습을 보여주자. 하지만 작은 핵심 부분은 감춰야 한다. 이는 독자의 흥미를 자극하고 더 많은 해답을 원하게 만든다. 독자가 무엇을 배우게 될지 매우 명쾌하게 밝혀야 하지만, '어떻게'까지 깊이 들어갈 필요는 없다. 이것은 이른바 '열린 고리'를 만들기 위한 과정이다. 실제로 책에 들어 있는 비법 소스는 숨겨두어야 한다.

그렇지만 독자가 당신의 핵심이 무엇인지, 어떻게 독자를 거기에 이르게 할지를 파악하기 어렵게 해서는 안 된다. 지시하는 책들(~하는 방법, 자기계발, 동기부여 등)에서는 특히 더 그렇다. 사람들은 '어떻게'의 기본을 ('무엇'에 대한 것만큼이나) 알고 싶어 한다. 특히 새롭거나 참신한 내용일 때는 더 그렇다. 이제 예시를 통해 어떻게 균형을 맞출지 알아보겠다.

좋은 책 소개 예

캐머런 헤롤드의 《생생한 비전*Vivid Vision*》 책 소개

많은 기업이 번드르르하고 현란한 강령을 가지고 있다. 하지만 이것은 궁극적으로 직원에게 동기를 부여하지 못하고 소비자와 투자자, 파트너에게 깊은 인상을 심어주지도 못한다. 하지만 당신의 회사의 미래에 대한 당신의 흥분을 분명하고 설득력 있고 강렬한 방식으로 공유할 방법이 있다. 기업가이자 사업 성장 전문가 캐머런 헤롤드가 그 방법을 보여줄 것이다.

《생생한 비전》은 소유주·CEO·고위직 임원이 회사를 위해 영감 넘치고, 상세하고 실행 가능한 3개년 강령을 만들도록 도와줄 혁명적인 도구이다. 따라 하기 쉬운 이 지침서에서부터 헤롤드는 앞으로의 진전을 추동하는 브레인스토밍에서 서류를 활용하는 아이디어에 이르기까지 조직 리더에게 자신만의 선명한 비전을 만드는 간단한 단계를 차근차근 알려준다.

데이터와 숫자의 늪에 빠져 허우적거리지 않고 당신이 사업의 모든 영역에서 회사를 어떻게 보고 느끼고 계획하는지에 초점을 맞춤으로써, 《생생한 비전》은 당신의 직원이 모두 열정적으로 큰 그림을 그릴 수 있게 전체적인 로드맵을 만들어낸다. 당신의 회사는 당신의 꿈이다. 당신이 직원·고객·주주들과 나누길 원하는 꿈이다. 《생생한 비전》은 그 꿈을 현실로 만드는 데 필요한 도구다.

어떤 점을 주목해야 하는가? 세 가지가 있다.

① 사로잡는 유인: 우리는 강령이 허튼소리라는 사실을 안다. 하지만 얼마나 많은 사람이 이 사실을 제대로 말하는가? 이 책은 공공연한 비밀을 공개함으로써 잠재적 독자를 곧바로 끌어들인다.

② 중요한 핵심어: 책 소개에서 유행어나 상투어는 되도록 피하는 게 좋다. 하지만 어떤 경우에는, 특히 경영서에서는 적절하게 사용하면 권위와 신뢰를 높이는 효과를 볼 수 있다. 이 책이 바로 그런 예다. "따라 하기 쉬운" "진전을 추동하는" "간단한 단계" 같은 단어와 표현은 실제로 효과를 본다.

③ 명확한 고충과 이익: 이 책은 모든 사람이 아니라 특정 독자의 완벽한 관심을 끄는 책이다. 진짜 문제("효과가 없는 번드르르하고 현란한 강령")와 당신에게 책이 가져다주는 결과("상세하고 실행 가능한 3개년 강령")와 기본적으로 어떻게 당신을 도달하게 도와줄지("당신이 사업의 모든 영역에서 회사를 어떻게 보고 느끼고 계획하는지에 초점을 맞춤")를 말해준다.

팀 페리스의 《나는 4시간만 일한다》 책 소개

은퇴에 대한 낡은 개념과 미뤄지는 인생 계획은 잊어버려라. 기다릴 필요도 없고, 기다리지 않을 이유가 충분하다. 특히 경제적으로 예측 불가능한 시기에는 더 그렇다. 당신의 꿈이 무한경쟁의 삶으로부터의 탈출이건 최고급 세계여행이건, 아무런 관리 없이 달마다 벌어들이는 만 달러 이상의 수입이건, 또는 그저 삶을 더 누리고 조금만 일하기이건, 《나는 4시간만 일한다》는 그 청사진이다. 만족스러운 생활양식을 설계하기 위한 단계별 지침서가 가르쳐주는 내용은 다음과 같다.

- 일주일에 80시간 일하며 1년에 4만 달러를 벌던 팀이 일주일에 4시간 일하고 한 달에 4만 달러 버는 방법
- 시간당 5달러에 해외 원격 비서에게 자신의 삶을 아웃소싱하고 원하는 삶을 누리는 방법
- 예술가들이 일을 그만두지 않고 세계를 여행하는 방법
- 잊힌 이탈리아 경제학자의 이론을 이용해 48시간 안에 50퍼센트의 업무를 줄이는 방법
- 많은 시간과 노력이 드는 직업을 짧은 시간 동안 몰두해 일하고 미니 은퇴기를 자주 갖는 방법

어떤 점을 주목해야 하는가? 세 가지가 있다.

① 훌륭한 유인 요소: 팀은 곧바로 왜 이 책이 당신에게 중요한지 말한다. 왜냐하면 당신은 더 이상 은퇴를 기다리지 않아도 되기 때문이다. 지금 은퇴하고 싶지 않는 사람이 누가 있겠는가? 관심이 있다. 더 이야기해 달라!

② 고충과 기쁨에 대한 구체적인 정보 목록: 모호한 약속은 실현되지 않으면 아무런 소용이 없다. 팀은 책에 있는 정보에 관해 구체적으로 약속한다. 생생한 사례를 통해 무엇을 가르쳐줄지 보여준다.

③ 더 읽고 싶게 만든다: 크고 원대한 목표와 구체적인 정보를 최소한으로 보여주면서, 누구라도 후기나 다른 정보를 계속 읽도록 만든다. 당신은 유인당한 것이다. 그가 이것을 어떻게 가르치는지 알고 싶어진다.

타일러 코웬의 《4차 산업혁명, 강력한 인간의 시대*Average Is Over*》 책 소개

세계에서 가장 영향력 있는 경제학자 중 한 명인 타일러 코웬이 《뉴욕타임스》 선정 베스트셀러 《거대한 침체*The Great Stagnation*》의 뒤를 잇는 획기적인 후속작과 함께 돌아온다.

빈부의 격차가 점점 커진다는 사실은 하나의 크고 불편한 진실을 뜻한다. 최상층이 아니라면 곧 밑바닥이라는 점이다. 세계적인 노동시장은 최상층과 최하층 덕분에 급변하고 있다. 대공황 이후로 미국에서 발생한 일자리의 약 4분의 3은 최저임금을 약간 상회하는 수준이다. 미국은 여전히 다른 어떤 국가보다 많은 백만장자와 억만장자가 있고, 우리는 그들을 계속해서 만들어낸다.

이 놀라운 책에서 저명한 경제학자이자 베스트셀러 저자인 타일러 코웬은 그 현상을 설명한다. 고소득자는 인공지능의 혜택을 받으며 더 많은 정보 분석과 전에 없이 좋은 결과를 성취하고 있다. 반면 새로운 기술을 제대로 활용하지 못하는 저소득자는 미래에 대한 전망도 보잘것없다. 거의 모든 사업 영역에서 육체노동에 대한 의존도가 낮아지고, 이 사실은 노동 세계와 임금 체계를 영원히 바꾸어놓고 있다. 평균적인 중산층의 꾸준하고 안정된 삶은 끝났다.

《거대한 침체》에서 코웬은 지난 40년간 왜 평균임금이 정체되었는지 설명한다. 《4차 산업혁명, 강력한 인간의 시대》에서 그는 새로운 경제의 본질적 특성을 밝히고, 노동자와 기업가가 앞으로 나아갈 최선의 길을 찾아내며, 독자에게 새로운 경제적 지형을 최대한 활용할 수 있는 실행 가능한 조언을 제공한다. 도발적이고 냉철하지만, 궁극적으로는 흥미롭고 좋은 소식이다. 우리 국가의 미래 경제 논쟁에서 무시할 수 없는 책이다.

어떤 점을 주목해야 하는가? 이 책 소개는 거의 모든 것을 제대로 해냈다. 재빨리 저자의 신뢰성을 확립했고, 책에서 다루는 거대한 사회문제를 즉각 언급하며, 독자의 감정적 반응을 끌어내는 방향으로 진행했다. 평등 문제는 사람들을 감정적으로 매우 격앙되게 한다. 그리고 짧은 두 문단을 경제적 평등에 관련된 논쟁을 보여주는 데 쓴다. 그런 다음 주요 내용을 누설하지 않으면서도 책이 정확히 무엇을 이야기해 줄지 말한다. 이 책을 거의 읽을 수밖에 없게 만든다.

나쁜 책 소개 예

벤 호로위츠의 《하드 싱*The Hard Thing About Hard Thing*》 책 소개

안드레센 호로위츠의 공동 설립자이자 실리콘밸리에서 가장 존경받고 경륜 있는 기업가인 벤 호로위츠가 스타트업의 설립과 운영에 관한 핵심적인 조언을 제공한다. 그의 인기 블로그를 바탕으로 가장 곤란한 문제를 다룰 때 필요한 지혜, 그러나 경영대학원에서는 결코 가르쳐주지 않는 실용적인 지혜를 알려준다.

많은 사람이 기업을 시작하는 게 얼마나 대단한 일인지 말하지만, 기업 운영이 얼마나 어려운 일인지에 대해서 정직하게 말하는 사람은 거의 없다. 벤 호로위츠는 리더들이 매일 마주하는 문제를 분석하고 개발·관리·판매·구매·투자·기술 감독에 관해 그가 경험으로 얻은 통찰을 나눈다.

평생 랩에 열광해 온 그는 경영 교훈을 자신이 가장 좋아하는 랩의 가사로 더 자세히 서술한다. 친구를 해고하고 경쟁자의 성과를 가로챘던 일, CEO 정신을 기르고 유지하는 방법부터 투자에 들어가기 적절한 시기를 아는 노하우까지 모든 것을 이야기한다.

그의 전매특허인 유머와 직설적인 이야기로 가득 채워진《하드싱》은 베테랑 기업가는 물론 신생기업을 운영하는 사람들에게 영감을 불어넣어 준다. 호로위츠의 사적이고, 독자를 겸손하게 만드는 경험으로부터 이끌어낸 결과다.

무엇이 문제인가? 이 소개는 나쁘다. 왜냐하면 이 소개에만 의존하자면 책은 어쩐지 단조롭고 지루해 보이기 때문이다. 내가 이 소개를 읽기 전에 호로위츠에 대해서 아무것도 모른다면, 내가 더 많이 알고 싶어지게 만드는 유인 요소가 있는가? 그가 책에서 무엇을 말하는지에 대해 말해주지 않을 뿐만 아니라, 사실은 호로위츠의 명성과 책이 주는 메시지의 반향과 중요성을 제대로 보여주지 못하고 있다. 게다가 그가 랩을 좋아하건 말건 누가 관심이 있겠는가? 그게 독자와 무슨 상관인가?

이 소개와 앞서 제시한 타일러 코웬의 소개를 비교해보라.《4차 산업혁명, 강력한 인간의 시대》에서는 코웬이 누구인지, 내가 왜 관심을 가져야 하는지 설명한다. 그가 말하는 바를 내게 이야기해 주고, 책을 내 삶에 적용시키며, 그가 쓴 내용에 대해 내가 왜 관심을 가져야 하는지 정확히 보여준다. 아이러니하게도 두 책을 모두 읽어보면 호로위츠의 책이 코웬의 책보다 뛰어나다고 할 수는 없지만 그에 못지않게 훌륭하다. 하지만 두 책 소개를 비교하는 것만으로는 결코 이런 사실을 알 수 없다.

더글러스 러시코프의 《당신의 지갑이 텅 빈 데는 이유가 있다 *Coercion: Why We Listen To What 'They' Say*》 책 소개

저명한 매체 전문가이자 《카오스의 아이들*Playing The Future*》의 저자인 러시코프는 만연한 소비지상주의라는 우리 문화 뒤에 도사린 영향력 기법에 대해 엄청나게 충격적인 비평을 펼친다. 마케팅과 광고 분야의 전문가와 소매상의 우호적인 분위기, 그리고 이성적 결정 능력을 빼앗는 공짜 선물에 대한 노련한 분석을 통해 러시코프는 오늘날 매체 생태계와 미국의 소비지상주의, 우리는 왜 구매하는지에 대해 정신이 번쩍 들도록 설명한다. 이로써 우리가 언제 인간 존재가 아닌 소비자로 다루어지는지 깨닫도록 도와준다.

무엇이 문제인가? 소개는 짧아도 좋다. 하지만 이 경우에는 책이 무엇을 이야기하는지 알리기에는 너무 짧다. 또 제대로 설명하지 못한 채 지나치게 부풀려 말하다가 끝난다. 표현을 보라. "엄청나게 충격적인" "노련한 분석" "정신이 번쩍 들도록 설명" 같은 표현은 마치 저자가 우리에게 경고하려는 바로 그 행동을 우리에게 하고 있는 듯하다. 바로 내실 없이 판매하는 행위다. 이 소개는 책에서 다루는 주제를 매력적으로 또는 설득력 있게 독자와 연결해 내지 못했다.

그 밖의 책 소개 요령

태도 변화: 요약이 아니라 광고다

책 소개를 줄거리로 생각하지 마라. 당신의 책을 요약하는 게 아니다. 많은 저자가 책 소개에 본문의 모든 내용을 집어넣으려 한다. 그런 충동은 견뎌내라. 책 소개는 광고다. 책에 대한 예고편으로 생각하라. 사람들이 당신의 책을 읽고 싶어 하도록 만들어라. 그들이 행동에 나서서 책을 사게 해야 한다.

설득력 있는 핵심어를 사용하라

정확성만으로는 부족하다. 검색 결과에 나올 가능성을 높이게끔 검색 빈도가 많은 핵심어를 사용해야 한다. 예를 들어 《스포츠 일러스트레이티드*Sports Illustrated*》 잡지사에서 책을 만든다면 단지 《스포츠 일러스트레이티드》뿐만 아니라 그 안에 포함된 유명 육상선수의 이름도 언급해야 한다. 독자 입장에서 감정적 반응을 불러일으킬 단어를 사용하면 더 좋다. '개자식'이 통할 곳에 '바보'를 쓰지 마라.

짧게 써라

온라인서점 베스트셀러의 책 소개는 평균 200단어 분량이다. 대부분의 책 소개는 두 문단으로 이루어져 있지만, 한 문단이나 세 문단인 경우도 있다.

간결하게 쓰기

소개글은 간결하게 써야 한다. 문장을 짧고 명확하게 쓰자. 길게 이어지는 한 문장에 너무 많은 생각을 펼쳐놓아서 독자가 당신이 전달하려는 바를 쉽게 이해하지 못하면 안 된다.

저자가 아닌 출판사의 입장에서 써라

이 명제는 아마도 당신에게 당연히 미심쩍을 것이다. 하지만 책 소개는 언제나 제3자의 객관적인 입장이어야 하고 저자로서 당신의 입장에서 쓰면 안 된다. 언제나 다른 누군가가 당신의 책을 설명하듯이 써야 한다.

불안은 금물

당신의 책을 다른 책과 비교하지 마라. 이런 경우는 자주 일어나는데, 언제나 책과 저자를 열등하게 보이도록 만들 뿐이다. 게다가 독자는 당신이 비교 대상으로 삼은 그 책을 싫어할 수도 있다. 그러면 그 독자를 잃게 된다. 비교를 적용할 유일한 경우는 매우 평판이 좋은 출처에서 인용하여, 그 자체로 비교가 이루어지는 경우밖에 없다.

직접 쓰겠다는 고집은 버리자

내가 만난 수많은 훌륭한 저자들은 자신의 책 소개를 쓸 수 없어서 당황스러워했다. 이런 현상은 정상이다. 현실의 저자들은 자신의 책 소개를 쓰기에 적절하지 않은 상태인 경우가 많다. 저자는 책과 너무 가깝고, 감정적으로 너무 몰입되어 있다. 그럴 때 우리는 친구나 전문 편집자에게 도움을 청하도록 권한다. 전문 카피라이터에게 부탁하면 더 좋다.

8장 저자 약력

당신이 누구나 이름을 아는 저자(스티븐 킹, J.K. 롤링, 말콤 글래드웰)가 아니라면 당신의 책을 구매하는 대다수는 당신이 누군지 모를 것이다. 그렇다면 독자들은 당신에 대해 어떻게 알아야 할까? 그리고 이 문제가 왜 중요하다는 걸까? 이번 장에서는 이 두 가지, 즉 저자 약력을 적절하게 쓰는 방법과 그것이 중요한 이유에 대해서 다룬다.

저자 약력이 중요한 이유

약력에 대해 생각하는 저자는 드물다. 게다가 약력에 대해 언급하는 출판 안내서는 더욱 드물다. 하지만 저자 약력은 책 판매와 평판에 영향을 미치고, 언론 매체가 관심을 갖는 데 결정적인 역할을 한다. 저자 약력은 판매에 직접 영향을 준다. 저자 평판은 책 구매에 영향을 주는 주요 요인의 하나다. 당신이 자신을 책 주제에 관한 권위자라는 사실을 입증한다면, 독자들은 훨씬 더 당신의 책을 사서 읽고 당신이 바라는 대로 당신에 대해 생각해 줄 것이다. 사람들은 비용과 시간을 당신의 책에 투자할지 숙고하고 있으며, 그렇게 해야 할 이유 또는 하지 말아야 할 이유를 찾고 있다. 그리고 훌륭한 약력은 그들이 돈과 시간을 쓰도록 돕는다(반면 나쁜 약력은 그렇게 하지 못하게 막는다).

당신의 책이 사업을 새롭게 시작하도록 돕거나 주제에 관하여 신뢰와 권위를 세우도록 도와주기를 바란다면, 종종 저자 약력은 책에 실제로 담긴 내용보다 더 중요할 때도 있다. 슬프지만 진짜 현실은 많은 사람이 당신의 책보다 저자 약력을 먼저 읽는다는 사실이다. 책 본문을 읽는 데는 시간이 오래 걸리지만, 저자 약력은 짧은 분량에 기초하여 즉석에서 판단을 내리기 쉽고, 대다수는 그렇게 판단한다.

언론 매체와 관련해서는 저자 약력을 중요하게 생각해야 할 이유가 더욱 뚜렷해진다. 언론 매체 종사자는 대부분 급박한 마감에 맞추어 힘들게 일하느라 책 내용은 물론이고 심지어는 홍보 이메일조차 읽을 시간이 없다. 하지만 훌륭한 저자 약력은 다음과 같이 말함으로써 바로 핵심에 다가선다. **이 사람은 중요한 사람이고, 당신이 주목해야 한다.**

저자 약력 쓰는 방법

모든 저자는 자신에 대해 쓰는 일을 극도로 꺼린다. 하지만 효과적으로 저자 약력을 쓸 수 있다면 고통스러울 필요가 없다. 몇 가지 간단한 단계를 거치면 관심 있는 독자와 언론 매체에 좋은 인상을 줄 뿐만 아니라 책이 팔리도록 도와주는 효과적인 약력을 얻을 수 있다.

책의 주제에 관한 당신의 권위와 자격 보여주기(하지만 과장하지 않는다)

어떤 주제에 관한 책이건 해당 분야에서 당신의 자격을 입증하는 단계는 매우 중요하다. 예컨대 당신이 다이어트 관련 책을 쓴다면 전문적인 학위나 훈련, 업적을 언급해야 한다. 또는 해당 영역에서 당신의 권위와 신뢰성을 분명히 시사하는 다른 무엇이라도 언급하라. 자신에 대해 어떻게 써야 할지 고민이라면, 당신이 (알려지지 않고 믿을 수 없는 출처와는 다르게) 왜 믿을 만하고 전문적인지를, 즉 독자가 왜 당신 말에 귀를 기울여야 하는지를 분명히 밝혀라.

어떤 종류의 책과 저자에게는 이렇게 하기가 더 어려운 경우도 있다. 만약 직접적인 권위나 자격을 드러낼 분명한 방법이 없다면, 뭔가를 만들어내거나 권위를 '날조'하지 마라. 당신이 돋보일 만한 다른 부분에 초점을 맞춰라.

신뢰성을 구축하거나 독자의 흥미를 끌 만한 업적 (과장하지 않고) 언급하기

저자 약력에 당신 삶의 성취 목록을 써 넣자. 특히 책 주제에 관한 직접적인 자격이나 권위가 없으면 더욱 이런 내용을 넣어야 한다. 이것은 독자가 왜 시간과 돈을 들여서 당신이 하는 말을 들어야 하는지 파악하는 데 도움이 된다.

만일 당신의 삶에 이례적인 무언가가 있다면, 완전히 연관되지 않더라도 약력에 넣을지 고민해 보자. 예컨대 당신이 로즈 장학생이었거나, 주요 국가기관을 설립했다거나, 탁구선수권대회에서 우승한 이력이 있다면 기꺼이 넣자. 핵심은 독자에게 당신이 중요한 일을 했다는 사실을 보여주는 데 있다. 비록 책과는 관련이 없더라도 말이다. 자격이 부족하거나 흥미로운 요소가 없다면, 당신이 언제나 열정을 쏟는 관심사를 언급할 수도 있다. 당신이 즐겨 하는 일, 쓰는 물건 또는 취미 등을 생각해 보라. 특히 책 주제와 관련이 있다면! 그렇지만 독자가 관심 없어 할 내용을 계속해서 늘어놓으면 안 된다. 독자의 입장이 되어서 자신에게 물어보라. '이 내용이 내가 아닌 다른 사람에게 정말 중요한가?'

다른 저작과 웹사이트 언급하기(하지만 과장하지 않는다)

다른 책을 쓴 적이 있다면, 특히 같은 주제에 관한 책이라면 반드시 언급한다. 베스트셀러였다거나 상을 받았다면 더 좋다. 여러 가지 상을 받았고, 그것을 모두 열거하는 게 지루하게 생각된다면 간결하게 언급하라. 단순히 '존 스미스는 해당 분야에서 여러 차례 수상 경력이 있는 저자로, 저작에는……'이라고 써도 독자에게 당신이 제대로 일하는 사람이라는 사실을 보여주고도 남는다.

웹사이트가 있다거나, 더 긴 약력 페이지 또는 당신의 브랜드를 홍보하는 데 도움이 되는 것이라면 (그리고 당신의 목표에 부합한다고 생각하면) 무엇이라도 약력의 맨 아래에 써 넣어야 한다. 거듭 강조하지만 여기서 너무 장황하게 떠벌리면 안 된다. 단지 소박하고 단순하게, 'www.johnsmithwriter.com에서 존에 관한 더 많은 정보를 볼 수 있다'처럼 쓰자. 간단하면서도 행동을 유인하는 선명한 문장이다.

관련된 사람들의 이름 흘리기(무신경하지는 않게)

그렇다. 유명인의 이름을 남발하면 자칫 독자를 밀어낼 수도 있다. 하지만 적절하게 이용하는 방법도 있다. 예를 들어 당신이 비교적 잘 알려지지 않았다면 이런 식으로 말할 수 있다. (세스 고딘이 이런 말을 했다고 가정하고) '세스 고딘이 '우리 시대에 가장 중요한 작가라고 부른 여성'이 밝히는 비밀…….' 이렇게 하면 세스 고딘의 명성을 이용하는 동시에 당신의 자격을 입증할 수 있다.

아주 유명한 사람과 함께 일한 적이 있다면 그 이름을 거론하는 게 그렇게 나빠 보이지 않는다. 독자에게 당신의 중요성과 능력을 효과적으로 드러낼 수 있다. 중요한 것은 당신이 다른 사람의 이름을 이용할 때는 단지 쓸데없이 이름을 파는 게 아니라 그럴 만한 이유가 있어야 한다는 점이다.

짧고 흥미롭게 쓰기(중요한 사항은 빼놓지 않고)

독자들은 당신에 관해 더 많이 알아보고 싶은 마음이 있지만, 지루하거나 당신이 얼마나 대단한지 거만하게 늘어놓는 허풍에는 귀 기울이려 하지 않는다. 약력이 너무 길거나 과장된 업적과 수상 내역으로 가득하다면 독자들은 흥미를 잃고 당신의 신뢰성은 떨어진다. 일반적으로 당신이 약력을 200단어 이내로 유지한다면 괜찮다. 그보다 더 길면 당신의 성취나 사생활 또는 둘 다를 너무 길게 썼다는 뜻이다. 또한 약력이 들어간 뒤표지가 복잡하고 어설퍼 보인다. 가장 중요한 내용만 남겨두자.

저자 약력 정보를 위한 견본

다음은 저자 약력을 쓸 때 활용할 만한 견본 문장이다. 이 견본이 저자 약력을 쓰는 최고의 방법은 아니다. 사실 위에서 언급했던 좋은 저자 약력의 요소와 이 견본은 많은 부분에서 맞지 않는다. 하지만 많은 이들이 따라 하기 쉬운 견본을 요청했기 때문에, 우리가 저자와 작업할 때 활용하는 견본을 소개한다.

① 첫 번째 문장: [저자]는 [이 주제에 대한 신뢰성을 입증하는 내용, 그리고/또는 이전 저작들의 저자]이다.
② 두 번째 문장(들): 신뢰성과 책을 쓰는 저자의 자질을 추가로 입증하는 문장(들).
③ 세 번째 문장(선택 사항): 이전에 무엇을 했는지 알려주는 정보. 적어도 책에 어느 정도 접점이 있거나 또 다른 면에서 매우 이목을 끄는 내용을 넣는다.
④ 네 번째 문장: 저자의 신뢰성에 대한 타인의 보증, 수상 내역, 또는 있다면 다른 공신력 있는 자료.
⑤ 다섯 번째 문장: 약간의 사적인 정보.
⑥ 여섯 번째 문장: 웹사이트 주소나 다른 관련 자료.

다음은 위 견본에 맞추어 쓴 예다.

윌 리치는 행동 연구와 디자인 자문 선도 기업으로 소비자의 의사결정을 이끌어내기 위한 행동경제학과 결정 과정 디자인 활용을 전문으로 하는 트리거포인트 디자인의 창립자다. 그는 서던메소디스트대학교 콕스경영대학원에서 행동 디자인을 강의하며 《포춘》 선정 500대 기업 회사들이 겪는 가장 중요한 행동 도전을 해결하기 위해 25년간 행동 통찰 업무를 수행했다. 윌은 행동 디자인 분야의 업적을 인정받아 익스플로상을 수상했으며, 두 번 수상한 경우는 그가 유일하다. 그는 행동 과학을 마케팅에 적용하는 분야에서는 미국 내에서 가장 권위자로 알려져 있다. 윌은 아내와 가족과 함께 댈러스에 살고 있다.

자신에 관해 쓰기가 어렵다면 친구에게 도움을 청하라

사람들은, 특히 작가들은 자신에 관해 쓰기를 힘들어한다. 종종 효과적인 저자 약력 쓰기는 마케팅 과정에서 저자가 가장 어려워하는 부분이다. 당신의 저자 약력이 불완전하거나 너무 거만해 보이지 않는지 불안하다면 친구 몇 명에게 의견을 들어보자. 예를 들어 나는 첫 번째 약력을 썼을 때, 앞서 강조했던 모든 실수를 다 저질렀다. 결국은 내 친구 닐스 파커에게 내 약력을 써 달라고 부탁해야 했다. 친구가 당신을 칭찬해 주면 당신이 하는 놀라운 일들을 알기가 훨씬 더 쉬워진다.

저자 약력의 예

다양한 저자 약력의 예시를 소개하겠다.

많은 약력과 짧은 분량: 린 빈센트

이 약력은 수많은 자격을 가진 저자에게는 '적을수록 좋다'를 보여주는 완벽한 예다. 당신에게 린과 비슷한 경력이 있다면 그저 재빨리 간단명료하게 말하면 된다.

린 빈센트는 《뉴욕타임스》 선정 베스트셀러 《3분*Heaven Is for Real*》과 《끝에서 시작되다*Same Kind of Different as Me*》의 작가다. 열 권의 책을 집필하거나 공동 집필한 린은 2006년 이후로 1천2백만 부를 판매했다. 그녀는 격주로 발행되는 《월드*World*》에서 11년간 필자이자 편집자로 일했고, 미 해군 퇴역군인이다.

많은 약력에 비해 소극적인 소개: 마이클 루이스

위 약력을 마이클 루이스와 비교해 보자. 마이클 루이스는 매우 저명한 저자지만 많은 부분을 약력에 넣지 않았다. 약력에 더 많은 내용이 포함되었다면 많은 독자가 그가 누구이고 왜 관심을 가져야 하는지 이해하는 데 도움이 되었을 것이다(마이클 루이스조차 사람들이 모두 그를 안다고 추정할 정도로 유명하지는 않다).

마이클 루이스는 《부메랑*Boomerang*》《라이어스 포커*Liar's Poker*》《뉴뉴씽, 세상을 변화시키는 힘*The New New Thing*》《머니볼*Moneyball*》《블라인드 사이드*The Blind Side*》《패닉 이후*Panic*》《불량아빠 육아일기*Home Game*》《빅 숏*The Big Short*》 등을 집필한 저자이며, 캘리포니아 버클리에서 아내 타비타 소렌과 세 자녀와 함께 살고 있다.

나쁜 약력: 아만다 리플리

많은 저자가 책마다 다른 약력을 쓰고 있다(저자들이 출판사에 약력 작성을 맡기기 때문인데, 이것은 큰 실수다). 저자 아만다 리플리의 경우에 그 차이가 드러난다. 그녀의 아래 약력은 이상하게도 지루하면서 과장되어 있다.

아만다 리플리는 뉴저널리즘을 실천하는 언론인이다. 인간 행동과 공공정책에 관한 그녀의 기사는 《타임》《디 애틀랜틱*The Atlantic*》《슬레이트*Slate*》에 실렸고, 《타임》이 두 차례에 걸쳐 전미 잡지상을 수상하는 데 기여했다. 그리고 ABC, NBC, CNN, FOX News, NPR 등의 방송에 출연해 왔다. 그녀의 첫 번째 저서 《언싱커블*Unthinkable*》은 15개국에서 출간되었고 PBS의 다큐멘터리로 제작되었다.

좋은 약력: 아만다 리플리

위의 예시와는 대조적으로 좋은 약력에서는 저자가 받은 상만큼 권위를 얻는다. 주된 이유는 그녀의 다른 저서들이 언급되었기 때문이다.

아만다 리플리는 탐사보도 기자로 《타임》《디 애틀랜틱》을 비롯한 여러 잡지에 기고했다. 가장 최근에는 《무엇이 이 나라 학생들을 똑똑하게 만드는가: 미국을 뒤흔든 세계 교육 강국 탐사 프로젝트*The Smartest Kids in the World: And How They Got That Way*》를 출간했다. 그녀의 첫 번째 저서 《언싱커블: 생존을 위한 재난재해 보고서》는 15개국에서 출간되었으며 PBS의 다큐멘터리로 제작되었다. 그녀의 기사는 《타임》이 두 차례에 걸쳐 전미 잡지상을 수상하는 데 일조했다.

의사 저자 약력의 나쁜 예: 데이비드 펄머터

한눈에 파악하기 어려운 내용이 끊임없이 길게 이어지는 약력 사례이다. 닥터 펄머터는 매우 능력 있는 의사지만 (의대에서 받은 상을 포함하여) 모든 경력을 언급하는 바람에 전체 효과가 훼손되고 말았다.

의사인 데이비드 펄머터는 미국영양학회 회원이자 미국통합홀리스틱의학회 회원으로 신경과 전문의이다. 그는 마이애미대학교 의과대학에서 학위를 받았으며 연구상을 수상했다. 닥터 펄머터는 컬럼비아대학교, 애리조나대학교, 스크립스연구소, 하버드대학교 같은 의료기관에서 후원하는 심포지엄의 단골 강연자다. 그는 《저널 오브 뉴로서저리*Journal of Neurosurgery*》《서던 메디컬 저널*Southern Medical*

Journal》《저널 오브 어플라이드 뉴트리션*Journal of Applied Nutrition*》《아카이브스 오브 뉴롤로지*Archives of Neurology*》 등 세계 의학 문헌에 많은 글을 기고했다. 그는 《더 나은 두뇌를 위한 책*The Better Brain Book*》과 《뉴욕타임스》 선정 베스트셀러 1위에 오른 《그레인 브레인》의 저자이다. 그는 영양 성분이 신경계 질환에 미치는 영향을 연구하는 분야의 선도자로 국제적으로 알려져 있다. 닥터 펄머터는 CNN, Fox News, 〈20/20〉 〈래리 킹 라이브〉 〈폭스 앤드 프렌즈〉 〈투데이 쇼〉 〈오프라〉 〈닥터 오즈〉 〈CBS 얼리 쇼〉를 비롯하여 전국적으로 방송된 많은 라디오와 텔레비전 프로그램에 출연했다. 펄머터는 2002년 신경계 질환에 대한 혁신적인 접근법으로 라이너스폴링상을 수상했고, 프리라디칼 연구를 임상의학에 적용한 선구적 업적으로 데넘하워드상을 수상했다. 그는 2006년 미국영양식품협회 선정 올해의 임상상을 수상했다. 닥터 펄머터는 〈닥터 오즈〉의 의학 자문을 맡고 있다.

의사 저자 약력의 좋은 예: 벤자민 카슨

이에 반해 의사 벤자민 카슨의 약력은 그의 전문 분야와 함께 일하는 기업 등 오직 독자가 관심을 가지고 수긍할 만한 자격과 지위를 나타내는 기표에만 초점을 맞춘다.

닥터 벤자민 카슨은 존스홉킨스대학병원에서 신경외과·성형외과·종양학·소아과 교수이자 소아신경외과 과장으로 재직 중이다. 그는 베스트셀러 《하나님이 주신 손*Gifted Hands*》《벤 카슨의 싱크 빅*Think*

Big》《위험을 감수하라*Take the Risk*》를 집필했다. 켈로그 컴퍼니, 코스트코, 아카데미 오브 어치브먼트 등의 이사를 맡고 있으며 예일대학교 이사회의 명예회원이다.

그와 그의 아내 캔디가 공동으로 설립한 비영리단체인 카슨장학재단(www.carsonscholars.org)에서는 미국의 교육 위기에 대응하기 위해 인종과 신념, 종교, 사회적 지위에 상관없이 4학년부터 11학년을 대상으로 인도주의적인 자질을 보이는 학업적인 롤모델을 선정해 장학금을 준다. 45개 주에 4천8백 명의 장학생이 있다. 벤과 캔디는 장성한 세 아들을 두었으며, 메릴랜드주 볼티모어에 살고 있다.

훌륭한 균형: 팀 페리스

팀은 자신이 한 모든 멋진 일과 그에 대해 언급한 주목할 만한 매체를 모두 공격적으로 써 넣었지만, 여전히 그의 약력은 흥미롭고 그의 책을 읽는 독자와 연관이 있다.

팀 페리스는 연쇄 창업가이자 《뉴욕타임스》 선정 베스트셀러 1위 저자이며 에인절 투자자·투자자문이다. 빠르게 배우는 학습 기술로 잘 알려진 팀의 책 《나는 4시간만 일한다》《포 아워 바디*The 4-Hour Body*》《나는 4시간 만에 셰프가 된다*The 4-hour Chef*》는 30여 개 언어로 출간되었다. 《나는 4시간만 일한다》는 《뉴욕타임스》 베스트셀러 목록에 7년간 올라 있다.

팀은 《뉴욕타임스》《이코노미스트*The Economist*》《타임》《포브스*Forbes*》《포춘》《아웃사이드*Outside*》, NBC, CBS, ABC, Fox, CNN을 비롯하여 100군데 이상의 언론에 출연했다. 그는 2003년부터 프린스턴대학교에서 기업가 정신에 대한 특강을 하고 있다. 그의 블로그(www.fourhourblog.com)에는 매달 백만 명이 넘는 독자가 방문하며, 트위터 계정(@tferriss)은 온라인 매체 매셔블에서 기업가들이 반드시 팔로우해야 할 다섯 계정 중 하나로 선정되었다. 황금시간대에 방송되는 팀의 텔레비전 쇼프로그램 〈더 팀 페리스 익스페리먼트〉(www.upwave.com/tfx)는 빠르게 배우는 학습 기술을 가르치면서 시청자들이 최소한의 시간에 인간의 능력을 초월한 결과를 만들어내도록 돕고 있다.

불균형(혼란스럽고 심한 과장)**: 셰릴 스트레이드**

셰릴은 팀과 비슷하지만 여러 가지 관련 없는 내용을 혼란스러운 방식으로 함께 섞어놓았다. 그리고 어떤 독자도 결코 관심을 가지지 않을 내용(이를테면 그녀의 책을 원작으로 한 영화의 감독 이름)을 언급한다. 같은 약력을 25퍼센트 짧게 썼다면 훨씬 더 강렬한 인상을 주었을 것이다.

셰릴 스트레이드는 《뉴욕타임스》 선정 베스트셀러 1위작 《와일드*Wild*》와 역시 《뉴욕타임스》 선정 베스트셀러인 《안녕, 누구나의 인생*Tiny Beautiful Things*》과 소설 《횃불*Torch*》을 집필한 저자다. 《와일드》는 '오프라의 북클럽 2.0'의 첫 번째 선정 도서에 포함되었다. 《와

일드》는 반스앤노블디스커버상·인디초이스상·오리건북상·퍼시픽노스웨스트베스트셀러상·미드웨스트북셀러스초이스상 등을 수상했다. 또한 폭스 서치라이트가 영화로 각색한 작품이 2014년 12월에 공개될 예정이다. 감독은 장 마크 발레, 주연은 리즈 위더스푼, 각색은 닉 혼비가 맡았다. 스트레이드는 《미국 최고 수필선 *The Best American Essays*》《뉴욕타임스 매거진 *New York Times Magazine*》《워싱턴포스트 매거진 *The Washington Post Magazine*》《보그 *Vogue*》《살롱 *Salon*》《더 미주리 리뷰 *The Missouri Review*》《더 선 *The Sun*》《틴 하우스 *Tin House*》《더 럼퍼스 *The Rumpus*》 등에 기고하며 '슈거에게'라는 상담 칼럼으로 인기를 얻었다. 스트레이드는 《미국 최고 수필선 2013 *Best American Essay 2013*》의 초빙 편집인으로 일했고, 많은 선집에 글을 기고했다. 그녀의 책은 전 세계 30여 개 언어로 번역되었다. 시러큐스대학교에서 소설 창작으로 문학 석사 학위를 받았으며, 미네소타대학교에서 학사 학위를 받았다. 오리건주 포틀랜드에서 남편과 두 자녀와 함께 살고 있다.

과장: 레베카 스클루트

아래 약력은 불필요한 과장의 예다. 레베카 스클루트는 굉장한 베스트셀러(《헨리에타 랙스의 불멸의 삶 *Immortal Life of Henrietta Lacks*》)를 썼지만, 이 약력에서는 어떤 독자도 관심을 가지지 않을 온갖 종류의 의미 없는 사항을 언급한다. '지나치게 많이 주장한다'는 느낌이 든다. 이 약력을 팀 페리스와 비교해 보라. 그 역시 많은 내용을 열거했지만 아주 재빠르게 치고 빠져나간다.

레베카 스클루트는 수상 경력이 있는 과학 저술가로 《뉴욕타임스 매거진》《오, 디 오프라 매거진*O, The Oprah Magazine*》《디스커버*Discover*》 등에 글을 기고해 왔다. 그녀는 미국 공영 라디오 NPR의 〈라디오 랩〉과 PBS의 〈노바 사이언스 나우〉에서 통신원으로 일했으며, 《파퓰러 사이언스*Popular Science*》 잡지의 객원 편집인, 《미국 최고 과학 저술 2011*The Best American Science Writing 2011*》의 초빙 편집인 직책을 역임했다. 그녀는 전미도서비평가협회의 부회장을 지냈고, 멤피스대학교와 피츠버그대학교, 뉴욕대학교에서 논픽션 창작, 과학 저널리즘을 가르친다. 첫 저서인 《헨리에타 랙스의 불멸의 삶》은 조사와 집필에만 10년 넘게 걸렸으며 출간되자마자 《뉴욕타임스》 베스트셀러 목록에 올랐다. 그녀는 〈CBS 선데이 모닝〉과 〈콜버트 리포트〉를 비롯한 수많은 텔레비전 쇼에 출연했다. 그녀의 책은 평단에서 폭넓은 찬사를 받았으며 《뉴요커*The New Yorker*》《워싱턴 포스트*Washington Post*》《사이언스*Science*》《엔터테인먼트 위클리*Entertainment Weekly*》《피플*People*》 등 많은 매체에서 서평으로 다루어졌다. 《시카고 트리뷴*Chicago Tribune*》의 허트랜드 프라이즈와 웰컴 트러스트 북 프라이즈를 수상했으며, 아마존닷컴에서 2010년 최고의 책으로 선정되었다. 그리고 《엔터테인먼트 위클리》《오, 디 오프라 매거진》《더 뉴욕타임스》《워싱턴 포스트》《US 뉴스 앤드 월드 리포트*US News & World Report*》 등 수많은 매체에서 올해의 책으로 선정되었다.

터무니없는 과장: 디네시 더수자

마지막으로 내가 본 중에서 최악의 저자 약력을 옮기며 마무리하겠다. 이 글은 아마존에서 찾은 저자의 최신작 페이지에 나오는 실제 저자 소개로, 무려 500단어가 넘는 터무니없이 위태롭고 거만한 헛소리다. 이 약력을 읽고 나면 이 저자에 대한 존경심이 줄어들지 않을 수 없다.

디네시 더수자는 작가, 학자이자 공공 지식인이다. 레이건 정부에서 정책 분석가로, 미국기업연구소에서 존 M. 올린 연구원, 스탠포드 대학교 후버연구소에서는 로버트 앤드 캐런 리시웨인 연구원으로 일했다. 2010년부터 2012년까지는 뉴욕 킹스대학 총장으로 재직했다.

《인베스터스 비지니스 데일리 *Investor's Business Daily*》에서 '미국 최고의 젊은 공공정책 입안자'로 불린 더수자는 저술 활동을 통해 공공정책에 주요한 영향력을 행사하는 인물로 빠르게 이름을 알렸다. 그의 첫 저서인 《반자유주의적 교육 *Illiberal Education*》은 미국 대학에서 발생하고 있는 '정치적 올바름' 현상을 공론화했으며 《뉴욕타임스》 베스트셀러 목록에 15주간 올라 있었다. 또한 1990년대의 가장 영향력 있는 도서 중 하나로 선정되기도 했다.

1995년에 출간한 《인종주의의 종말 *The End of Racism*》은 당시 가장 논란을 많이 불러일으킨 책이었으며, 또 한 번 전국적인 베스트셀러 반열에 올랐다. 1997년 작인 《로널드 레이건: 평범한 남자는 어떻게 비범한 지도자가 되었는가 *Ronald Reagan: How an Ordinary Man*

Became an Extraordinary Leader》는 레이건 대통령의 지성적이고 정치적인 중요성을 부각한 첫 번째 책이었다. 그리고 《번영의 미덕*The Virtue of Prosperity*》은 부의 사회적이고 도덕적 함의를 탐구하는 책이었다.

2002년에는 《뉴욕타임스》 베스트셀러 목록에 오른 《미국이 그토록 위대한 것은*What's So Great about America*》은 통찰력 있는 애국심으로 평단의 찬사를 받았다. 2003년 작인 《젊은 보수주의자에게 보내는 편지*Letters to a Young Conservative*》는 더수자의 방식과 발상에 영감을 얻은 젊은 보수주의 세대에게 지침서가 되었다. 2006년에 출간된 《내부의 적*The Enemy at Home*》은 좌파와 우파 모두로부터 맹렬한 논쟁을 불러일으켰고, 전국적인 베스트셀러로 자리매김하여 2008년에는 비평에 답하는 새로운 저자 후기가 추가되어 보급판으로 출간되었다.

더수자는 미국 내에서 합리적이고 신중한 보수주의를 가장 잘 표현하는 대변자로 출발했던 만큼, 최근까지 변함없이 영민하고 강력한 기독교의 옹호자로 활약하고 있다. 《기독교가 그토록 위대한 것은*What's So Great about Christianity*》은 기독교 신앙의 교리를 영민하게 설명할 뿐만 아니라 자유와 번영이 성서적 기독교의 토대에 의지하여 서구 문명과 결합하는 과정을 상술한다. 《죽음 뒤의 삶: 증거*Life After Death: The Evidence*》는 불멸에 대한 무신론자의 비평이 비합리적인 이유를 제시하고 죽음 뒤의 삶에 대한 믿음이 타당하다는 충격적인 결론을 끌어낸다.

2010년에 집필한 《오바마 광풍의 기원*The Roots of Obama's Rage*》

은 그해 가장 영향력 있는 정치 관련서로 묘사되었고, 또 하나의 베스트셀러가 되었다. 2012년에는 두 권의 책 《주께 버림받은*Godforsaken*》과 《오바마의 미국: 아메리칸 드림의 해체*Obama's America: Unmaking the American Dream*》가 출간되었다. 《오바마의 미국》은 《뉴욕타임스》 베스트셀러 목록 1위에 올랐으며 다큐멘터리로도 제작되었다. 영화 〈2016: 오바마의 미국〉은 마이클 무어의 〈식코〉와 엘 고어의 〈불편한 진실〉을 넘어서 역대 정치 다큐멘터리 부문 2위의 흥행 성적을 기록했으며, 전체 다큐멘터리 부문 4위에 올랐다.

면도날처럼 날카로운 풍자와 재미있는 스타일에 새로운 시도까지 더해지면서 더수자는 우리 시대의 가장 유명한 무신론자, 회의론자와 함께 세간의 관심을 끈 기독교에 관한 논쟁을 벌이기도 했다.

인도 뭄바이에서 태어난 더수자는 교환학생으로 미국에 건너와 1983년 다트머스대학교를 우수한 성적으로 졸업했다.

더수자는 《뉴욕타임스 매거진》에서 '미국의 가장 영향력 있는 보수주의 사상가'로 지명되었다. 또한 국제문제협회 선정 '미국의 국제문제 권위자 500인' 명단에 올랐고, 《뉴스위크*Newsweek*》에서는 그를 미국에서 가장 저명한 아시아계 미국인으로 언급했다.

더수자의 글은 《뉴욕타임스》《월스트리트 저널》《애틀랜틱 먼슬리*The Atlantic Monthly*》《배너티 페어*Vanity Fair*》《뉴 리퍼블릭*New Republic*》《내셔널 리뷰*National Review*》 같은 거의 모든 주요 잡지와 신문에 실렸다. 그리고 〈투데이 쇼〉〈나이트 라인〉, PBS의 〈뉴스 아워〉, 〈오라일리 팩터〉〈머니 라인〉〈해니티〉〈빌 마허〉, NPR의 〈올 싱스 컨시더드〉, CNBC의 〈커드로 리포트〉, 〈루 돕스 투나잇〉〈리얼 타임 위드 빌 마허〉 등 수많은 텔레비전 프로그램에도 출연했다.

명심하라: 당신이 성장하면 약력도 성장한다

약력은 살아 있는 문서처럼 다루어야 한다. 그저 한 번 써 놨다고 해서 끝난 게 아니다. 저자로서 당신이 성장하고 변화함에 따라 약력도 새롭게 채워져야 한다. 또한 장르나 주제가 다른 글을 쓰게 되면 일부 업적이나 경력이 다른 내용보다 독자에게 더 관련성을 가질 수도 있다. 새로운 책을 출간할 때마다 저자 약력을 수정하는 것은 나쁜 생각이 아니다.

저자 약력을 제대로 쓰는 일은 아주 중요하다. 사실 일반적으로 이 작은 부분이 잠재적 독자가 저자인 당신에 대해 얻을 수 있는 정보의 유일한 원천이다. 즉 당신이 책에 관해 쓰는 마케팅 자료 중에서 가장 중요한 부분이다. 진지하게 받아들이고 제대로 쓰면 분명히 책 판매에 도움이 된다.

책표지는 관련 내용만으로 책 한 권을 쓸 수 있을 만큼 아주 흥미로운 주제다. 표지의 이면에는 예술과 정보가 모두 풍부하게 자리하고 있다. 하지만 당신은 아마도 별로 관심이 없을 테니 더 깊이 들어가지는 않겠다. 대신 당신이 적절한 책표지를 완성할 수 있도록 최대한 간단한 과정으로 만들어 소개하겠다.

이번 장에서는 책표지에 대해서 알아야 할 사항들과 표지 디자이너가 필요한 이유, 좋은 표지 디자이너를 찾는 방법, 원하는 표지를 얻기 위해 표지 디자이너와 협력하는 방법, 모든 과정이 끝났을 때 적절한 표지인지 판단하는 방법에 대해 차근차근 알아보겠다.[*]

책표지에 대해 알아야 할 것

책표지와 관련해서 알아두어야 할 세 가지 원칙이 있다.

당신의 책은 표지로 판단된다(다행이다)

우리 모두가 아는 격언이 있다. '책을 표지로 판단하지 마라.' 하지만 이 말은 현실과는 다르다. **모두가 표지로 책을 판단한다.** 사실 우리는 생물학적으로 그렇게 판단하는 걸 멈출 수가 없다. 인간은 시각적 존재다. 우리는 세상을 통해 우리의 길을 보고, 시각은 우리를 규정하는 감각이다. 인간은 색과 형태를 즉각적으로 인식하고, 매료되고, 감동한다. 이미지는 말 그대로 빛의 속도로 두뇌에 전달된다. 이것이 디자인의 힘의 원천이다.

사람들이 책을 표지로 판단한다는 사실은 좋은 소식이다. 표지가 없다면 아예 판단조차 하지 않을지도 모른다. 판단이 없다는 건 곧 책을 사지도 읽지도 않는다는 뜻이다. 서점에 들어갔는데 책표지에 제목 말고는 아무런 정보도 없다고 생각해 보자. 상상하기도 어렵지 않은가? 또는 오직 제목만 보면서 온라인서점을 서핑한다면 어떨까? 그러면 어떤 책을 살지 결정하기 훨씬 어려울 것이다.

◆ 우리나라에서는 자비 출판이라도 출판사가 주도해서 표지 디자인 과정을 진행한다.—옮긴이

사람들은 책표지를 판단하고, 그 판단을 이용해 구매 여부를 가늠한다. 책표지는 독자를 얻을 기회이고 당신의 책을 읽어야 할 대상에게 접근할 기회다.

표지를 직접 디자인하면 안 된다

맥주를 한 병 마시고 싶을 때, 맥주를 직접 양조하는가? 새 코트를 입고 싶을 때, 옷을 직접 재봉하는가? 새 비누가 필요할 때, 비누를 직접 만드는가? 아니다. 그런 물건을 전문으로 만드는 사람에게서 구입한다. 책표지도 다를 바 없다. 저자가 표지를 직접 디자인하면 안 된다. 제대로 된 표지를 얻기 위해서는 전문가가 디자인하게 해야 한다.

집에서 맥주를 양조하는 일이 고도로 어렵지는 않지만, 사람들이 대개 하지 않는 이유와 같다. 옷 만들기가 어렵지 않다고 해도 직접 옷을 만들어 입지 않는 이유는 전문가가 만든 옷에 비하면 형편없는 수준이기 때문이다. 맥주나 코트가 책표지와 다른 점은 오직 하나밖에 없다. 어떤 사람들은 책표지를 직접 디자인할 수 있다고 생각한다. 실제로는 하지 못하는데도 말이다.

나는 도저히 이해할 수 없지만 무슨 이유에서인지 많은 저자가 자신을 디자이너라고 여긴다. 디자인 소프트웨어를 사용하는 게 재미있어서일까? 아니면 훌륭한 디자인이 보여주는 단순미가 디자인의 어려움을 가리기 때문일까? 하지만 분명히 짚고 넘어가자. **당신이 수년 동안 스무 권 이상의 책을 디자인한 출판**

디자이너가 아닌 이상, 책표지를 직접 디자인해서는 안 된다.

객관적으로 좋은 표지와 나쁜 표지가 있다

책표지 디자인은 순전히 주관적인 영역이 아니다. 좋은 표지와 나쁜 표지가 분명히 존재하고, 훌륭한 디자이너는 둘 사이의 차이를 확실하게 말해줄 수 있다. 책표지는 예술 작품인 동시에 특정한 목적이 있기 때문이다. **책표지는 글로 쓴 내용에 시각적인 형식을 부여하기 위해 존재한다.**

훌륭한 표지는 독자를 즉각적으로 사로잡아서 (또는 적어도 더 알고 싶어질 만큼 흥미를 유발하여) 그 책이 왜 중요한지 보여주고, 독자가 "저 책을 읽어야겠어."라고 말하도록 만든다. 표지는 독자가 당신의 책을 반드시 읽어야 한다는 사실을 알아차리도록 해준다. 저명한 표지 디자이너 칩 키드는 책표지에 대해 이렇게 말한다. "표지는 책 내용을 증류해 놓은 것이다. 당신의 책을 하이쿠로 바꾼다면 표지와 비슷한 모습이 될 것이다."

그러나 좋은 책표지는 단지 책의 이면에 깔린 아이디어를 표현하는 데 그치지 않는다. 표지는 독자가 그 아이디어에 처음으로 다가가는 길이다. 표지는 마케팅이다. 그것이 바로 좋은 책표지를 객관적으로 가늠하는 방법이다. **좋은 책표지는 책 속에 무엇이 있는지 보여주고, 독자가 그 내용에 관심을 가지게 만든다.**

표지 디자이너를 고용하기 전에 해야 할 일

표지의 목적과 전문 표지 디자이너의 중요성을 깨달았으니, 이제 좋은 디자이너를 찾아서 고용할 준비가 된 걸까? 아직은 아니다. 책 디자이너와 저자 사이에 일어나는 가장 주된 문제는 의사소통이 부족하다는 점이다. 저자는 자신이 무엇을 원하는지 모르거나 표지에 대해 모호한 아이디어만을 가지고 있다. 디자이너와 저자는 결코 의견 일치를 보지 못한다. 이 문제는 표지 디자이너를 찾아나서기 전에 선행 작업을 해두면 피할 수 있다. 이렇게 하면 더 좋은 표지를 얻을 뿐만 아니라 비용도 많이 절감할 수 있다.

같은 분야와 다른 분야의 책표지를 많이 구경하라

가장 먼저 당신의 분야에 속한 다른 책들은 어떤 모습인지 파악하자. 거기에서 아이디어를 얻을 수 있다. 온라인서점에서 당신의 책이 속하는 분야를 검색해 보자. 원한다면 핀터레스트에서 좀 더 예술적인 책들도 찾아볼 수 있다. 최고의 작품을 원한다면 북커버아카이브(Bookcoverarchive.com)에서 가장 전위적인 책들을 찾아보라. 시간을 들여 당신의 책과 같은 장르에 속한 수많은 표지를 살펴보면 얼마나 반복적인 형태가 나타나는지를 확인하고 충격을 받을 것이다. 흔한 일이다. 이처럼 비유가 반복적으로 사용된다고 불편해할 필요는 없다. 동일한 비유가 반복되는 데는 이유가 있기 때문이다. 사실은 당신에게도 도움이 된다. 사람들이 당신의 책을 당신이 원하는 장르로 식별할 수 있다는 것은 좋은 일이다.

아이디어를 얻기 위해서는 다른 분야의 책도 많이 보아두어야 한다. 당신의 책이 심리학 분야라고 해서 다른 심리학 책과 똑같은 비유를 쓸 필요는 없다. 경영서나 자기계발서, 심지어는 소설에서도 아이디어를 차용할 수 있다. 좋아하는 책에서 영감을 얻는 행위에 대해서도 불편하게 생각하지 말자. 위대한 예술과 디자인은 진공 상태에서 마법처럼 나타나지 않는다. 그 작품들도 모두 어떤 영감을 주는 지점으로부터 탄생했다.

당신이 원하는 요소가 들어 있는 표지 몇 개를 추려내라

수백 권의 표지를 살펴보면서 정말로 마음에 들거나, 마음에 드는 요소가 있는 표지 몇 개는 따로 저장해 둔다. 이유는 자명하다. 디자이너에게 (단지 말로만 설명하지 말고) 마음에 드는 표지를 보여주어야 하기 때문이다. 링크나 이미지를 저장해 두었다가 디자이너에게 보내라. 한 장의 그림이 천 마디 말보다 중요하고, 당신의 시간과 돈을 상당히 절약할 수 있다. 디자이너는 세상을 시각적으로 이해하기 때문에 핵심을 전달하는 가장 좋은 방법은 직접 보여주는 것이다. 스크라이브에서 우리는 서로 다른 표지 열 개를 저자에게 보여주면서 취향을 찾아보게 한다. 이것이 보편적인 관행이다.

당신의 미적 감각을 사로잡는 다른 예술 작품이나 브랜드를 고른다

표지만 살펴보지 말고 로고나 웹사이트, 미술품, 사진, 또는 당신이 원하는 책표지와 유사하다고 생각되는 어떤 이미지라도 끌어모아라. 명심하자. 디자인은 어디에나 있다. 애플사의 깔끔하고 밝고 단순한 로고가 마음에 드는가? 또는 안드로이드의 익살스럽고 장난기 가득한 검정과 초록 로고가 마음에 드는가? 당신은 본질적으로 시각적 영감과 (무드 보드라고 일컫기도 하는) 아이디어의 콜라주를 만들면 된다. 이를 통해 디자이너가 당신의 책에 담긴 메시지를 독자에게 가장 잘 전달할 방법을 파악하는 데 도움을 주자.

표지 디자이너와 어떻게 일해야 할까

디자이너를 선정했다면, 표지에 대한 구상을 논의해야 한다. 이제 사전 작업의 결과를 활용할 때다.

① 첫 음성통화나 영상통화 일정을 잡는다. 음성통화나 영상통화를 이용한 첫 통화 일정을 계획한다. 이메일로는 낯선 사람과 의사소통하기가 매우 어렵다. 특히 디자인 같은 추상적인 개념을 논의하기는 힘들다.

② 통화 전에 마음에 드는 표지나 로고 자료를 디자이너에

게 보낸다. 통화에 앞서 표지 디자인 개요를 디자이너에게 보내준다. 여기에는 마음에 드는 표지와 로고, 그림을 비롯해 사전에 모아두었던 모든 자료를 포함한다. 디자이너에게도 이미지와 아이디어를 파악할 시간이 필요하므로 적어도 통화 하루 전에는 이 자료를 보내는 게 좋다.

③ 디자이너에게 당신의 생각을 차근차근 설명해 주어야 한다. 당신의 생각을 많이 알려줄수록 디자이너도 일을 더 잘할 수 있다.

- 먼저 대상 독자층이 누구인지 설명하면서 시작한다.
- 그다음에는 자료에 포함된 표지마다 마음에 드는 점과 들지 않는 점을 설명한다.
- 표지가 어떤 느낌이면 좋을지 이야기한다.
- 독자에게 어떤 신호를 보내고 싶은지 의논한다.
- 할 수 있다면 독자가 표지를 보았을 때 어떤 감정을 느끼기를 바라는지 설명한다.

④ 적어도 세 가지 시안을 요청한다. 좋은 디자이너라면 이 정도가 표준이다. 디자이너는 일련의 아이디어를 구상하고, 적어도 세 가지 다른 시안을 보여줄 것이다.

⑤ 시안에 대해 적극적으로 의견을 제시한다.

처음 받아본 시안 중에 마음에 드는 한 가지가 있다면 잘

된 일이다. 시안에 좀 더 반영하고 싶은 의견을 구체적으로 남기면 당신이 할 일은 끝난다. 마음에 드는 시안이 없더라도 괜찮다. 디자이너와 다시 통화하면서 어떻게 달라지기를 바라는지 최대한 구체적으로, 정중하게 설명한다. 디자이너에게 화를 내거나 실망하지 마라. 디자이너는 당신의 머릿속에 들어가지 못한다. 시안이 생각했던 이미지와 다르다고 해도 괜찮다. 좀 더 분명하고 꼼꼼하게 설명하면 원하는 곳에 이를 수 있다. 명심하라. 디자이너는 감정을 가진 사람일뿐더러 일을 잘 해내려는 전문가이다. 당신과 디자이너는 한 팀이다. 단호하면서도 정중하게 이해심을 가지고 일하도록 하자.

좋은 표지인지 확인하는 방법

표지를 완성했다면, 또는 완성한 것 같다면 그 표지가 당신에게 적합한지 확인하기 위해 다음 질문을 해보자.

돋보이는가

이 부분은 결정적인 사항이다. 모든 각도에서 표지를 살펴보라. 출력해서 맞은편에 놓아보자. 누군가가 표지를 볼 수 있는 모든 방법을 생각해 보자. 컴퓨터 화면에서, 서점에서……. 그 모든 경우에 표지가 쉽게 눈에 띄는지 확인해 보자. 제목은 어려움

없이 읽을 수 있나? 이미지는 선명한가? 섬네일◆ 형태로도 확인해 보자. 아주 작은 섬네일로 축소했을 때도 보기 좋은가? 대다수 독자는 온라인서점에서 작은 섬네일 이미지로 표지를 본다.

초점이 분명한가

표지에 주된 초점을 확실히 설정하라. 이보다 더 중요한 것은 없다. 당신의 책이 무엇에 관한 책인지, 표지는 그 한 가지 아이디어를 명확하게 반영해야 한다. 표지에는 압도적인 다수의 관심, 다수의 공간, 다수의 강조점을 장악하고 통제할 만한 하나의 요소가 반드시 있어야 한다. 표지에 너무 많은 요소, 즉 사진 서너 장·삽화·지도·입장권 같은 이미지들로 가득 채우는 함정에 빠지지 마라. 사람들을 혼란스럽게 할 뿐이다. 혼란스러워진 사람들은 책에서 멀어진다.

그리고 책표지가 광고판이라고 생각하는 함정에 빠지지도 말자. 모든 공간이 최대한 거창한 단어로 구석구석 채워져야 하는 부동산이라고 생각하면 안 된다. 적절한 여백을 두고 활자를 넣어야 읽을 수 있다. 표지에 없는 것은 표지에 있는 것만큼이나 중요하다. 실력 있는 디자이너는 부제와 추천사, 저자 이름에 각각 적당한 서체와 크기를 상세히 알고 있다. 디자이너에게 더 크게 해달라고 요구하면 그만큼 표지 디자인의 효과를 사라지게

◆ 원본 크기보다 작게 만든 이미지 — 옮긴이

할 뿐이다.

어떤 책인지, 누구를 위한 책인지 나타내고 있는가

좋은 디자인은 책이 돋보일 뿐만 아니라 독자가 다음 사항을 한눈에 알아볼 수 있어야 한다.

- 책의 대략적인 장르
- 대략적인 주제 또는 핵심
- 책의 분위기나 입장에 대한 대강의 아이디어

책 내용을 핵심적이면서도 예상하지 못한 방식으로 담아내는 것이야말로 진정으로 훌륭한 책표지다. 동시에 표지가 책의 취지를 보여주어야 한다거나 책에 등장하는 장면이나 요소를 보여주어야 한다고 생각하는 함정에 빠지면 안 된다. (어쨌거나 책을 읽기 전까지는 아무도 그 내용이 맞는지 아닌지 모른다.)

너무 많은 선택지를 찾아다녔나

어떤 저자들은 완벽한 표지를 찾으려고 너무 많은 시간을 쏟는다. 대개는 표지 디자인 과정을 거치는 동안 출판에 대한 불안을 해결하는 방식이다. 출판이라는 여정에서 가장 주요한 창의적 부분이고, 많은 저자가 그 과정이 끝나면 어떤 일이 벌어질지 초조해한다. 그들은 디자이너의 손을 붙잡고 몇 번에 걸친 수정을 거치게 하면서 표지를 개선하고 있다고 생각한다. 실제로는 두려움에서 도망치는 행동일 뿐만 아니라 표지 디자인을 망치는 일이다. 디자이너에게 언제 표지가 완성되는지 물어보라. 이 문제에 대해 유일하게 편견 없는 판단을 내릴 사람은 디자이너이기 때문이다.

용감한 선택을 한 건가

우리는 이런 일을 늘 본다. 우리가 저자에게 세 가지 시안을 줄 때는, 그중에 거의 언제나 '최선이 아닌 디자인' '믿음직한 디자인' '훌륭한 디자인'이 들어 있다.

훌륭한 디자인을 선택하려면 거의 언제나 저자가 용감해질 필요가 있다. 해당 분야에서 새로운 시각을 내보이거나, 당신을 다소 불편하게 만들 정도로 색다르기 때문이다. 오직 약 25퍼센트의 저자만이 용감한 선택을 한다. 굳이 용감한 선택을 해야 할 필요는 없다. 하지만 거의 언제나 용감한 선택이 (가능하다면) 최고의 선택이다. 이런 일이 당신에게도 일어날 수 있다는 점에 주의하라. 믿음직한 디자인을 선택하는 것도 나쁘지 않다. 하지만 당신의 책이 당연히 받아야 할 주목을 받지 못하거나 돋보이지 못할 가능성이 많다. 용감한 선택은 돋보이게 된다는 뜻이다. 용감함을 어떻게 정의해야 할지 모르겠다면 다음과 같이 생각해보자.

용감한 선택은 모든 사람이 생각하고 있지만 입 밖으로

꺼내지 않는 무언가를 말한다. 용감한 표지는 사람들의 기억에 남을 표지를 말한다. 페이스북의 웬 낯선 사람이 파랑을 싫어한다고 해서 당신이 그토록 열심히 쓴 책을 평범한 표지로 덮을 수는 없다. 당신의 성취를 자랑스럽게 생각하라. 과감해져라. 당신의 이름을 남겨라.

소셜네트워크에 의견을 구하지 마라

평범한 (심지어는 나쁜) 표지를 선택하게 되는 확실한 방법은 소셜네트워크에서 투표하는 것이다. 당신의 평균적인 잠재적 독자는 어떤 표지가 마음에 드는지 질문을 받았을 때 내면의 군중심리에 이끌려 이미 시장에 과잉공급되어 있을 표지를 선택할 것이다. 그들은 가장 보편적인 디자인을 선택한다. 그들에게 보편성이란 자연스럽게 어울린다는 것을 뜻하기 때문이다. 사실이다. 조화로운 표지가 엉망으로 보이는 표지보다 낫다. 하지만 표지 승부에서는 무엇보다도 기억에 남아야 한다.

훌륭한 표지는 모두의 마음을 사로잡도록 만들어지지 않는다. 그 책이 겨냥하는 독자층을 사로잡기 위해 디자인된다. 당신의 페이스북 친구 2천5백 명에는 고등학교 동창과 3년 전 회의에서 만났던 어떤 사람과 사돈의 팔촌까지 포함되어 있다. 그들은 당신의 책이 겨냥하는 대상 독자가 아니다.

7부

책 출판하기

1장
적절한 출판 조건 고르기

많은 사람이 출판 지형에 혼란을 겪으면서 (이는 이해할 수 있는 현상이다) 출판 여정을 시작하기 전에 더 많은 배경 정보를 얻고 싶어 한다. 이번 장에서는 다음과 같은 질문에 대한 자세하고 종합적인 답을 제시할 것이다.◆

◆ 우리나라는 대부분 출판사와 연계해서 책이 출간되며 자비 출판 비중이 그리 높지 않다. 다만 최근에 1인 출판사가 많이 생겨나서 저마다 특색 있는 출판 양식을 선보이고 있다. 또한 아래 언급되는 출판과 마케팅 과정에서 출판사의 역할, 시장 규모 등도 미국과 다르다. — 옮긴이

- 도서 출판업은 어떻게 작동하는가?
- '자비 출판'이란 무엇인가?
- '기성 출판'이란 무엇인가?
- 둘의 차이는 무엇이고, 왜 중요한가?
- 내 책은 자비 출판을 해야 할까, 기성 출판을 해야 할까?
- 기성 출판사와 어떻게 계약을 맺나?
- 기성 출판사는 어떻게 저자를 평가하나?
- 어떻게 하면 전문가답게 출판할 수 있을까?

출판 지형을 이해하는 방법

도서 출판계 지형은 매우 혼란스러워 보인다. 많은 원인과 현상이 있지만, 당신에게 밀접하게 와닿을 이야기는 지난 10년간 출판업계가 극적으로 변화해 왔다는 사실이다. 따라서 사람들이 해주는 조언은 대부분 시대에 뒤떨어지고 틀린 내용이다. 더구나 책 출판 관련 지침서는 대부분 전업작가나 소설가 또는 취미로 글을 쓰는 사람을 대상으로 한다. 기업가나 사업가, 임원, 어떤 직종의 전문가가 경영서나 자기계발서를 쓸 때는 전업작가와는 전혀 다른 관점에서 출판을 보아야 한다. 이제 보편적으로 접근 가능한 세 가지 출판 경로에 대해 살펴보면서, 각각의 장단점을 설명하고 당신에게 적합한 방향을 정확히 제시하겠다.

먼저 출판에는 기성 출판과 자비 출판, 크게 두 가지 유형이 있다. 두 출판의 기본 특징을 알아보고 당신이 결정하기 위해 알아야 할 사항을 살펴볼 것이다. 그리고 세 번째 유형으로 혼합 출판도 있다. 아직은 혼합 출판이 셋 중에 가장 안 좋은 선택이라고 생각한다. 그 이유에 대해서는 마지막에 언급하겠다.

기성 출판

개요

기성 출판에서는 저자가 반드시 출판사에 자신을 대리할 에이전트를 찾아야 한다.◆ 그런 다음 대행인과 함께 출판사에서 책에 대한 구상을 알리고 설득해야 한다. 저자의 제안이 성공적이라면 출판사가 저자에게 출판 계약을 제안한다. 출판사는 저자에게서 출판권을 사고, 선인세(저자가 돌려주지 않아도 되는 돈)를 지급한다. 저자는 혼자서 책을 쓴다. 출판사에서 편집과 관련된 도움을 줄 때도 있고, 그렇지 않을 때도 있다. 출판사는 전체 출판과 배급 과정을 관리하고 통제한다.

◆ 우리나라에도 저작권 대행사가 있지만, 대부분은 작가와 출판사가 직접 출판 관련 계약을 맺는다. — 옮긴이

소유권과 권리

출판사는 언제나 출판권(전자출판물을 포함하는 권리)을 소유하고, 저자는 언제나 저작권을 소유한다. 다른 모든 권리(영화, 발췌본 등)는 협상이 가능하다. 협상에 따라 출판사가 해당 책의 모든 형태에 대해 최종 결정권을 가질 수도 있다는 뜻이다.

인세 비율

미국에서는 하드커버는 15퍼센트, 페이퍼백은 7.5퍼센트, 문고판은 5퍼센트가 일반적이다.

선불금(선인세)

저자에 따라 천차만별이다. '평균적인' 선불금은 없지만, 미국에서는 기성 출판사 대부분이 10만 달러 이하로는 지급하지 않는다. 즉 10만 달러 선불금을 지급하지 못할 정도로 안 팔릴 책이라고 예상한다면 애초에 출판하지 않는다는 뜻이다.

글쓰기와 편집

이것은 일반적으로 저자의 일이다. 출판사에서는 거의 도움을 주지 않고, 일부 편집과 교열에만 제한적으로 도움을 준다. 보통은 출판사가 당신이 쓴 내용을 원하는 대로 변경할 수 있는 권리를 가진다. 이 권리는 출판사에서 돈을 지급하고 사는 것이다.

출판 서비스와 디자인

일반적으로 출판사에서 출판과 디자인에 관한 모든 일을 맡아 한다. 결과물의 품질은 천차만별이다. 저자는 페이퍼백, 하드커버, 가격, 기타 대부분의 결정 사항에 관여하지 못한다.

배급

출판사에서 모든 일을 한다.

마케팅

과거 출판업계의 경제는 오프라인서점 배급을 중심으로 돌아갔다. 인터넷 시대 이전에는 대형 서점에 비치되는 것 자체가 책 판매에 큰 역할을 차지했다. 사람들은 서점으로 가서 어떤 책을 살지 결정하곤 했다. 배급이 가장 중요했던 시절에는 기성 출판사가 왕이었다.

물론 지금은 그렇지 않다. 인터넷과 인터넷상의 모든 플랫폼(페이스북, 인스타그램, 이메일 등) 덕분에 독자들은 서점 밖에서 저자와 관계를 쌓는다. 그리고 온라인서점에서 책을 산다. 출간 후 독자와 저자, 또 독자들 간의 모임과 활동은 이미 그 자체로 중요한 마케팅 수단이 되었다.

대형 출판사는 최종 소비자(독자)와 언제라도 직접 관계를 맺을 수 있지만, 저자와 독자들의 적극적인 마케팅이 구매로 이어지기를 기대한다.

명성과 인지도

일반적으로 세 출판 유형 중에서 명성과 인지도를 높일 가능성이 가장 높지만, 그 중요성은 사라지고 있으며 구매율과 관련성도 없다.

출판에 걸리는 기간

12~36개월

장점

- 출판 이전의 선불금
- 기성 언론에 노출될 잠재적 가능성이 가장 큼
- 사회적 파급력
- 서점에 진열될 가능성이 가장 큼

단점

- 계약 성사가 극히 어려움(제안서의 1퍼센트 미만이 승인됨)
- 어마어마한 시간 투자
- 일부 권리와 수익의 소유권 상실
- 홍보 방식 제한
- 제한적인 수익 상승

기성 출판의 문제점 | 출판사와 계약을 맺을 수 있을까

기성 출판에 대해 고려할 때 무엇보다 먼저 스스로에게 물어야 할 중요한 질문이 있다. **과연 출판사와 계약을 맺을 수 있을까?** 대다수 저자는 그럴 수 없다. 괜히 애쓰느라 시간 낭비할 이유가 없다. 기성 출판사와 출판 계약을 맺으려면 다음 단계를 거쳐야 한다.

① 당신과 당신의 책 구상을 대리해줄 에이전트를 찾는다(에이전트는 일주일에도 수천 건의 의뢰를 받기 때문에 이것도 매우 어려운 일이다).
② 책 제안서를 쓴다(제안서 작성은 만만치 않은 일이다. 프리랜서 작가에게 1만~1만 5천 달러 이상을 지급하고 제안서 작성을 맡기는 저자도 종종 있다).
③ (에이전트를 통해) 책 제안서를 가지고 여러 출판사와 접촉한다.
④ 제안서를 바탕으로 효과적으로 설득해서 출판사가 계약을 제안하게 만든다.
⑤ 협상한 뒤 제안을 받아들인다.

할 일이 무척 많아 보이지만 어떤 경우에는 쉬울 수도 있다. 출판사의 결정은 한 가지 단순한 사실에 달려 있다. **당신의 책**

을 사려고 기다리고 있는 기존 독자가 아주 많이 있는가? 당신에게 독자가 많다면 가능할지도 모른다. 이메일 리스트가 넘쳐나거나 소셜네트워크에 이미 당신을 팔로우하는 사람이 많다면 위에 열거한 일들이 쉽지는 않더라도 시도해 볼 만하다. 대개 출판사에서는 출간 첫 달에 2만 5천 부를 판매할 수 있다는 확신이 들어야 책 계약을 고려해 본다. 당신의 책을 구매할 준비가 된 기존 독자가 없다면 기성 출판 계약을 성사하기는 거의 불가능하다.

자비 출판

개요

자비 출판에서는 저자가 자신의 책에 대한 소유권을 유지하고, 모든 출판 과정을 관리하고 통제한다. 자비 출판에도 여러 형태가 있지만, 핵심은 저자가 출판 과정을 책임진다는 것이다(또는 비용을 받고 일해주는 프리랜서나 출판 서비스 업체를 직접 관리한다). 자비 출판은 선택받음도 선불금도 없으며, 그 대신 저자가 모든 권리를 그대로 보유한다.

소유권과 권리

저자가 모든 권리를 유지한다.

인세 비율

판매 경로에 따라 다르지만 대개 40~100퍼센트 사이다.

선불금

없다.

글쓰기와 편집

저자가 관리해야 한다. 다양한 형태로 도움을 얻을 수 있지만 모두 비용이 든다.

출판 서비스

저자가 관리해야 한다. 다양한 형태로 도움을 얻을 수 있지만 모두 비용이 든다.

배급

저자가 관리해야 한다. 다양한 형태로 도움을 얻을 수 있지만 모두 비용이 든다.

마케팅

저자가 관리해야 한다. 다양한 형태로 도움을 얻을 수 있지만 모두 비용이 든다.

명성과 인지도

전적으로 책의 질에 달려 있다.

출판에 걸리는 기간

능력과 의지에 따라 빠르게 진행할 수 있다.

장점

- 권리와 인세에 대한 소유권 모두 보유
- 모든 측면에서 원하는 대로 조정 가능
- 시장에 빠르게 진출
- 마케팅 전권
- 창의적 변경 전권
- 전적인 자유

단점

- 제대로 하려면 많은 일을 해야 한다.
- 전문적이지 않으면 결과물이 빈약해 보인다.
- 과정을 직접 익히고 관리하는 데 시간이 걸린다.
- 훌륭한 전문가를 고용하려면 비용이 많이 든다.

자비 출판의 문제점 | 전문가답게 해낼 수 있을까

자비 출판에서 다른 무엇보다 앞서는 결정적인 질문이다. 전문가답게 해낼 수 있다면 자비 출판은 거의 언제나 대다수 저자에게 최선의 선택이다. 전문가답게 하지 못할 바에는 자비 출판을 하지 않거나, 책 출간 자체를 하지 않아야 한다. 옛말이 틀리지 않았다. 모두가 책을 표지로 판단한다. 하지만 단지 표지뿐만이 아니다. 제목·책 소개·저자 사진·추천사, 심지어 저자 약력에 이르기까지 모든 요소가 그 책과 저자가 얼마나 신뢰할 만하고 권위 있는지를 나타낸다. 전문가다운 실력으로 만든 책은 당신을 전문가로 보이게 한다.

어떤 사람들은 여전히 자비 출판을 하면 낙인이 찍힌다고 생각한다. 하지만 자료는 그 반대로 나타난다. 휴 하위(자비 출판한 소설 《울*Wool*》이 수백만 부 판매되면서 리들리 스콧 감독이 영화 판권을 사기도 했다)가 아마존에 게시된 20만 권의 책을 분석해 보니, 자비 출판 도서가 기성 출판 도서보다 평균적으로 별점 1개를 더 받았다고 한다. 이 모든 것은 하나의 사실로 요약된다. 책을 최고로 전문가답게 만들어 자비 출판한다면 당신은 부자가 될 것이다.

혼합 출판

혼합 출판 유형에서는 저자가 함께 일하는 출판사에 따라서 권리의 소유권 범위가 달라진다. 하지만 기본적인 아이디어는 이런 것이다. 혼합 출판사는 기성 출판사처럼 보이려고 애쓰지만, 선불금을 주지 않거나 극히 소액만 준다. 하지만 대부분의 인세를 가져가고 많은 부분을 통제하며 출판 업무의 일부 역할을 한다.

이론상 혼합 출판은 기성 출판사의 장점과 자비 출판의 유연성과 잠재성을 조합한 형태이다. 그렇지만 실제로는 절대로 그렇게 되지 않는다. 조화로운 혼합은 존재하지 않는다. 단지 제공하는 서비스별로 비용을 청구하는 출판사를 다르게 부르는 말일 뿐이다. 혼합 출판사는 선불금을 주지 않거나 아주 조금만 주면서 수익의 많은 부분을 가져간다. 출판 과정의 많은 부분을 회사가 통제하고 출판 업무의 일정 부분을 맡는다. 저자에게 출판사가 '선택'했다는 환상을 주면서, 일은 모두 저자가 하도록 만든다. 그리고 출판에 관한 권리는 물론이고 잠재적 이윤도 가져간다. 모든 것을 가져가면서 선불금만 주지 않는다. **혼합 출판은 일반적으로 저자에게 터무니없는 거래다.**

혼합 출판의 다른 문제는 종종 출판사가 저작권과 다른 권리까지 보유하려고 한다는 점이다. 오래된 출판사는 대부분 저작권을 저자에게 남겨둔다. 2차 저작물에 관한 모든 권리도 거의 언제나 저자에게 준다. 그들은 오직 출판권과 출판물에서 이익과 관련된 권리에만 관심을 가진다.

어떤 방식을 골라야 할까

기성 출판을 선택해야 하는 경우

- 유명인
- 운동선수
- 음악가
- 배우
- 정치인
- 전업작가(소설가 등)
- 선불금으로 50만 달러 이상 받을 수 있는 사람

자비 출판을 선택해야 하는 경우

- 기업가
- 사업가
- 기업의 임원
- 재무설계사
- 변호사
- 의사
- 자영업자

- 컨설턴트
- 코치
- 그 외 거의 모든 사람

혼합 출판을 선택해야 하는 경우

- 거의 아무도 없음

2장 지금 실행하라

100마일을 가야 하는 사람은
90마일을 여정의 반이라고 여겨야 한다.
—아와 겐조

내가 가장 두려운 것은 당신이 이 책을 읽고, "우아, 아주 좋았어. 시작부터 끝까지 필요한 건 다 알았어." 이렇게 말한 다음 아무것도 하지 않는 것이다.

이 책에 있는 모든 것은 효과가 있다. 수천 명의 저자가 책을 쓰면서 시험해 보았다. 그중에는 당신이 읽어본 대형 베스트셀러도 있다.

기다리지 마라. 당신은 세상에 무언가 할 말이 있어서 이 책을 읽었다. 하지만 책으로 써서 세상에 내보이지 않으면 아무도 들을 수 없다. 아무도 당신이 공유한 지식과 지혜에서 혜택을 얻을 수 없다. 아무런 영향도 없고 유산이 될 만한 업적도 없을 것이다. 그것이 핵심이다.

그리고 정말로 길을 잃은 것처럼 막막하거나, 책에서는 찾을 수 없는 도움이 필요하다면 내게 직접 이메일을 보내면 된다. 당신이 누구라도 책을 쓴다면 기꺼이 돕겠다.

부록

더 알아두기

1
사람들은 어떻게 책을 고를까

저자들이 수년에 걸쳐 쓰고 마무리한 원고가 결코 독자를 찾지 못하는 경우를 보아왔다. 정말로 우울한 일이다. 이런 일이 일어나지 않도록 하는 완벽한 방법이 있다. **사실 우리는 당신의 책이 독자를 찾을지 못 찾을지 예측할 수 있고, 맞힐 확률도 높다.**

예측을 위해서는 먼저 사람들이 어떻게 책을 고르는지 알아야 한다. 책 쓰기가 결국 독자를 찾는 게 목적이라면 독자가 책을 어떻게 인식하는지 이해해야 한다. 여기서는 독자가 책을 구매하기로 결정을 내릴 때까지 거치는 심리 과정을 설명하고, 원하는 독자에게 다가갈 가능성을 최대로 높이기 위해 책을 포지셔닝하는 방법도 살펴보겠다.

사람들이 책을 판단할 때 실제 사용하는 정보

이제 가장 냉혹한 언어로 설명해 보겠다. **거의 모든 잠재적 독자는 책 내용을 단 한 글자도 읽어보기 전에 책을 구매해서 읽을지 또는 그렇게 하지 않을지 판단한다.** 출판업계에서 일하는 동안 알게 된 수많은 실증적 연구와 수십 년의 경험을 바탕으로 우리는 잠재적 독자가 책에 관해 판단할 때 어떤 일이 일어나는지 확실히 파악했다.

사람들이 어떤 식으로 책 구매를 결정하는지 잘 파악하고 있다고 해도, 핵심적인 통찰이 무엇인지 이해해야 한다. 구매 결정 과정은 **거의 절대로 의식적으로 일어나지 않는다**는 사실이다. 구매 결정은 즉각적이고 거의 무의식적인 판단의 연속이다. 결정은 60초 안에 이루어진다. 그리고 각 판단은 서로 한꺼번에 영향을 주며, 개별적으로 일어나지 않는다.

독자 자신도 책을 이런 식으로 평가한다는 사실을 인식하지 못한다(또는 믿지 않는다). 하지만 그렇게 한다. 이 판단들은 진짜이고 현실이다. 거의 모든 경우에 이 판단들이 평가 기준과 구매의 계기가 된다. 잠재적 독자는 책에 관한 다음과 같은 순서대로 정보를 고려한다. 제목 → 추천자 → 표지 → 책 소개 → 추천사 → 독자 후기 → 저자 약력과 사진(사진 위치에 따라 다름) → 책 분량 → 가격(더 빠른 순번으로 갈 수도 있음) → 책 본문(온라인의 '미리 보기' 기능)

각 단계를 차례로 살펴보고 그에 관한 독자의 판단을 들여다보자.

제목

사람들은 보통 가장 먼저 표지를 보고 판단할 거라고 생각한다. 오프라인서점에 가는 경우라면 정말 그렇다. 하지만 서점에 가는 일은 이제 드물어졌다. 대부분 책은 입소문이나 온라인에서 알게 된다. 두 경우 모두 가장 처음 받는 정보가 무엇일까? 제목이다. 그때부터 사람들은 즉각적으로 책이 자신과 연관이 있는지, 자신을 위한 책인지, 흥미롭게 들리는지 가늠한다. 이 때문에 우리는 적절한 제목을 찾는 일에 많은 시간을 들여야 한다고 강조한다. 확실히 해두자. 좋은 제목은 책을 잘 팔리게 곧바로 견인하지 않는다. 하지만 나쁜 제목은 거의 곧바로 책이 팔리지 않게 가로막는다. 많은 잠재적 독자는 일단 제목만 듣고, 마음에 들지 않으면 다른 정보는 무시한 채로 책 구매에 대한 고려를 멈춰버린다.

추천자

마크 앤더슨이나 빌 게이츠가 추천하는 책이라면 수천 명의 열정적인 독자가 서둘러 구매한다. 트위터에 팔로워도 한 명 없는 어떤 사람이 같은 책을 추천한다면 아무도 사지 않는다. 추천이라는 퍼즐에서 출처의 신뢰성이 엄청나게 중요한 조각이기 때문이다. 대다수 독자는 책 구매 여부에 추천자의 신뢰성을 크게 반영한다. 누가 추천하는지가 가장 중요하다. 이 법칙은 지인들 사이에서도 마찬가지로 적용된다. 매우 부유하고 성공적이며 똑똑한 친구가 있다면, 직장도 없이 부모와 함께 사는 어떤 사람이 추천하는 책보다는 그 친구의 추천에 훨씬 더 귀를 기울인다. 만일 추천자의 신뢰성이 아주 훌륭하다면 거의 어떤 책이라도 효과를 본다. 나머지 요소에 관해서는 걱정할 필요도 없다. 하지만 이런 경우는 드물다. 그러니 최선을 다해 최대의 가능성을 만들어야 한다.

표지

독자가 제목과 추천자 정보를 들은 뒤에도 여전히 관심을 가진다면, 아마도 온라인서점에서 (드문 경우에는 오프라인서점으로 가서) 책을 찾아볼 것이다. 잠재적 독자는 이 정보에 근거하여 자신과의 관련성과 흥미를 따지고 더 많은 판단을 내린다. 이 단계에서 독자는 그냥 튕겨나가지 않는다. 다만 표지를 찬찬히 들여다보며 책을 사지 않을 이유를 찾는다. 그리고 당신은 그럴만한 이유를 주지 않아야 한다.

책 소개

표지가 독자를 밀어내지 않았다면, 다음으로 책 소개를 볼 것이다(또는 오프라인 서점에서 책을 휙 뒤적여 볼 것이다). 책 소개는 독자에게 어떤 책인지에 대해 강한 인식을 주어야 한다. 모든 정보를 알려주지는 않으면서 흥미를 유발해야 한다.

추천사

독자가 여전히 흥미를 느끼고 있다면 이제 추천사를 볼 것이다(때로 실물 책에서는 책 소개를 보기 전에 추천사를 볼 수도 있다). 대다수 독자는 추천사 내용보다는 누가 추천사를 썼는지를 본다. 추천사는 당연히 긍정적인 내용이라고 추정하기 때문에, 추천자의 사회적 지위를 확인하고 싶어 한다. 혹시 자신이 아는 사람이거나 존경하는 사람인지 살펴본다.

독자 후기

이 단계까지 왔다면 독자는 고객 후기를 읽을 것이다. 보통은 가장 먼저 인기의 척도로 총 후기 수를 살펴보고, 평균 별점 수를 볼 것이다. 그런 다음에는 후기 내용을 훑어볼 수도 있다. 대다수 사람은 긍정적인 평은 건너뛰고 먼저 부정적인 후기를 읽은 다음 다시 긍정적인 후기로 돌아간다(돌아가지 않을 수도 있다).

저자 약력과 사진(사진 위치에 따라 다름)

항상 그렇지는 않지만, 때로는 저자 약력을 보기도 한다. 보통은 아직 결정을 내리지 못하고 구매를 망설이면서 더 많은 정보가 필요할 때 그렇게 한다. 저자의 신뢰성과 사회적 지위를 알아보려는 심사다. 어떤 경우에는 이 부분을 가장 먼저 살피는 사람도 있다. 저자에 대해 한 번도 들어본 적이 없거나, 곧바로 저자에 대해 알고 싶은 경우다. 대다수 사람은 이 모든 정보를 모은 뒤에 결정을 내린다. 이 단계에서도 독자는 책 본문의 어떤 내용도 보지 않은 상태라는 사실에 주목하라. 사람들은 아직 단 한 쪽도 읽지 않았지만, 책을 살지 사지 않을지 이미 결정을 내렸다.

분량

이 항목은 세대에 따라 다르거나 사회경제적 지위에 따라 나뉘는 요소로 보인다. 일반적으로 열렬한 독서광은 분량은 아예 고려하지도 않는다. 반면 분량을 고려하는 사람들도 있다. 그런 사람들은 300쪽이 넘는 책에 시간을 쓰고 싶어 하지 않는다. 이에 대해서는 저자가 할 수 있는 일이 많지 않다. 분량은 정해져 있다. 어쨌거나 우리가 가진 자료에 따르면, 논픽션은 100~200쪽 분량이 가장 잘 팔리고 잘 읽힌다.

가격

어떤 사람들은 가격을 본다. 사람들은 종이책보다는 전자책을 살 때 가격을 훨씬 더 많이 의식한다. 이는 가치 인식 때문이다. 가격은 책의 목표를 고려해서 책정하기를 권한다.

책 본문

몇몇 사람은 온라인서점에서 미리 보기 기능으로 몇 쪽을 살펴보고 책 내용에 관심을 가진다. 오프라인서점에서 책을 펼쳐서 조금 읽어보기도 한다. 심지어 책에 관한 기사를 검색해 읽어보기도 한다. 이들은 고급 정보 구매자다. 하지만 이들은 독특한 소수이다. 우리가 이상적으로 기대하는 독자, 표지가 아니라 내용으로 책을 판단하는 사람은 아마도 구매자의 10퍼센트도 되지 않는다.

2

책에 꼭 필요한 이야기는 무엇일까

모든 저자가 책에 개인적인 이야기를 얼마나 넣어야 할지 몰라서 어려움을 겪는다. 자신의 이야기를 많이 하고 싶어 하는 저자도 있고, 전혀 넣고 싶어 하지 않는 저자도 있다. 그렇다면 얼마나 넣는 게 맞을까? 기본적인 답은 이렇다. **책에는 독자가 원하는 정보를 얻는 데 도움을 줄 만큼 당신의 이야기가 있어야 한다. 더도 덜도 아니고 딱 도움을 줄 정도만 있으면 된다.** 저자들이 이와 관련해 저지르는 실수 사례는 셀 수 없이 많다.

너무 많이 넣지 말자

가혹하게 들리겠지만 이 책에서 배울 수 있는 가장 중요한 점이 바로 이 부분이다. **독자는 당신이나 당신의 이야기, 당신의 책에 관심이 없다.** 독자는 당신을 위해 책을 사거나 읽지 않는다. 자신이 원하는 무언가를 얻기 위해 책을 사고 읽는다. 독자는 당신의 책이 **자신에게 무엇을 가져다줄지에만 관심을 가진다.** 독자는 당신의 책과 당신과 당신의 이야기를 오직 그 관점에서만 바라본다.

우리는 저자들 가운데 자신에 관한 책을 만들고 싶어 하는 경우를 보아왔다. 자신이 걸어온 삶의 모든 여정과 개인적 이야기와 저자 자신과 두려움과 불안과 성취 등에 대해 계속해서 떠들어댄다. 하지만 아무도 관심이 없다. 오해는 금물이다. 누구나 자신에게 기념비가 될 만한 책을 쓸 권리가 있다. 하지만 아무도 그 책을 읽거나 관심을 주지 않을 것이다. (물론 회고록 같은 예외는 있다. 하지만 그런 책은 여기에서 다루는 범위를 벗어난다.)

회고록이나 자기중심적인 책을 비판하려는 의도는 아니다. 다만 그런 책을 쓸 때는 오직 자신만을 위한 책이라는 점을 알아야 한다. 그 사실을 이해하고 받아들인다면 아무런 문제가 없다. 쓰면 된다. 하지만 당신의 책이 독자를 찾고 독자에게 영향을 미치길 바란다면 독자와 관련된 내용에 초점을 맞춰야 한다. 그렇다. 당신은 책의 저자지만 책은 당신을 위한 게 아니다. 독자를 위한 것이다.

이야기 사이에 독자에게 중요한 부분을 넣자

지금 말하려는 내용이 모순적으로 들릴지 모르지만 그렇지 않다. **독자는 절대적으로 당신의 이야기를 듣고 싶어 한다. 다만 당신의 책을 읽고 있는 이유와 관련된 부분에 한해서만 듣고 싶어 한다.** 자신의 이야기를 책에 전혀 넣고 싶어 하지 않는 저자도 있다. 그런 저자는 자신의 이야기를 하는 모습이 거만하다고 생각하거나, 자신에 관해 이야기하기를 원하지 않거나, 자신의 약한 부분을 드러내고 감정을 공유하기를 두려워한다. 이들은 회고록과 경영서 사이에는 뚜렷한 구분이 있고, 경영서에는 사적인 이야기를 절대 넣지 말아야 한다고 생각한다.

이것은 사실이 아니다. 저자에 관한 이야기가 전혀 없는 책이 잘 되는 경우는 극히 드물다. 독자가 왜 책을 읽어야 하고 책 내용을 어떻게 자신에게 연결해야 할지 이해하는 데 도움이 된다면 당연히 당신의 경험치를 책에 넣어야 한다.

인간 생활의 단순한 사실이 이를 뒷받침하는 근거다. 인간은 이야기와 예시를 통해 배운다. 독자는 자신이 가진 문제를 해결하거나 원하는 무언가를 얻는 데 도움이 되는 정보와 지식이 들어 있기 때문에 어떤 책을 읽는다. 하지만 그 책을 읽고 몰입하고 활용하게 만드는 힘은 책 속 이야기에서 나온다. 이야기를 통해 가르치고 영감을 주고 동기를 부여하고 도와주어 지식을 이해하고 활용하도록 만들기 때문이다. 당신의 책은 당신의 가르침과 지식을 가능한 한 이야기로 감싸야 한다. 당신의 이야기일 수도 있고 다른 이들의 이야기일 수도 있다. 어느 쪽이라도 통한다.

이야기의 어떤 부분이 책에 들어가야 할까

특정한 이야기가 책에 들어가야 할지 판단하는 데 도움이 되는 간단한 시험을 해보자. 먼저 이 질문을 자신에게 던져보자. **'이 이야기가 독자에게 가치를 더해주는가?'** 독자에게 아무런 가치도 더하지 않는다면 책에 들어가지 않아야 할 이야기다. 만일 가치를 더해준다면 책에 들어가야 하는 이야기다. 독자는 저자에게 관심을 주고 저자는 독자에게 가치 있는 지식과 지혜를 준다. 이것이 독자와 저자 사이에 일어나는 등가교환이다. 따라서 당신의 이야기는 그런 가치 있는 내용을 포함하고 보여주어야 한다. 만일 그런 이야기라면 책에 들어가야 한다.

얼마나 솔직하게 보여주어야 하나

저자가 궁금해하는 또 한 가지 문제는 이야기 속에서 자신을 얼마나 드러내야 하는지이다. 답은 다시 다음과 같다. **독자에게 가장 영향력 있는 이야기를 쓰는 데 필요한 만큼만 드러내라.**

예를 들어 돈 관리에 관한 책을 쓴다면, 당신이 파산했던 이야기가 잘 어울린다. 책에서 솔직하게 인정하고 약점을 드러내며 쓰기는 쉽지 않다. 하지만 당신이 겪었던 어려운 경험을 (부끄러움을 극복하고) 독자에게 알렸기 때문에 믿음직하게 보인다. 독자는 그 책이 자신의 돈 문제를 해결하도록 도와줄 거라고 신뢰하게 된다. 하지만 뜨개질에 관한 책이라면, 파산을 경험한 이야기가 얼마나 공감할 만한 이야기가 될지 모르겠다. 여기서 파산 이야기는 독자에게 아무 가치도 주지 않는다. 저자에게는 감정적 위안이 되겠지만 독자와는 무관하다.

책이 당신의 감정을 독자에게 던져버리는 자리가 되어서는 안 된다. 책 쓰기가 당신에게 치료법이라고 한다면 그건 괜찮다. 하지만 독자에게 당신의 치료사가 되어주기를 요구하면 안 된다. 친구와 무엇을 공유한다고 생각해 보라. 친구가 일이 안 풀리는 날이라며 일어났던 일을 이야기하면 당신은 듣고 공감해 준다. 그리고 당신이 일진이 안 좋은 날에는 당신도 친구에게 이야기한다. 당신은 친구와 이야기를 공유하고 서로 공감한다. 그건 괜찮은 일이다. 하지만 당신이 가진 온갖 문제를 이야기한 다음, 친구가 말을 시작하려 하자 일어나서 나가버린다면 어떨까? 그것은 공감이 아니다. 그저 감정을 일방적으로 쏟아붓는 꼴이다. 그 둘은 큰 차이가 있다.

마지막으로, 현재 진행 중인 상처가 아니라 다 나은 흉터를 가지고 말하기를 권한다. 아직 해결하지 못한 문제는 책에 넣지 않아야 한다. 책은 당신이 경험을 통해서 얻은 지식을 공유하는 공간이지 아직 정리하지 못한 혼란을 보여주는 자리가 아니다. 만일 글쓰기 과정에서 해결된다면 괜찮다. 다만 책에는 당신에게만 도움이 되는 감정적 배출이 아니라 당신이 어렵게 얻은 지혜가 들어가야 한다는 점을 명심하라.

감정을 드러내는 일은 매우 어렵다. 특히 글에서는 더 어렵다. 저자가 스스로 겪은 끔찍한 장면, 충격적인 경험에 대해 완전히 거리를 두고 초연하듯 이야기하는 경우가 많다. 저자들은 파산을 당해서 모든 것을 잃은 일, 가족 중 누군가가 죽은 일, 동업자에게 사기를 당한 일 등에 관해 이야기할 때 오직 사실만을 설명하곤 한다. 그 일로 어떤 기분이었는지, 어떤 영향을 받았는지는 이야기하지 않는다. 우리는 이런 저자에게 감정을 이야기하도록 독려한다. 그 일이 일어났을 때 어떤 감정을 느꼈는가? 기분이 어땠나? 당신에게는 어떤 영향을 끼쳤나? 이런 이야기를 할 때는 반드시 그때의 감정까지 언급해야 한다. 물론 관련이 있는 정도까지만 이야기하면 된다.

우리는 저자에게, "당신의 이야기를 듣고서 깊은 영향을 받았다."고 거듭 말하곤 한다. 그런 뒤에야 저자는 스스로에게 감정과 기분에 관해 이야기하도록 허락한다. 저자로서 당신이 그런 이야기를 할 때는 독자에게 그 감정을 느끼고 공감하도록 허락해 주어야 한다. 그것이야말로 책으로 성취하고자 하는 목표이다. 당신은 저자로서 그저 사실만을 알려주는 역할만 하는 게 아니다. 사실도 좋다. 사실은 중요하며, 책의 기반이다. 하지만 사람들은 사실에서 배우지 않는다. 사람들은 사실에 몰입하지 않는다. 사람들은 이야기와 예시에서 배운다. 그들은 인생을 바꾸는 일을 감정으로 결정한다. 훌륭한 책이 되려면 감정이 필요하다. 감정과 이야기가 들어 있어야 한다. 확신이 서지 않는다면 다음 질문에 답해보자.

① 가장 좋아하는 책은?
② 가장 좋아하는 책에서 가장 좋아하는 대목은? 당신에게 가장 영향을 많이 끼친 부분은?

지금 아마도 당신의 깊숙한 감정을 이끌어낸 심오한 대목을 생각할 것이다. '사실'이 아니라, 이야기·일화·장면 따위를 떠올릴 것이다. 당신의 책으로도 같은 질문을 해보라. 감정을 끌어내는 이야기나 일화를 말해보라. 그 부분이 독자를 사로잡고 머릿속에 남도록 만든다. 저자가 보여주기에 끔찍한 내용을 더 많이 보여줄수록, 모두가 생각은 하지만 아무도 말하지 못하는 이야기를 많이 할수록, 자기 생각을 진정성 있게 많이 꺼낼수록 책은 더 좋아질 것이다.

3

책에 대한 현실적인 기대와 비현실적인 기대

우리가 저자에게서 보는 가장 흔한 문제점 중 하나는 책에 대한 비현실적인 기대다. 많은 저자가 자신의 책을 둘러싼 환상에 사로잡혀 있다. 그 환상은 책에 대한 잘못된 결정으로 이어진다. 책은 놀라운 창조물이고 당신과 독자를 한없이 도와줄 수 있다. 하지만 책이 가져다줄 무언가에 관해 현실적으로 기대하는 게 아니라면 효과가 없다. 여기에서는 먼저 저자들이 가장 흔하게 갖는 비현실적인 기대가 무엇인지 자세히 살펴보고, 논픽션에 맞는 현실적인 기대치를 설명하겠다.

비현실적인 기대 1 | 내 책은 수백만 부가 팔릴 거야

저자들이 갖는 첫 번째 환상은 책 판매에 관한 기대다. 어떤 저자는 진심으로 자신의 책이 수백만 부 팔린다고 생각한다. 심각하게 비현실적인 기대다. 몇 가지 수치를 살펴보기로 하자.

- 최적 추정치에 따르면 논픽션 도서 평균 판매량은 1종당 1년에 250부에 못 미치며, 출간 후 절판될 때까지 판매량은 2천 부가 채 안 된다.
- 판매 경쟁은 치열하다. 바우커◆는 2015년에 약 1백만 종의 신간(논픽션뿐만 아니라 전체 도서 합산)이 출판되었다고 추산한다.
- 미국에서만 약 50만 종이 출간되었다는 추정치도 있다.
- 이것은 기존에 출간된(모든 부문의 도서 합산) 1천3백만 종에 추가되는 수치다.
- 공급은 많지만 시장은 크지 않다. 2013년 미국에서 판매된 논픽션 도서는 2억 5천6백만 부에 그쳤으며, 모든 성인 논픽션 부문을 합산한 수치다. 이것은 미국인 1인당 한 권꼴도 채 안 되는 셈이다.

◆ 서지 정보를 취급하는 미국 기업 — 옮긴이

- 북스캔[◆◆]에 따르면 10만 부 이상 판매되는 책은 1년에 약 250종에 불과하다.
- 백만 부 이상 판매되는 책은 약 20종으로 훨씬 더 적다 (그리고 대부분 소설이다).
- 역사상 천만 부 이상 판매된 책은 너무 적어서 위키피디아에 따로 페이지가 있을 정도다.

현실은 명확하다. 아주 많이 팔리는 책은 아주 드물다. 현실적으로 논픽션 도서는 1만 부 이상 팔리면 만족할 만한 판매량이다. 논픽션 저자 대부분은 책 판매의 기대 가치라는 측면에서만 보면 투자 시간 대비 수익률이 참혹한 수준이다. 마치 복권을 사는 게 은퇴 전략이라고 말하는 꼴이다. 사실은 복권에 당첨될 확률이 책이 백만 부 팔릴 확률보다 높다. 심지어 책이 적정한 수준으로 판매되었다고 해도 책 판매로 충분한 수익을 올릴 만큼 책값을 비싸게 정할 수도 없다. 가장 높은 가격이 25달러 수준이다. 아무리 위대한 책이라고 해도 가격이 그보다 높으면 선택받지 못한다. 사람들이 인식하는 책의 가치는 허용치가 낮다.

판매 부수에 관심을 가져야 하는 사람은 오직 한 부류밖에 없다. 바로 소설가 같은 전업작가다. 그들은 **책 매출이 주요 수입원이기 때문에** 판매 부수에 신경 쓸 수밖에 없다. 그들에게

◆◆ 도서 출판 관련 정보를 다루는 다국적 기업 — 옮긴이

는 책 말고 팔 게 없다. 하지만 다른 대다수 저자는 여기에 속하지 않는다.

현실적인 기대 1 | 내 책은 다양한 방법으로 수익을 가져다줄 거야

좋은 소식이 있다. 책은 당신에게 돈을 가져다줄 수 있다. 관점을 바꾸면 보일 것이다. **책은 권위와 인지도를 높이는 특별한 능력을 가진 다용도 마케팅 도구다.** 기업가·컨설턴트·전문직 종사자·자영업자에게 책 자체는 신뢰성과 권위를 만들어준다. 이 신뢰성과 권위는 수익성이 있는 다른 더 큰 기회를 판매할 수단이다. 예를 들어 당신이 사람들에게 매우 가치 있는 기술이나 지식을 가진 컨설턴트라고 생각해 보자. 고객을 더 많이 모으고 비용을 더 많이 청구하는 최고의 방법은 당신이 아는 정보를 책으로 쓰는 것이다. 책은 당신에게 권위를 세워주고 신뢰성을 부여한다. 그리고 당신이 제공하는 경험과 능력을 찾고 있는 사람들을 계속 공급해 준다. 책을 활용해 고객을 얻거나 유료 강연 기회를 얻고, 회사를 홍보하고, 펀드의 투자를 유치하고 브랜드를 만들 수도 있다. 이 밖에도 책을 이용해 수익을 얻는 방법은 수십 가지다.

비현실적인 기대 2 | 내 책은 《뉴욕타임스》 베스트셀러가 될 거야

《뉴욕타임스》 선정 베스트셀러는 (수상쩍은 이유가 있기는 하지만) 가장 명망 있는 베스트셀러 목록이다. 대개 출간 첫 주에 1만 부가 판매되면 목록에 오를 수 있다. 대다수가 잘 모르는 비밀은 베스트셀러 목록 자체가 쉽게 말해 돈벌이라는 점이다. 그 목록에 들어가는 방법은 기성 출판사에서 출간한 책이 있고 책을 팔 대규모의 기존 독자층을 확보하고 있거나, 아니면 서점에서 자신의 책을 사들여 실제보다 더 인기 있어 보이도록 만드는 것이다.

불가능한 일이 아니다. 일어날 수 있고 일어나고 있다. 우리와 일했던 저자 중에도 그런 경우가 있었다. 하지만 《뉴욕타임스》 베스트셀러 목록에 오르려면 비용이 많이 들고, 시간을 잡아먹고, 막대한 노력이 필요하다. 그리고 무엇보다도 별로 도움이 안 된다. 소규모 독립영화에서, "이 프레첼 때문에 목말라."◆라는 대사를 한다고 유명해지지 않듯이, 《뉴욕타임스》 베스트셀러 목록에 일주일 올라간다고 책의 저자가 유명해지지는 않는다. 이런 일로 주목받지는 못한다. 이 사실을 입증하는 재미있는 실험을 해보자.

◆ 미국 인기 시트콤 〈사인 필드〉의 유명한 대사 — 옮긴이

① 가장 좋아하는 책 세 권을 말해보자.

② 그중에서 베스트셀러였던 책이 있는가?

사람들에게 이렇게 질문하면 보통 침묵이 흐른다. 그리고 필연적인 대답이 나온다. "어머나, 그건 모르겠는데."

현실적인 기대 2 | 책 덕분에 내 분야에서 권위와 신뢰를 얻을 거야

많은 사람이 이렇게 말하는 걸 즐긴다. "책은 새로운 명함이다." 나는 동의하지 않는다. 명함은 오피스디포에 가면 만들 수 있다. 하지만 오피스디포에 가서 책을 집필할 수는 없다. 대신 나는 이렇게 말하고 싶다. "책은 새로운 대학 졸업장이다." 40여 년 전만 해도 대졸자는 인구의 약 15퍼센트에 불과했다. 대학 졸업장은 권위와 신뢰를 나타내는 중요한 신호였고, 의미가 있었다. 하지만 지금은 70퍼센트 이상이 대학에 간다. 대학 졸업장은 이제 더는 신뢰를 상징하지 않는다. 누구나 가지기 때문이다.

하지만 책은 믿음직하고 의미 있는 자격증이다. 왜일까? 책을 쓰고 출판하기는 어렵기 때문이다. 특히 좋은 책을 내기란 더 힘들다. 시시한 책을 쓰기는 쉽다. 돈을 주고 그만그만한 책을 대필시킬 수도 있다. 하지만 속임수로 좋은 책을 쓸 수는 없다. 당신이 무슨 말을 하는지 잘 알거나 모르거나, 전문가다운 책이거나 아니거나, 둘 중 하나다.

책은 사람들에게 당신의 지식을 보고 평가할 기회를 준다. 당신이 무언가에 몰두하고 끝까지 해내는 모습을 보여준다. 어렵고 훌륭하고 많은 역량을 요구하는 일을 완수하는 모습을 보여준다. 그렇다. 책을 바탕으로 평가받기를 바라는 시도는 위험하다. 하지만 그런 이유에서 좋은 책으로 큰 명예를 얻을 수 있다. 책은 당신을 사람들이 꺼리는 자리, 평가당하는 자리로 밀어넣는다. 그리고 그 자리에 가기까지는 많은 일을 해야 한다. 어렵게 이루어낸 그 자리에서 바로 신뢰와 권위가 나온다.

비현실적인 기대 3 | 책 덕분에 유명해질 거야

많은 사람이 유명해지기를 원한다. 그리고 책이 그렇게 만들어줄 거라고 생각한다. 그렇지 않다. 무엇보다 유명한 저자는 극히 드물다. 유명한 저자를 쭉 떠올리다보면 아마도 그중 80퍼센트 이상은 이미 죽은 사람들(헤밍웨이·트웨인·하퍼 리·톨킨 등)일 것이다. 또 다른 분야에서 얻은 명성으로 책을 쓴 사람도 많을 것이다.

미국에서 작가는 이제 유명인이 아니다. 오히려 반대인 경우가 많다. 사람들은 먼저 다른 무언가로 유명해지고, 그런 다음 책을 써서 베스트셀러가 된다. 유명해서 책이 팔리는 것이지, 책 때문에 유명해지지 않는다. 살아 있는 사람 중에서 오직 글만으로 명성을 얻은 경우는 고작해야 15명, 어쩌면 20명 정도이다.

말콤 글래드웰이 대표적인 경우이고, J.K. 롤링이 또 다른 예다. 한두 명 더 생각날 수도 있지만 10명을 떠올리기는 어려울 것이다. 20명은 확실히 안 된다. 미국에는 유명한 사람이 무척 많다. 하지만 거의 모두가 책이 아닌 다른 방법으로 명성을 얻었다.

현실적인 기대 3 | 책 덕분에 인지도가 높아지고 매체에 나가는 데도 도움이 될 거야

책 자체는 당신을 유명하게 만들지 못한다. 하지만 당신이 더 잘 알려지는 데 도움이 될 수는 있다. 생각해 보라. 언론에서 어떤 주제에 대한 논평을 원할 때 누구에게 가겠는가? 전문가에게 가지 않을까? 그렇다면 누군가 전문가라는 사실을 어떻게 알고 가는 걸까?

책을 썼기 때문이다. 일단 책이 있으면 매체 노출은 10배 더 쉬워진다. 그리고 어느 순간 책의 범주를 훌쩍 넘어선다. '신간 출간'은 당신이 진입하고 싶어 하는 영역으로 가는 통로를 지키는 문지기를 지나는 데 필수 요소다. '신간 출간'에 표시를 하고 나면 강연장·방송사 스튜디오·팟캐스트·특별 행사·보도기사, 그리고 사람들의 마음으로 가는 통로가 열린다.

래리 킹은 이런 말을 하지 않는다. "다음 손님은 방금 고양이 동영상을 올린 분입니다." 당신이 속한 분야에서 단순히 책을 한 권 썼는데 엄청난 주목을 받는 사람들을 본 적이 있지 않은가? 당신이 그들보다 많이 안다고 해도, 주목은 그들이 받는다. 책 덕분이다. 당신이 속한 분야에서 인지도를 높이고 매체에도 많이 출연하고 싶다면 권위 있는 전문가가 되어야 한다. 유명한 브랜드나 플랫폼을 구축하고 싶은가? 책 자체로 그 목표를 이룰 수는 없다. 하지만 목표를 위해 광범위한 활동을 펼칠 때 책은 중요한 역할을 하고, 결국 목표를 이룰 수 있다.

비현실적인 기대 4 | 이 책이 내 인생을 바꿔줄 거야

사람들은 책이 무언가를 해줄 거라고 환상을 많이 가진다. 대부분은 일어나지 않을 일이다. 유명한 만화가이자 저자인 휴 매클라우드는 이 사실을 완벽하게 표현해 주었다.

> 내가 아는 성공한 출판 에이전트가 말하기를, 처음으로 책을 쓰는 사람 중에 적어도 반은 특별히 할 말이 있어서가 아니라 '작가의 삶'을 생각해 보니 너무 매력적이어서 글쓰기를 시작했다고 한다. 트위드 재킷, 파이프 담배, 테라스에 앉아서 민트 줄렙을 들이켜고, 생각에 잠긴 채 낡은 레밍턴 타자기를 두드리는 삶. 적재적소에 재치 있게 농담을 하는 모습. 뭐 그런 것. 누구라도 이런 이유에서 책을 쓰고자 한다면 고통받아 마땅하다. 그리고 다행히 많이들 고통받고 있다.

다른 일도 거의 비슷한 것 같지 않은가? 우리는 모두 이런 말을 한다. 부자가 되고 싶다, 살을 빼고 싶다, 사업을 시작하고 싶다……. 하지만 부자가 되고 날씬해지고 사업가가 되는 일은 머릿속으로 상상해 볼 때가 실제로 실천할 때보다 훨씬 매력적이다.

상상만으로는 멋지지만, 우리가 원하는 것은 현실이다. 작가 같은 삶을 산다거나 멋진 운동복을 입는다거나, 또는 창업 게임을 한다고 해서 현실이 달라지지는 않는다. 열심히 노력하고 다른 사람들이 가치 있게 여기는 일을 하면 그 결과로 멋진 현실이 이루어진다. 사람들이 한 말에서 빠진 게 무엇인지 눈치챘는가? 바로 '글쓰기'다.

현실적인 기대 4 | 이 책이 가능성과 새로운 기회를 열어줄 거야

우리는 책이 저자에게 온갖 종류의 기회를 열어주는 사례를 지속적으로 지켜보았다. 예상했던 기회와 뜻밖의 기회를 모두 가져다준다. 예상했던 기회가 실현되면 당연히 좋은 일이다. 하지만 뜻밖의 기회는 종종 사람들을 놀라게 한다. 보통은 이런 식으로 진행된다.

검색 엔진 1위는 구글이다. 2위는 유튜브. 3위는 어디인지 아는가? 아마존이다. 그리고 기업가와 사업가에게 아주 유의미하게도 상품과 서비스를 찾을 때는 아마존이 1위가 된다(상품과 서비스에 관한 검색의 44퍼센트가 아마존에서 시작된다). 아마존이 전문 직업인을 위한 최고의 검색 엔진이라는 뜻이다.

생각해 보라. 문제를 겪을 때 책을 찾아서 해결한 적이 얼마나 많았는가? 당신이 그 문제를 해결하는 방법에 대해 책을 쓴 바로 그 사람이라면 어떻겠는가? 그러면 그런 문제를 겪는 사람들이 당신에게 다가올 것이다. 그렇게 되는 것이다. **책은 당신에게 사람들을 끌어들여 준다.** 책은 그들에게 당신이 정확히 누구인지 알려주고, 당신이 그들을 어떻게 도울 수 있는지 보여준다. 더할 나위 없이 훌륭한 최고의 마케팅 도구다. 단지 당신의 브랜드를 구축하는 일뿐만 아니라 고객을 유인하는 역할도 한다.

내 개인적인 이야기를 소개하겠다. 우리가 스크라이브를 시작했을 때 깨달은 사실은 우리에게 로켓이 있는데 어떻게 날아가야 할지를 모른다는 사실이었다. 우리는 회사를 체계적으로 발전시키는 방법을 배워야 했다. 나는 무엇을 했을까? 아마존으로 가서 그 주제에 관한 책을 읽었다. 하지만 빠르게 성장하는 회사를 관리하고 체계적으로 규모를 늘리는 방법에 관한 좋은 책이 많지 않았다. 그중에서 캐머런 헤럴드가 쓴 책이 가장 좋았다. (제목은 《더블 더블 *Double Double*》이었다. 그리고 그는 《회의는 지긋지긋해》와 《생생한 비전》이라는 책도 썼다.) 나는 책을 읽고 이렇게 생각했다. '기발하네. 하지만 더 필요해. 이 사람이 날 직접 가르쳐주면 좋겠군.' 나는 캐머런에게 연락했고, 그는 지금 우리 회사의 자문을 맡고 있다. (그리고 지분도 가지고 있다.) 캐머런은 그렇게 귀한 존재였다.

그 모든 일이 캐머런이 정말로 좋은 책을 쓴 덕분에 이루어졌다. 그 책이 나를 그에게로 이끌어주었다. 캐머런이 아니라도 똑같은 내용을 내게 가르칠 수 있는 사람이 500명도 넘을 것이다. 하지만 내가 읽고 그에게서 배워야겠다고 결정하도록 만들어 준 훌륭한 책을 쓴 사람은 캐머런밖에 없었다. 나는 영업 피칭이나 광고에는 절대 주목하지 않았다. 나는 증거를 봐야 했다. 그리고 그의 책이 바로 증거였다. 그 책은 나를 그에게 가게 했다.

책은 당신을 부유하게, 유명하게, 중요하게 만들어줄 마법이 아니다. 하지만 제대로만 활용한다면 많은 목표를 이루는 데 도움을 줄 수 있다. 제대로 한다는 것은 특정한 독자에게 가치 있는 지식을 담은 책을 쓰고, 도움이 되도록 전달한다는 뜻이다. 그렇게 하면 실제로 많은 혜택을 받고, 어쩌면 돈도 좀 벌고, 유명해질 수도 있다. 적어도 당신이 속한 분야에서는 명성을 얻을 수 있다.

비현실적인 기대는 왜 당신의 책에 해가 될까

지금 이렇게 생각하고 있을지도 모른다. '그래도 꿈도 못 꿀 건 없잖아? 어떤 책은 몇백만 부씩 팔리고 베스트셀러도 되는데. 잘되기를 바라는 게 뭐가 나쁘지?' 당신의 책이 잘 팔리기를 바라는 마음은 전혀 잘못이 아니다. 다만 비현실적인 기대를 목표로 삼으면 어떤 책을 써야 할지에 관한 의사 결정에 영향을 미친다. 그리고 대개는 나쁜 영향을 미친다.

예컨대 수백만 부 팔리는 책을 쓰고 싶다는 마음을 먹으면 가능한 한 폭넓고 접근이 쉬운 책을 써야 한다. 하지만 그러자면 특정한 독자층에 다가가는 걸 포기해야 한다. 이는 곧 권위와 신뢰를 얻는 데 가장 중요한 요소가 없어진다는 뜻이다. 또는 유명해지기 위해 책을 쓴다고 생각해 보자. 그러면 독자에게 집중하는 대신, 책이 당신을 어떻게 보이게 할지 걱정하게 된다. 하지만 독자에게 집중해야 좋은 책을 만들 수 있고, 좋은 책이어야 당신의 인지도를 높이는 데 도움이 된다. 당신이 독자와 독자에게 필요한 내용에 집중하면 훌륭한 책을 쓸 가능성이 커진다. 그러면 그 책은 당신에게 근사한 결실을 가져다줄 것이다. 하지만 비현실적인 기대치에 매달려 거기에 집중하면 결국 아무것도 얻지 못한다.

4
책은 어떻게 브랜드 가치를 상승시킬까

개인적인 브랜드나 직업적인 브랜드를 구축할 때 가장 좋은 방법이 무엇일까? 다시 말해 어떻게 하면 돋보일 수 있을까? 수많은 방법 중에서, 상당히 구식이지만, 책을 쓰는 게 가장 좋다. 좋은 책이 브랜드를 구축하고 경력을 견인하는 데 어떻게 도움이 될까? 책으로 도움을 받는 여섯 가지 방법이 있다.

책은 주목도를 높이고 인지도를 끌어올린다

어떤 일에 관한 논평이 필요할 때 언론이 찾는 사람은 누구일까? 바로 전문가다. 그렇다면 누군가가 전문가라는 사실을 어떻게 알까? **전문가는 그 주제에 관한 책을 쓴 사람이다.** 책은 전문 지식을 드러내는 가장 대표적 상징이다. 언론은 전문가와 이야기하고 싶어 하고, 누가 그 주제에 관한 책을 썼는지를 바탕으로 역량을 판단한다. 당신의 영역에서 더 높은 주목도와 언론 노출 기회를 얻고 싶은가? 당신을 전문가로 세워주는 책을 써라. 언론과 접촉할 기회를 얻기가 10배는 더 쉬워진다.

조너선 시겔의 책은 바로 이런 방법으로 그에게 엄청난 언론 노출 기회를 가져다주었다. 그는 첨단기술 스타트업에 관한 통설에 담긴 오류를 자세히 다룬 훌륭한 책을 썼다. 그러자 《아이엔시》, 비즈니스 인사이더 같은 매체 수십 곳에서 그를 취재했다. 그는 이미 자신의 분야에서 전문가였다. 단지 매체에 노출될 기회를 가져다줄 책이 필요했을 뿐이다.

스테판 아르스톨도 같은 경우이다. 그는 하루에 5시간만 일하는 혁신적인 기업 문화에 관한 책 《하루 5시간 일하기 *The Five-Hour Workday*》를 썼다. 그리고 언론은 앞다투어 그와 그의 책에 관심을 보였다. 이제 《아이엔시》 《포브스》 《앙트러프러너 *Entrepreneur*》 《패스트 컴퍼니 *Fast Company*》, CNN, CNBC, FOX 뉴스 기사를 비롯한 다양한 매체에서 그를 볼 수 있고, 그가 속한 분야에서도 모두가 그를 안다.

당신도 알지 않는가? 당신도 주변에서 그저 책 한 권을 썼는데 엄청난 주목을 받는 사람들을 많이 보았을 것이다. 그들보다 당신이 많이 안다고 해도 그들은 주목을 받고 당신은 주목받지 못한다. **바로 책 때문이다.**

책은 권위와 신뢰를 세워준다

책은 당신이 무언가에 몰두하고 끝까지 해낼 수 있음을 보여준다. 어렵고 훌륭하고 많은 역량을 요구하는 일을 완수하는 모습을 보여준다. 그리고 무엇보다도 당신이 무엇을 알고 있는지 세상에 보여준다. 책은 당신이 가진 진짜 지식과 능력으로 평가받게 해준다. 제대로 된 길을 가지 않고도 대학 졸업장은 쉽게 받을 수 있다. 하지만 속임수를 써서 좋은 책을 쓸 수는 없다.

그렇다. 책을 바탕으로 평가받는 일은 위험하다. 하지만 바로 그런 이유에서 책은 유효한 자격증이다. 그리고 모험이다. 책을 통해 당신은 사람들이 꺼리는 자리, 즉 평가받는 자리에 놓인다. 그리고 그 자리에 가기까지는 많은 일을 해야 한다. 당신이 정말로 무언가를 알고 있다는 사실을 증명해야 한다.

밥 글레이저는 책을 통해 바로 이런 경험을 했다. 그는 부담스럽고 어려운 주제인 제휴 마케팅에 관한 책을 썼다. 하지만 방어적이지 않고 열린 태도로 업계에 대한 자신의 지식을 공유했다. 언론과 고객이 모두 그에게 신뢰와 권위를 부여해 주었다. 비밀을 솔직하게 공유하며 좋은 책을 쓴 덕분이었다.

존 룰린도 마찬가지였다. 그는 선물 전문가로서 책에서 모든 비법을 공유했다. 그 결과 책이 날개 돋친 듯 팔렸을 뿐만 아니라, 한 해에 20회 이상 기조강연을 하고 회사도 두 배로 성장했다. 대다수 사람은 그런 위험을 감수하려 하지 않는다. 그들은 자신의 지식을 공유하고 자신이 아는 정보를 세상에 보여주기를 두려워한다.

그래서 우리는 저자들에게 매우 솔직하다. 말도 안 되는 소리를 토해놓고 책이라고 부르면서 결실을 가져갈 수는 없다. **책을 통해 신뢰와 권위를 세우려면 당신이 가진 지식과 아이디어를 독자와 숨김없이 공유해야 한다.** 그렇게 할 수 있다면 당신은 책을 쓰지 않은 동료들을 뒤로한 채 로켓처럼 비상할 것이다. 그들이 설령 당신과 똑같이 실력 있고 영리하다고 해도 말이다.

책은 새로운 고객과 기회를 가져온다

사람들이 믿을 만한 전문가나 권위자를 찾을 때 가장 먼저 무엇을 생각하는가? 언론과 똑같다. 모두가 말 그대로 그 주제에 관한 '책을 쓴' 사람을 원한다. 훌륭한 책을 쓰면 사람들은 당신이 정확히 누구이고, 어떻게 그들을 도울 수 있는지 인지한 상태에서 당신을 찾아온다.

책은 더할 나위 없이 훌륭한 마케팅 도구다. 당신의 브랜드를 구축할 때만이 아니라 실제 고객을 끌어올 때도 유용하다. 검색은 인바운드 기회를 창출할 뿐이지만, 책은 최고의 마케팅 효과를 가져다준다. 바로 입소문이다. 당신이 신뢰하는 누군가가 어떤 상품을 써보라고 권하면 당신은 대개 그 말을 듣는다. 사람들이 당신과 당신의 사업에 관해 이야기하도록 만들고 싶다면 책은 최고의 마케팅 도구다. **책은 다른 어떤 마케팅보다 효과적으로 입소문을 만들어낸다.** 책은 당신의 이야기를 고스란히 사람들의 입에 넣어준다. 그래서 그들이 당신에 대해 말할 때면, 사실은 당신이 말하고 싶은 내용을 그대로 말하게 된다. 좋은 책을 쓰면 사람들은 당신의 용어와 표현과 아이디어를 다른 사람들에게 되풀이해 말해준다. 당신이 특정한 집단에 가치 있는 책을 썼다면, 그들은 칵테일파티에서 같은 문제를 공유하는 누군가에게 당신의 책에 관해 말하고 싶어 할 것이다. 왜 그럴까? 그 이야기가 자신을 더 돋보이게 해주기 때문이다. 입소문은 그런 원리로 작동한다.

이와 같은 사례는 정말 수없이 많다. 멜리사 곤잘레스의 책은 해를 거듭하면서 회사 매출이 33퍼센트 증가했다. 괄목할 만한 기록이다. 멜리사가 추산한 바에 따르면 고객의 75퍼센트가 그녀를 고용하기 전에 책에 대해 알고 있었고, 30퍼센트 이상은 책을 읽어보았다. 덕분에 멜리사는 영업 절차가 거꾸로 바뀌었다. 이제 고객들은 멜리사가 함께 일해주기를 바라며 오히려 그녀를 설득하려 한다. 더글러스 브랙먼도 비슷한 경험을 했다.

책을 출간한 뒤로, 내 세계는 아주 빠르게 확장되었다. 나로서는 범접할 수 없어 보이던 사람들과도 연락할 수 있고, 그 덕분에 함께 일하는 사람을 훨씬 더 신중하게 선택할 수 있었다. 사실 최근에는 다 감당할 수 없어서 강연과 언론 노출을 줄이고 있다. 걸려오는 전화들을 어떻게 처리해야 할지 모르겠다.

재무설계사 마크 베어드는 책에서 입소문으로 이어지는 소개의 연쇄반응을 아주 잘 설명한다.

강연하면서 책에 관해 이야기하면 책 몇 부가 팔린다. 그리고 그들은 다시 당신을 더 많은 사람에게 소개해 준다. 소개의 연쇄반응이다. 지금까지 아주 만족스럽고, 책이 없었다면 이런 일은 일어나지 않았을 것이다.

책은 당신을 무대에 오르게 해준다

대중 강연, 특히 유료 강연을 하고 싶은 사람이라면 책은 거의 필수 조건이다. 강연자에게 책은 기본 자격증이기 때문이다. 사람들은 책을 통해 당신이 그 주제에 관해 이야기할 자격이 있음을 확신한다. 그리고 일단 무대에 오르게 되면 당신의 브랜드는 변화한다.

로빈 파만파마이안에게 바로 그런 일이 일어났다. 의료 영역에서 벌어지는 혼란에 관한 책을 쓴 뒤로 그녀는 싱귤래러티와 테드엑스를 비롯한 각종 컨퍼런스에서 50회가 넘게 강연했다. 게다가 강연으로 폭발적인 성장을 이룬 그녀의 브랜드 덕분에 의료 스타트업에서 새로운 자리를 얻었다.

나는 무대에서 내려와 곧장 신생기업 인빅타 메디컬의 창업자에게 걸어갔다. 그는 내 강연을 보았고, 우리는 이야기를 나누었다. 처음 두 번의 회의가 지나자 나는 회사의 자문이 되어 있었고, 두 달 만에 부사장이 되었다.

로렌조 고메즈는 그의 책 덕분에 근본적으로 변화했다. 강연을 통한 영향이 주요했다. 그의 책은 고졸 출신으로 첨단기술 기업의 CEO가 되기까지 겪은 분투의 과정을 상세히 담고 있다. 그리고 다양한 청중을 대상으로 한 강연 요청이 들어왔다. 그중에는 텍사스샌안토니오대학교의 졸업식 연설도 있었다.

내가 졸업식 연설을 요청받다니, 이럴 줄 알았다면 애초에 책을 쓰지도 않았을 것이다. 나는 완전히 겁에 질려버렸다. 지금 그냥 그 일을 떠올리는 것만으로도 여전히 겁이 난다. 하지만 내 인생에서 가장 뿌듯한 순간이었다.

책은 당신의 유산을 단단히 결속한다

앞서 살펴본 모든 사례는 공통점이 있다. 저자의 지식과 경험을 공유함으로써 사람들이 저자를 달리 보게 만든다는 사실이다. 이는 유산의 정의와 거의 정확히 일치한다. 유산은 당신이 뒤에 남기는 무엇이다. 좋을 수도, 나쁠 수도, 그저 그럴 수도 있다. 그리고 당신의 유산을 단단히 굳히는 방법으로 책 쓰기보다 좋은 길은 없다.

커크 드레이크에게 그런 일이 일어났다. 커크는 신용조합을 위해 일하는 유능한 마케팅·비즈니스 컨설턴트다. 그의 책은 위에 언급한 모든 혜택을 그에게 가져다주었다. 나아가 한 가지가 더 있었다. 업계에서 그의 위치를 견고하게 다져주었다. 옆 사진은 연중 가장 큰 규모로 열리는 신용조합 행사에서 찍은 것이다. 누군가 커크에게 책에 사인해 달라고 부탁하고 함께 사진도 찍었다.

물론 커크는 《피플 *People*》이나 TMZ◆ 같은 곳에 나올 만한 명성을 얻지는 않았다. 하지만 그는 더 중요한 무언가를 챙겼다. 그가 일생을 바쳤으며 더 발전시키고자 하는 분야에 남긴 업적, 그의 유산이다. (이것이 바로 특정한 영역을 겨냥한 책이 포괄적인 책보다 좋은 이유이다. 목표에 집중하게 만든다. 마케팅 전문

◆ 뉴스와 가십을 다루는 웹사이트 — 옮긴이

가는 많지만 신용조합 마케팅 전문가는 없다. 커크는 그 틈새 영역을 장악함으로써 자신을 빠르게 차별화하고 각인시킬 수 있었다.)

새넌 마일스에게도 같은 일이 일어났다. 그녀는 원격 비서 회사인 빌레이 솔루션을 남편과 함께 창업했다. 경력을 쌓으며 일도 하고 싶지만, 집에 머무를 수 있는 유연성도 원하는 여성과 엄마들에게 새로운 선택권을 주고 싶었기 때문이다. 《제3의 선택》은 그녀의 비전을 제시하고, '제3의 선택'을 선택하고자 하는 여성을 위해 역할과 공간을 규정하도록 도와주는 책이다. 여성이 원하는 방식으로 일할 수 있게 도와준 섀넌의 유산은 이제 단단하게 자리를 잡고 있다.

책은 사람들에게 진정한 영향력을 만들어낸다

마지막 순서이지만, 많은 저자에게 가장 중요한 요소다. **그들의 책이 실제로 독자에게 어떻게 영향을 미치고 삶을 변화시켜줄까?** 몇몇 책에 대해 아마존에 올라온 후기를 살펴보자.

더글러스 브랙먼, 《드리븐 *Driven*》

잠재력을 실현하면서도 평안을 찾고 싶은 사람에게 이 책을 추천한다. 나는 더그 브랙먼과 개인적으로 일해왔다……. 나는 망가진 채 그의 집 앞에 나타났다. 두려움 속에 살면서 대부분의 관계에서 스스로를 고립시켰다. 자신을 망가뜨리는 습관이 몸에 배어 있었다. 내 모습과 세상 속 내 자리가 마음에 들지 않았다. 그는 아마도 그의 의자에서 '부들부들 떨고 있는' 내 모습을 기억할 것이다. 나는 나약하고 외로웠다. 책을 보면 알겠지만, 그가 내게 준 도구는 내가 내적 평화와 행복을 발견할 수 있게 해주었고, 내 진정한 잠재력을 깨닫게 해주었다……. 나는 내 영혼을 다시 인식할 수 있었다. 몸을 일으켜 내가 늘 꿈꿔왔던 삶을 계획할 수 있었다. 그는 내 마음이 어떻게 움직이는지 이해하게 해주었고, 내가 가지고 있던 그 '드리븐' 기질을 이용할 수 있게 도와주었다. 1년이 채 안 되어서 나는 외부의 도움 없이 수백만 달러 규모의 사업을 시작할 수 있었고, 꿈꾸던 여성을 찾았다. 그리고 다방면에서 능숙한 삶을 추구하고 있다. 잠재력을 실현하면서도 평안을 찾고 싶은 사람들에게 이 책을 강력히 추천한다. —저스틴

섀넌 마일스, 《제3의 선택》

이 책은 내 세계를 심각하게 흔들어놓았다. 오랫동안 원격 비서로 일해온 나는 몇 년 전부터 집에서 일하기로 마음먹고 있었다. 하지만 자신이 없었고 시간과 역량을 현명하게 쓸 지혜가 없었다. 섀넌은 여러 번 내 마음에 말을 걸어주었고, 나를 단단하게 하고 격려해 주어 원격 비서로서 내 가치에 자신감을 가지게 해주었다. 당신이 집에서 일하고 있거나, 일하는 걸 고려한다면 (아니면 정말로 하고 싶다면) 부디 자신을 위해 이 책을 읽기 바란다. 서가에 꽂힌 수백 권 가운데 내가 가장 좋아하는 책이다. —탠디 S. 호게이트

로렌조 고메즈, 《고수 일기 *The Cilantro Diaries*》

멋진 책! 내가 더 젊었을 때 이 책을 읽었더라면! 경영서는 대부분, '하버드를 졸업한 뒤에 나는……'이라고 시작한다. 이 책은 그 나머지 우리를 위한 책이다. 이 책에는 곧바로 실행할 만한 유용한 조언이 있다. 내 인생에서 이 책을 더 일찍 만났더라면 어떤 상황은 그때보다 더 잘 대처했을 거라는 생각이 든다. —고객

스테판 아르스톨, 《하루 5시간 일하기》

이제부터 삶을 더 영위하고 일은 덜 하기. 이미 한 달 전부터 평일 근무 시간을 8시 30분부터 5시 30분까지로 옮겼어요. 그 뒤로는 아이들과 친구들을 모아서 같이 놀았고요. 몇 년 동안 주 4일 근무를 해왔는데, 여전히 내 바람보다는 근무 시간이 길었거든요. 이렇게도

해볼 만하다는 걸 일깨워 주어서 고마워요. 이러려고 내가 사업을 시작했던 거예요. —웨이드 갤트

조너선 시겔, 《샌프란시스코 팰러시 *The San Francisco Fallacy*》

이 오류를 배워서 피하거나, 아니면 결과에 고통받거나. 이 책은 나를 완전히 사로잡았다. 난 샌프란시스코 스타트업 문화 속에서 살아왔고, 일하고 있다. 조너선이 우리에게 경고한 오류는 샌프란시스코의 기술 세계에 살면서 너무 흔하게 보는 사례이다. 저자의 개인적 이야기는 영감을 불러일으킨다. 어쩌면 각자 인생을 계속 열심히 살아가라고 한 방 날려주는 걸지도 모르겠다. 하지만 오류와 그걸 막기 위해 그가 제시하는 해법이야말로 이 책의 진가를 보여주는 부분이다. 내가 아는 사업에 실패한 사람들이 이 책을 읽었더라면 여전히 살아남아서 번창하고 있었을 것 같다. —찰스 존슨

이런 후기가 정말로 수천 개 정도 있다. 책을 읽고 깊이 감동한 실제 독자들의 후기다. 명심하라. **최고의 책은 윈-윈하는 책이다.** 저자가 정말 열심히 노력하며, 최고의 지식과 이야기를 책에 담고, 진정한 가치를 독자에게 전달하려고 전념할 때 독자와 저자 모두 더 좋은 결과를 얻는다.

책이 당신의 브랜드를 구축하는 방법

그 모든 것은 이렇게 요약된다. **책은 관심을 만들어주는 특별한 능력을 가진 다용도 마케팅 도구다. 다양한 방식으로 브랜드와 경력을 쌓아올리는 데 활용할 수 있다.**

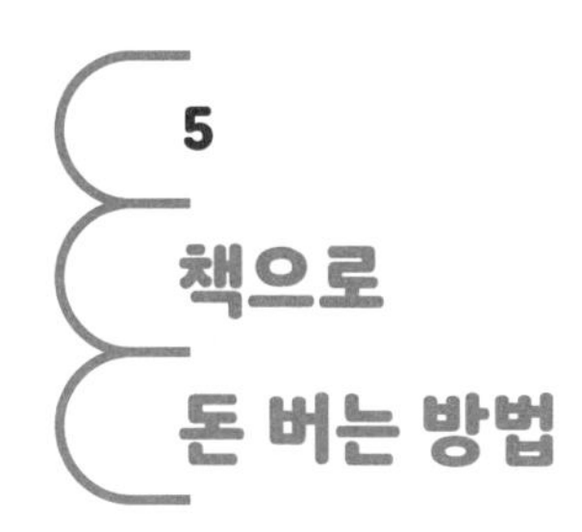

5 책으로 돈 버는 방법

곧 책을 쓰게 될 잠재적 저자들에게 가장 자주 받는 질문은 보통 이런 식이다. “내 책을 이용해서 어떻게 돈을 벌 수 있죠? 내 시간과 돈을 들이는데 투자수익을 어떻게 보장받죠?” 합리적인 질문이다.

나쁜 소식은, 책을 팔아서는 (상당한) 돈을 벌지 못한다는 사실이다. 좋은 소식도 있다. 책으로 돈을 벌 수 있는 다른 방법이 아주 많다. 게다가 책 판매에 집중해서 벌어들이는 돈보다 훨씬 더 많은 수익을 올릴 수 있다. 가장 일반적인 방법을 예시와 함께 안내하겠다.

컨설팅 서비스

스크라이브의 가장 큰 고객 기반은 컨설턴트다. 이들은 성공해서 일정 수준에 이른 뒤부터는 높이 치고 올라가기 어려워진다. 책이 없으면 안 된다. 책은 컨설턴트에게 권위를 세워주고 경쟁에서 주목도를 끌어올린다.

애슐리 웰치와 저스틴 존스는 바로 이런 고충을 겪고 있었다. 그들은 영업 컨설팅 회사인 서머설트 이노베이션스를 높은 수준까지 끌어올렸다. 하지만 책을 쓰기 전까지는 돋보이지 못했다. 책은 그들에게 드림포스의 강연 시간을 배정해 주었고, 그 자리에서 그들은 AT&T와 계약을 맺었다.

커크 드레이크는 신용조합이 마케팅과 영업을 개선하도록 도와주는 성공적인 컨설팅 회사를 소유하고 있었다. 하지만 책이 나오고 나서야 수십만 달러 비용을 관리할 수 있었고, 업계에서 가장 규모가 큰 신용조합과 계약을 성사했다. 조 메클린스키는 자신의 베스트셀러 《여하튼 성장하라*Grow Regardless*》와 《일을 변화시키라*Shift the Work*》 두 권으로 《포춘》 선정 500대 기업에 속하는 고객들과 계약을 맺고, 올해의 기업인으로 선정되었다. 컨설턴트에게는 책이 최고의 마케팅 수단이다.

유료 강연

책으로 수익을 얻는 주요 방법 가운데 하나는 강연이다. 책 없이 전문 유료 강연자가 되기는 어렵다. 물론 책 없이 강연 경력을 시작하는 사람들도 있지만, 거의 대다수는 결국 책을 쓴다. 그리고 책을 쓰면 일반적으로 강연료가 세 배로 상승한다.

존 룰린이 좋은 예다. 그는 성공적인 기업의 선물 전문가였지만, 업무당 5천 달러 정도의 비용을 받았다. 그가 《선물학 *Giftology*》을 출간한 뒤로 지금은 정기적으로 3만 달러 이상을 받으며 기조연설을 한다. 책이 강연자의 자격증이고 필수품이기 때문이다. 책은 당신이 사람들 앞에서 해당 주제에 대해 말할 자격이 있음을 증명하는 방법이다.

케빈 크루즈는 또 하나의 훌륭한 모범을 보여준다. 그의 블로그(An Authorpreneur's First $100K)에는 그가 저자가 된 첫 해의 수익 구조가 상세히 올라와 있다. 그는 책 판매로 7만 달러를 벌었지만, 강연료 수익은 17만 달러에 달했다.

전문직 서비스(의료·금융 등)

책을 활용하는 좋은 방법 가운데 하나는 자신의 분야에서 권위를 세우고, 그 권위를 이용해 새로운 고객을 창출하는 것이다. 사실 사람들은 의료 분야나 투자 자문 또는 어떤 전문 서비스가 필요할 때 누구를 선택해야 할지 전혀 감을 잡지 못한다. 필요한 역량이 무엇인지, 어떤 점을 눈여겨보아야 할지, 무엇을 피해야 할지, 또는 서비스에 관해 어떻게 판단해야 할지 전혀 모른다. 책은 당신의 분야에서 권위를 세워주고, 사람들에게 당신과 일하면 어떨지 보여주는 좋은 방법이다. 그리고 당신의 고객에게 무엇을 기대해야 할지 미리 교육해 주기 때문에 업무가 더 쉬워진다.

마이클 루이스는 외상성 뇌손상 분야 전문의다. 그의 책 《뇌가 충돌할 때 *When Brains Collide*》는 외상성 뇌손상과 치료법에 대한 훌륭한 입문서다. 그런 만큼 책이 나온 뒤로 그의 진료 업무도 규모 면에서 30퍼센트 증가했다.

샘 머렐라의 재무 설계 회사에서도 비슷한 일이 일어났다. 그가 책을 쓴 뒤로 지역 언론의 취재와 강연 요청이 쏟아져 들어왔다. 그리고 그가 운용하는 자산 규모도 두 배로 증가했다. 훌륭한 재무 자문과 서비스에 대한 수요는 항상 존재하므로 이런 일은 재무설계사에게 매우 흔하다.

코칭 서비스

어떤 분야에서라도 가르치고 이끄는 일을 하고 있다면, 당신은 다른 코치들로부터 당신을 차별화하는 데 어려움을 느낄 것이다. 무엇이 당신을 전문가로 만들어주며, 사람들이 당신과 함께해야 하는 이유는 무엇인가? 책은 당신의 전문 지식을 내보이고 당신이 그들과 함께 어떤 일을 하는지 설명해 준다.

벤 버거론이 여기에 적합한 예다. 그는 미국 최고의 철인 3종경기 코치지만 다소 과소평가 받고 있었다. 그래서 그는 철인 3종경기 선수를 가르치는 방법에 관한 뛰어난 책을 썼고, 이제는 다 감당하기에도 벅찬 기회를 얻었다. 운동경기 코치에만 해당하지는 않는다.

캐머런 헤럴드의 예를 들어보자. 그는 세계적으로 유명한 CEO 코치이고, 스프린트의 CEO 같은 사람이 그의 고객이다. 그가 회사를 성장시키고 운영하는 방법에 대해 자신이 아는 모든 노하우를 네 권의 책에 담아낸 덕분이다.

대행사 고객

모든 대행사 사장은 고객을 확보하기가 얼마나 괴로운지 안다. 책은 마법처럼 이 문제를 해결해 주지 않지만 새로운 고객을 찾고 계약하기 훨씬 쉽게 만들어준다.

뎁 가버는 자신의 브랜딩 대행사에서 이런 문제를 겪고 있었고 책을 이용해 문제를 해결했을 뿐만 아니라 회사를 한 차원 격상시켰다. 그녀는 이제 델·NBC·마이크로소프트 같은 회사들과 일한다. 그녀는 책 덕분에 자신의 대행사가 다른 회사와 차별화되었다고 인정한다.

멜리사 곤잘레스는 자신이 운영하는 디자인과 팝업 소매 대행점에서 마찬가지 문제를 겪었다. 그녀는 팝업 소매점에 대해 알고 있는 모든 정보를 책에 담았다. 그러자 2년 만에 사업은 두 배로 성장했다. 게다가 책 덕분에 여러 주요 소매업체에 고용되기도 했다. 책이 나온 뒤로 메이시스·샤넬·마크 제이콥스가 모두 멜리사와 함께 일했다.

건강 관련 상품 판매

온라인서점에서 '다이어트'이나 '건강'을 검색어로 입력해 보라. 수천 권의 책이 쏟아져나온다. 그중에서 대다수는 건강보조제·음식 회사·일회성 상품의 구매 안내서다. 마크 시슨은 이 분야에서 최고다. 그는 프라이멀 블루프린트를 시작했고, 팔레오 식이요법에 관한 책을 10여 권이나 출간했다. 아주 훌륭한 책이다. 그는 아마존에서 책을 판매하고 자신의 웹사이트에서 무료로 나누어주기도 한다. 마크는 사람들이 제대로 된 식사를 하는데 도움을 줄 뿐만 아니라, 프라이멀 블루프린트 보조제와 음식을 판매한다. 사람들은 이 상품을 의무적으로 살 필요는 없지만, 상품이 보이니 쉽게 구매할 수 있다. 그리고 책과 상품은 완벽하게 연계되어 있다. 생각해 보라. 건강보조제 광고만 있다면 반응을 보이겠는가? 아마도 아닐 것이다. 어떤 보조제를, 언제, 왜 먹어야 하는지 가르쳐주는 책은 어떤가? 책을 신뢰한다면 책에서 추천하는 보조제도 신뢰할 것이다. 마크는 식이에 관련된 신뢰할 수 있는 책을 썼고, 이 책은 자연스럽게 그가 추천하는 보조제에 더 큰 신뢰감을 느끼게 한다.

유료 마스터마인드 그룹

유료 마스터마인드 그룹을 운영하는 사람도 많다. 그들은 책을 써서 자신이 얼마나 알고 있는지, 그룹에 참여하면 무엇을 얻을 수 있는지 보여준다. 고객은 그들이 책을 썼다는 사실과 책을 통해 확인한 내용을 바탕으로 그룹에 참여하고 싶어 한다.

제임스 매스컬은 의학진화회의와 마스터마인드 그룹을 운영한다. 수만 명의 의료계 종사자를 만나서 주제에 관해 토론하는 곳이다. 그의 책 《의학의 진화 *The Evolution of Medicine*》는 새로운 회원을 모집하는 훌륭한 수단이다.

아리 마이젤은 더 적게 일하기 마스터마인드 그룹을 운영한다. 많은 고객이 그가 쓴 책을 통해 그와 그룹에 대해 알게 되었다.

프리랜서 고객

프리랜서로 일한다면 책 쓰기는 고민할 필요도 없다. 책을 쓰자마자 감당할 수 없을 정도로 일이 몰려올 것이다. 데이비드 카다비가 바로 그런 경우다. 그는 매우 제한된 틈새 영역의 독자를 위해 《해커를 위한 디자인 레슨*Design for Hackers*》이라는 책을 썼다. 그 결과 그에는 엄청난 디자인 의뢰가 밀려들었고, 결국 대행사를 만들어서 운영해 줄 사람을 고용해야 했다. (그리고 그가 만든 강좌도 잘 운영되고 있다.)

실력 있는 프리랜서라면, 그 분야에 관한 특별한 기술이 있다면, 당신이 그 일을 어떻게 하는지 설명하는 책을 써보자. 그 책을 통해 거의 끊임없이 고객을 얻을 수 있을 것이다. 생각해 보라. 누군가 프리랜서를 찾고 있는데, 어떤 사람을 선택해야 좋을지, 무엇을 눈여겨보아야 할지, 어떻게 판단해야 할지 전혀 알 수가 없다. 그렇다면 그 분야에 관한 책을 쓴 사람을 선택하지 않을까?

워크숍과 단체 지도

많은 컨설턴트와 강연자는 연설과 함께 단체 워크숍을 한다. 기업에서는 강연자를 불러 하루나 며칠에 걸쳐서 직원들에게 강연자의 방법론을 가르치고 훈련시키는 일을 맡긴다. 상대적으로 규모가 큰 기업에서 직원 교육을 위해 1일 워크숍을 열고 유료 강연자를 부른다. 이런 기회는 상당히 쉽게 얻을 수 있다. 고용자는 책만 나누어주면 직원들이 읽지 않는다는 사실을 안다. 하지만 저자를 하루 초청해서 프레젠테이션과 질의응답 시간을 진행하면 실제로 교육이 가능하다.

모나 파텔은 《재구성》이라는 책을 썼고, 그 책에서 소개한 원칙을 적용하는 워크숍을 개최한다. 워크숍은 계속해서 매진 행진을 하고 있다. 워크숍과 책은 서로 상승효과를 일으킨다. 책은 사람들을 워크숍으로 이끌고, 그녀는 워크숍에 참석한 사람들에게 책을 판매한다.

투자금 조달

투자금 모금은 어려운 일이다. 투자자는 자산을 맡기면서 당신이 누구인지, 어떤 신념을 지녔는지 알고 싶어 한다. 일단 당신에 대해 알고 나면 힘들게 번 돈을 당신에게 줄 가능성이 훨씬 높아진다.

호르헤 뉴베리에게 책은 신의 계시와도 같았다. 그는 성공적인 부동산 투자가였고 불운을 맞았지만 다시 성공을 이루어냈다. 하지만 투자자들에게 그의 여정을 이해시키기가 어려웠다. 그래서 그는 《타버린 자리 *Burn Zones*》에 자신이 지나온 과정을 썼다. 그의 계획은 무척 성공적이어서 지금은 돈이 너무 많이 모이는 게 문제일 지경이다. 아마 모든 기업가가 경험해 보고 싶어 하는 상황이 아닐까?

회사의 인력 채용

이 항목은 기업 소유주나 고위직 임원에게만 해당되지만, 실제로 그들에게는 이보다 더 좋은 방법은 없다. 바로 회사를 위한 비전을 책에서 제시하고, 그 책을 통해 함께 일할 훌륭한 사람들을 얻는 수순이다.

스테판 아르스톨은 그의 책 《하루 5시간 일하기》를 활용해 회사에서 일하는 색다른 방식에 대한 비전을 제시했다. 그의 비전은 독자의 마음을 사로잡았고, 그 결과 그의 회사와 상품에 대한 관심이 밀려들었다. 그리고 무엇보다 입사 지원서가 쇄도했다. 그와 함께 일하고 싶어 하는 사람들 수천 명이 몰려왔다.

또 다른 예로 제프 캐버나의 책 《컨설팅 에센셜*Consulting Essentials*》을 들 수 있다. 제프는 대형 컨설팅 회사 인포시스의 공동경영자이고, 텍사스대학교 겸임교수다. 그는 학생들에게 컨설턴트가 하는 일과 일하는 방법을 가르치기 위해 책을 썼다. 그리고 의도하지 않았지만 수백 명의 실력자가 그의 회사에 지원하는 결과를 가져왔다.

검증된 맞춤 서비스

밥 글레이저는 대형 브랜드에서 제휴 마케팅을 활용하도록 도와주는 멋진 회사를 운영한다. 하지만 회사가 하는 일을 알리기가 너무 어려웠다. 그래서 그는 자신의 아이디어를 책에 담았다. 그리고 1년이 채 안 되어서 그는 수십 개의 주요 브랜드와 계약을 체결했고 회사는 직원 100명이 넘는 규모로 성장했다.

필립 스텃츠에게도 이와 같은 일이 일어났다. 그는 정치인들의 디지털 마케팅 활용을 돕는 마케팅 대행사를 운영한다. 그는 자신의 전략이 사업에도 매우 효과적이라는 사실을 깨닫고 책을 썼다. 마케팅 회사 대부분이 고객에게 도움이 되지 않는 현실과 회사가 철저한 평가를 통해 더 좋은 결과를 내는 방법에 관한 책을 썼다. 결과는? 그의 사업은 1년 만에 두 배로 성장했다.

영상 강의 판매

당신의 책이 독자에게 높은 투자수익률을 보장하는 방법을 가르친다면, 고급편에 해당하는 영상 강의를 만들 수 있다. 영상 강의는 책보다 가격을 높게 정하고, 책을 활용해 독자를 영상 강의로 유도한다. 영상 강의의 가장 큰 장점은 가격이다. 사람들이 책에는 25달러 이상을 쓰려고 하지 않지만, 정확히 똑같은 내용을 담은 영상 강의에는 500달러 이상도 지출한다. 사실 이는 합리적인 선택인데, 많은 사람이 음성 자료보다는 영상 자료를 통해 더 쉽게 배우기 때문이다.

조시 터너가 쓴 《월스트리트 저널》 선정 베스트셀러 《커넥트*Connect*》는 링크드인을 활용해 회사에 매출을 가져오는 방법에 관한 책이다. 이 책은 그 자체로 매우 훌륭하지만, 나아가 많은 사람을 그의 고급편 영상 강의로 유도한다.

제이슨 플라들린도 마찬가지였다. 웨비나◆에 관해 세계 최고의 영상 강의와 온라인 교육 프로그램을 가진 그는 자신의 책을 '깔때기 투입구' 리드 생성 역할로 활용해 수백만 달러의 매출을 이루었다.

서비스형 소프트웨어 제품 판매

책은 회사가 소프트웨어, 특히 서비스형 소프트웨어를 판매하기에 훌륭한 수단이다. 가장 좋은 예는 인바운드 마케팅을 발명한 회사 허브스팟이다. 그들은 홍보를 위해 무엇을 했을까? 바로 《인바운드 마케팅*Inbound Marketing*》이라는 책을 썼다. 그 책에서는 허브스팟에 관한 홍보는 최소한으로 줄이고, 대신 그들

◆ webinar, 웹(web)과 세미나(seminar)의 합성어. 인터넷상에서 열리는 회의를 말한다. — 옮긴이

의 마케팅 방법을 대대적으로 광고했다. 그래서 결과는? 사실 인바운드 마케팅의 가장 쉬운 방법은 그들의 소프트웨어를 사용하는 것이다. 그 책은 독자에게 진짜 가치를 제공할 뿐만 아니라 수많은 독자를 소비자로 바꾼다.

마크 오간은 또 다른 예다. 그의 회사 인플루이티브는 기업과 브랜드가 팬을 동력 삼아 새로운 옹호자 마케팅 채널을 만들게 도와준다. 이를 위해 인플루이티브에서 만든 소프트웨어는 매우 강력하지만, 사람들이 옹호자 마케팅이 실제로 어떻게 작동하는지 이해하려면 상당한 정신적 도약이 필요하다. 마크는 이를 설명하기 위해 《메신저는 메시지다 *The Messenger is The Message*》를 썼고, 책 출간 뒤로 괄목할 만한 성장을 이루고 있다.

직업 변경

비록 직접 운영하는 사업이나 기업에 대한 포부가 없더라도 책은 경력 향상에 도움을 준다. 현재 일하는 곳에서 더 발전하거나 직종을 완전히 바꾸는 데에도 책의 도움을 얻을 수 있다.

사이먼 더들리는 《확실성의 종말 *The End of Certainty*》을 통해 이런 도움을 받았다. 그는 원격 화상회의 분야에서 중요한 인플루언서였지만, 다양한 기술 변화 때문에 자신의 영역에 대한 확신을 잃게 되었다. 그는 곧 혼란이 닥칠 상황에서도 기업들은 변화하지 않는다고 생각했다. 그는 원격 화상회의 분야를 떠나고 싶었다. 그래서 원격 화상회의를 전혀 언급하지 않은 채 기술 변화와 대응 방법에 관한 책을 집필했다. 그 덕분에 다른 업계에 가서도, "어떤 혼란을 겪고 있는지 잘 압니다. 내가 도울 수 있습니다."라고 설득할 수 있었다. 그는 익세션 이벤트라는 회사를 설립했고, 기술 변화에 관한 컨설턴트로서 성공적으로 일하고 있다. 본질적으로 새로운 경력을 창조한 셈이다.

아이러니하게도 원격 화상회의 업계에서는 그가 책을 쓰기 전까지는 아무도 그의 말에 귀 기울이지 않았다. 원격 화상회의를 전혀 언급하지 않았지만 명백하게 연관성 있는 책을 쓴 뒤로 그의 컨설팅 업무의 절반은 이전까지는 그를 고용하지 않았던 원격 화상회의 업계 회사들이 채우고 있다.

젭 화이트 역시 같은 경우다. 그는 매우 성공적인 변호사였지만, 그 일이 더는 자신에게 맞지 않는다고 생각해 새로운 직업을 갖고자 했다. 그래서 그가 여가시간에 했던 일에 관한 책을 썼다. 경제적으로 어렵고 혜택을 받지 못한 아이들이 좋은 학교에 진학하도록 돕는 일이었다. 그 책이 수십만 달러를 벌어들이는 대학 컨설턴트 업무로 이어지면서 그는 변호사 일을 그만둘 수 있었다.

투자 기회와 이사회 참여 기회

클리프 러너의 저서 《폭발 성장*Explosive Growth*》의 경우를 살펴보자. 원조 그로스 해커에 속하는 그는 10년 전 자신의 소규모 데이트 주선 회사를 초고속으로 성장한 상장기업으로 만들었다. 그는 스타트업을 돕고 싶었지만 책을 출간하기 전까지는 확신이 서지 않았다. 사람들이 그의 재능을 알아보고 그에게 도움을 받을 수 있다는 사실을 과연 알아줄지 자신이 없었다. 그래서 그는 자신이 어떻게 그런 업적을 이루어냈는지 보여주는 책을 썼다. 그러자 회사 이사회에 들어와달라는 제안과 주목받는 스타트업에 에인절 투자를 해달라는 요청이 쇄도했다. 정확히 그가 원하던 일이었다.

조너선 시겔도 정확히 똑같은 일을 경험했다. 그는 10여 개 소프트웨어 회사를 창업해서 매각한 경험이 있었고, 투자 영역으로 진출할 기회를 찾고 있었다. 그래서 그는 새로 시작하는 창업자가 흔히 접하는 모든 실수와 부정확한 정보에 대처하는 책을 썼다. 이제 그는 투자와 자문을 할 회사를 고를 수 있는 선택권이 생겼다.

시설이나 컨퍼런스 홍보

켄터키 기업가 명예의 전당의 설립자들은 설립 취지에 더 많은 관심을 얻고자, 켄터키주 출신의 유명한 창업자들에 관한 이야기를 담은 《억압되지 않는 정신 *Unbridled Spirit*》을 집필했다. 책은 인기를 얻었다. 그 결과 후원은 두 배로 늘고 언론의 주목도는 10배 가까이 상승했다.

책은 컨퍼런스를 위한 개발되지 않은 마케팅 진입로다. 우리는 컨퍼런스에 관한 책 쓰는 일을 도운 적이 있다. 비전 테크놀로지에 관한 컨퍼런스인 LDV 회의는 창안자와 선도자를 해당 분야의 벤처 투자자와 이어주는 역할을 했다. 컨퍼런스 주최자는 두 가지 일을 한다.

① 컨퍼런스 소유권자(에반 니셀슨)는 책을 펀드 출자자 또는 잠재적 기업인에게 보낸다. 그는 직접 쓰지 않고도 책 쓰기의 모든 혜택을 얻는다.
② 그는 해마다 컨퍼런스를 위해 지원서를 발송할 때 책을 함께 넣는다. 덕분에 재등록 비율이 세 배로 상승했다.

과거 참가자에게 근사한 책을 보내주는 비용으로 5달러를 지출함으로써, 그는 참가자들이 다음 컨퍼런스 개최 6개월 전부터 500달러 이상을 쓰게 만든다. 상당히 좋은 거래다. 테드 역시 이렇게 운영하며 자신들만의 출판 브랜드도 가지고 있다.

큰손 고객 유인

자산 규모가 큰 고객을 상대하는 일을 한다면 그들을 설득하고 판매하기가 얼마나 어려운지 잘 알 것이다. 하지만 좋은 책을 쓰면 일이 한결 쉬워진다. 알렉스 앤드로스는 좋은 와인에 투자하는 사람들을 돕는 고급 와인 중개인이다. 그는 책을 쓰기 전에도 성공적이었지만 고급 와인 투자에 관한 책을 출간한 지 단 1년 만에 인바운드 리드가 두 배로 증가했고 자산 규모 최대 고객층은 세 배가 되었다.

닉 타라시오는 항공기 중개 기업을 소유하고 있다. 항공기를 구매할 수 있는 사람은 극히 드물다. 그는 책을 활용해 많은 구매자를 유인하고 계약을 성사했다.

책 판매

앞에서 책 판매는 돈을 버는 데 좋은 방법은 아니라고 말했지만, 한 푼도 벌 수 없다고 말한 적은 없다. 일단 특정한 독자층에 흥미를 유발하는 책을 쓴 뒤에는 책 판매를 자극하는 수많은 방법이 있다.

- 페이스북 광고가 책 판매로 이어질 수 있다.
- 묶음 홍보로 사은품을 증정해 구매를 장려할 수 있다.
- 강연 행사 등에서 현장 판매할 수 있다.
- 책에서 얻을 수 있는 핵심 정보를 소개한 외부 사이트 게시물이 책에 대한 흥미를 유발할 수 있다.

이런 방법을 어떻게 적용할지 길게 설명하지는 않겠다. 솔직히 말하면 대다수 저자에게는 그렇게 시간을 들일 만한 가치가 없다. 책의 포지셔닝을 제대로 했다면 판매 부수는 걱정하지 않아도 된다. 책을 당신에게 진정으로 중요한 혜택으로 전환할 방법에 대해서만 생각하면 된다. 하지만 사람들이 책을 사면 당신은 돈을 벌게 해주는 마케팅 도구를 쥔 셈이다. 그건 꽤 대단한 일이다.

6

모든 정보를 책 한 권에 쏟아 넣지 마라

미트볼은 맛있다. 아이스크림은 맛있다. 하지만 두 가지를 조합하여 미트볼 아이스크림을 만들면? 생각만 해도 속이 메슥거린다. 비록 개별적으로는 훌륭해도 함께 어울리지는 않는다. 많은 저자가 책에서 이런 잘못을 저지른다. 미트볼 아이스크림을 만든다. 뚜렷이 구별되는 여러 아이디어를 책 한 권에 으깨어 넣는다. **절대로 통하지 않는 방법이다.** 무엇보다도 독자에게 안 좋은 경험을 안겨준다. 사람들은 자신이 처한 특정한 문제를 해결하는 데 도움을 줄 전문가의 지식을 얻기 위해 책을 읽는다. 연관 없이 쏟아져나오는 정보를 경험하려고 책을 읽는 사람은 아무도 없다.

관점과 정보가 너무 많으면 책을 포지셔닝하고 마케팅하기가 어려워진다. 사실 포지셔닝 문제 대부분은 저자가 두세 권의 다른 책을 하나로 조합해서 여러 독자층에 말하기 때문에 발생한다. 이렇게 되면 명확한 포지셔닝은 거의 불가능하다. 많은 저자들이 알고 있는 모든 정보를 한 권에 조합해 넣으려고 한다. 책 한 권을 쓸 만큼 정보가 충분하지 않다고 생각하기 때문이다. 불안한 마음에 가능한 모든 내용을 하나로 욱여넣어서 벌충하려는 행위이다. 이미 말했듯이, 그 시도야말로 최악이다. 그렇게 하면 터질 듯이 부풀고 장황하게 구불구불해서 사람들에게 설명하기도 어렵고 맞춤한 독자는 전혀 없는 책이 되고 만다.

미트볼 아이스크림의 예

우리는 브라이언과 섀넌 마일스와 함께 일한 적이 있다. 둘은 미국에서 가장 성공적인 원격 비서 회사인 빌레이 솔루션스를 세웠다. 훌륭한 원격 비서와 회사와 바쁜 기업가에게 적합한 규모의 프로세스를 연결해 준다. 빌레이 솔루션스는 믿을 수 없이 놀라운 문화를 구축하여《앙트러프러너》에서 미국 기업 문화 1위 회사로 선정되었고, 집에서 일하기를 원하는 엄마들에게 믿을 수 없을 만큼 놀라운 기회를 제공해 왔다.

그들은 원격 비서가 어떻게 업무를 변화시키는지, 훌륭한 비서 문화를 어떻게 조성해야 하는지, 그리고 그 문화를 통해 어떻게 더 많은 여성을 끌어모을지에 대한 책을 쓰겠다고 생각했다. 세 부분 모두 마땅히 자랑스러워할 만한 일이다. 다만 그들은 이 모든 내용을 책 한 권에 집어넣으려는 매우 광범위하고 모호한 구상을 하고 있었다. 그렇게는 책을 쓸 수 없었다. 세 가지 아이디어는 매우 다르고 뚜렷하게 구분된다. 우리는 두 저자와 함께 돌고 돌아서 이 책에 맞는 포지셔닝을 찾으려고 노력했다. 그러다가 마침내 내가 말했다. "적어도 책 두 권은 있는 것 같아요. 어쩌면 세 권까지도. 원격 비서가 업무를 혁신한다는 책이 하나 있어요. 놀라운 기업 문화 세우기와 관련된 책이 하나 더 있고요. 여성이 원격 비서 업무를 활용해 삶을 변화시키는 이야기가 또 있어요."

모두 좋은 책이 될 만한 내용이다. 하지만 세 가지 다른 책이지 한 권은 아니다. 저자들도 동의했다. 브라이언은 우리와 함께 원격 비서가 현대의 노동자를 어떻게 변화시킬지에 관한 책 《가상 문화 *Virtual Culture*》를 썼다. 또 섀넌은 여성과 원격 비서 업무에 관한 책 《제3의 선택》을 썼다. 한 권 대신 두 권의 책을 쓴 덕분에 그들은 회사의 영향력을 두 배 이상으로 확장했다. 책마다 개별적이고 구분되는 매체 홍보를 했고, 서로 다른 목적을 이루었다. 브라이언의 책은 고객 유입에 큰 효과를 냈고, 섀넌의 책은 고객에게 걸맞은 실력 있는 원격 비서를 끌어모을 수 있었다.

포지셔닝 관련 또 하나 중요한 점

그들은 기업 문화에 관한 책은 쓰지 않기로 했다. 대신 그

중에서 많은 아이디어를 새년의 책에 넣었다. 기업 문화에 관한 책을 쓰면 수많은 강연 초청과 컨설팅 요청이 들어올 것이고, 그들은 그런 기회는 원하지 않았기 때문이다. 그들은 오직 사업에만 집중하고 싶어 했다.

한 권의 책에 집중하기

포지셔닝할 때 이렇게 두세 가지 아이디어가 하나로 섞여 있다 해도 자신을 비난하지 말자. 매우 흔한 일이다. 실은 (일단 포지셔닝을 잘 정하면) 더 좋은 결과로 끝나는 경우도 많다. 당신에게 가장 잘 맞는 책을 찾아 집중하는 데 도움이 되고, 다음에 쓸 책을 찾는 데도 도움이 될 수 있다.

여기서 중요한 점은 독자를 잘 도울 방법에 초점을 맞추는 데 있다. 당신의 책에 맞는 독자가 누구인지, 어떻게 도움이 될지 확실히 안다면 그 독자에게 접근할 이상적인 책에 관한 구상이 모습을 드러낸다. 일단 그 구상을 얻으면 다른 아이디어가 적합한지 아닌지는 쉽게 알 수 있다. 그리고 책에 관한 구상을 결정하면 된다.

만일 당신이 성공한 직업인으로 해당 분야에 연륜이 깊다면 책 여러 권에 해당하는 구상이 있을지도 모른다. 구체적이고 초점이 맞고 서로 다른 정보를 전달해 주는 여러 가지 책에 관한 구상을 할 수도 있다. 실은 여러 가지 구상이 있는 편이 더 좋다. 우리가 함께 일한 거의 모든 저자가 쓰기로 마음만 먹는다면 한 권 이상의 책을 쓸거리를 가지고 있었다. 책은 언제나 또 쓸 수 있다. 당신이 아는 지식을 첫 번째 책 한 권에 모두 몰아 넣으려고 하지 말자. 어떤 책이 자신에게 가장 적합한지 선택한 다음, 독자에게 최고의 책으로 만드는 데 집중하자.

7 광고냐 논설이냐

사람들이 당신에게 뭔가를 불쑥 팔려고 하면 기분이 좋을까? 특히 듣고 싶은 말이 아니라면? 당연히 좋지 않다. **모두가 싫어한다.** 책을 쓸 때 수많은 저자가 이 보편적인 진실을 잊고 자신의 상품이나 서비스를 홍보하는 데 책을 이용하려고 한다. 이런 상황은 불쾌하고 성가시고, 무엇보다도 효과가 없다. 책에서 독자에게 무엇을 하라고 강요하는 태도, 제대로 교육하거나 알려주지 않고 판매만 하려는 태도가 결정적이다. 특히 당신의 상품이나 서비스를 사게 만들고 싶다면 더더욱 장사꾼으로 보이면 안 된다.

책 쓰기 용어로 말하자면, '광고성' 정보가 아닌 '논설' 정보여야 한다. 논설 정보는 독자에게 주제에 대한 정보를 전달하거나 무언가를 설명한다. 독자들을 교육하고 가치를 제공한다. 논설 정보는 본질적으로 독자에게 가치를 제공한다. 논설 정보는 당신이 가진 전문지식을 독자와 공유하고 귀중한 정보를 독자에게 전해준다. 독자가 활용할 만한 정보를 주면 신뢰를 얻게 되고, 결국 노골적인 판촉 행위보다 더 많은 판매를 추동한다. 당신을 기억에 남게 만들고 신뢰하게 함으로써 가능해진다.

대놓고 판매하려는 광고성 정보와 비교해 보라. 광고성 정보는 독자가 책을 구매하면서 기대했던 정보를 제공하지 않고, 독자에게 무언가를 사라고 강요한다. 목표를 성취하는 최악의 방법이다. 독자는 이용당했다는 기분을 느낀다. 독자는 당신은 불신하게 되고 화가 난다. 당신은 체면을 구기게 된다.

독자들은 진정성을 감지한다. 당신이 책을 읽을 때와 마찬가지다. 반드시 명심해야 한다. 독자가 책을 구매하는 행위는 당신이 독자의 결정을 존중하고 독자가 투자한 돈과 시간에 상응하는 가치를 주겠다는 암묵적인 계약 아래 이루어진다. 당신이 무언가를 억지로 밀어 넣으면 독자는 저자가 신뢰를 깨뜨렸다고 느낄 것이다.

만일 책을 잘 써서 독자에게 이로운 지식과 정보를 제공했다면 당신은 이미 가장 중요한 목표를 달성했다. 그들은 당신을 존경하고 당신이 하는 말을 신뢰할 것이다. 그중 일부는 미래 어느 때에 당신에게 찾아와서 강연자로 약속을 잡거나 컨설턴트로 고용하거나 당신의 다음 책을 살 것이다. 그들은 또한 당신의 아이디어에 관심을 가질 다른 독자들에게 당신의 책을 추천할 것이다. 독자가 곧바로 활용할 수 있는 정보를 전해줘서 당신의 가치를 명확히 입증한다면, 당신은 가장 빠르게 여기에 다다를 수 있다.

얼마나 많이 '내주어야' 할까

간단하다. 당신의 지식을 책에 담을 수 있는 만큼 최대한 많이 담아라. 한 번 더 확실하게 말하겠다. 당신의 지식을 책에 담을 수 있는 만큼 많이 담아라. 이유는 두 가지다.

① 정말로 독자에게 도움이 되기를 바란다면 자명하다. 독자를 위해 가지고 있는 지식을 최대한 전해주어야 한다.
② 더 좋은 점은, 당신이 가진 정보를 주면 **일반적으로 당신이 목표를 이루는 데 도움이 된다는 사실이다.**

또한 이 부분은 '광고 vs. 논설' 논의와 마찬가지로 독자와의 신뢰도 쌓기와 관련되어 있다. 당신이 아는 무언가를 보여주지 않으면 어떻게 신뢰를 쌓고 어떻게 도움이 될 수 있겠는가? 당신이 지금 읽고 있는 이 책이 바로 내가 설명하는 내용의 훌륭한 예시다.

스크라이브는 사람들이 책 쓰기를 돕는 다양한 서비스를 (다른 창의적인 가치 부가 서비스와 더불어) 판매한다. 그러나 이 책 어디에도 그런 서비스를 강요하거나 사야 한다고 암시한 적이 없다. 오직 지금처럼 예시가 되는 이야기를 할 때만 언급한다. 더 나아가, 이 책은 우리가 가진 모든 '비법'을 보여준다. 이 책에서 소개한 방법을 그대로 따라 하면 **우리가 없더라도 우리가 하는 일을 성취할 수 있다.** 우리 회사는 왜 그런 일을 하겠는가? 왜 우리가 판매하는 과정을 내주겠는가? 여러 가지 이유가 있다.

권위

우리가 하는 일을 완전히 설명하지 않으면, 우리가 아는 것을 독자에게 보여주지 않으면, 누가 우리를 믿거나 고용하겠는가! 이 책은 우리가 일을 잘한다는 것을 입증하는 최고의 증거다.

신뢰

우리가 영업하려고 들면 이 책과 이 안에 든 정보, 그리고 우리 자신에 대한 신뢰성을 현저히 떨어뜨릴 것이다. 우리가 혜택만을 보려고 이 책을 쓴다면 당신은 관심을 주지 않을 것이고, 우리나 우리가 주는 정보가 믿을 만하다고 생각하지도 않을 것이다. 당연하다.

명성

우리가 훌륭한 정보를 제공하면 독자들은 우리를 존중하고 높게 평가할 것이다. 그것이야말로 놀랍도록 효과적이며 돈으로 살 수도 없고 반드시 얻어야만 하는 입소문 마케팅이다.

고객 심사

우리가 파는 서비스는 비싸다. 대부분은 비용을 감당하기 어렵다. 우리를 고용할 수 없는데 왜 영업을 하겠는가? 우리를 고용하는 사람들의 동기는 두 가지가 있다.

① 우리는 높은 수준의 책 쓰기 지침을 제공하는 전문가다. (이 책이 그 사실을 입증하는 데 도움이 된다.)
② 시간을 절약하고 싶다. 그리고 이 책은 책 쓰기가 얼마나 시간이 오래 걸리는 과정이고, 우리의 서비스가 얼마나 가치 있는지를 알게 해준다. 우리를 고용하는 사람들에게는 굳이 애쓰지 않고도 이 책이 우리를 영업해준다.

자존심

우리는 공유할 지식을 가진 사람은 모두 책을 써야 한다고 생각한다. 우리 회사의 사명은 '세상의 지혜를 여는 것'이다. 우리가 정말로 신념을 가지고 있다면 누군가 좋은 책을 쓰는 데 필요한 내용이 모두 포함되지 않고 덜 담긴 책을 쓰겠는가? 그렇게 하면 정직하지 못한 것이고, 우리 스스로 견딜 수 없는 일이다.

당신의 책에 관해 단정적으로 말할 수는 없지만, 당신의 책에도 우리와 비슷한 접근 방법을 취하기를 추천한다. 당신이 가진 최고의 지식을 모두 담고, 사람들에게 영업하려고 하지 마라. 당신의 지식이 유용한 사실을 깨닫고 그들이 당신에게 오게 만들어라. 그렇게 하는 게 윤리적일 뿐만 아니라 가장 효과적인 방법이다.

책 쓰기의 기술

출판을 위한 글쓰기 법은 따로 있다

1판 1쇄 발행 2021년 10월 11일

지은이 터커 맥스, 재크 오브론트
옮긴이 서나연
펴낸이 윤상열 | **기획편집** 염미희 최은영
디자인 김리영 | **마케팅** 윤선미 | **경영관리** 김미홍
펴낸곳 도서출판 그린북 | **출판등록** 1995년 1월 4일(제10-1086호)
주소 서울시 마포구 방울내로11길 23 두영빌딩 302호
전화 02-323-8030~1 | **팩스** 02-323-8797
이메일 gbook01@naver.com | **블로그** greenbook.kr

ISBN 979-11-87499-19-0 03800

* 그린페이퍼는 도서출판 그린북의 실용·교양도서 브랜드입니다.